彰化學 050

賴和文學論 下
新文學論述

施懿琳・蔡美端◎編著

晨星出版

【叢書序】

追逐一個文化夢想
——十年經營彰化學

林明德

一九八〇年代，後殖民思潮蔚為趨勢，臺灣社會受到波及，主體意識逐漸浮起，社區營造成為新觀念。於是各縣市鄉鎮紛紛發聲，編纂史志，以重建歷史、恢復土地記憶，有志之士更是積極投入研究，而金門學、宜蘭學、苗栗學、……相繼推出，一時成為顯學。

這些學術現象的醞釀與形成，我曾經直接或間接參與其事，對當中的來龍去脈自有某種程度的了解，也引起相當深刻的反思。基本上，對各族群與地方的文化（包括人文、社會、自然等科學）進行有系統的挖掘、整合，並以學術觀點加以研究，以累積文化資產，恢復土地記憶，使之成為一門學問，如此才有資格登上學術殿堂，取得「學門」之身分證。

一九九六年，我從服務二十五年的私立輔仁大學退休，獲聘國立彰化師大國文系，此一逆向的職業生涯，引發我對學術事業的重新思考，在教學、研究之餘，雖然繼續民俗藝術的田野調查，卻開始規畫幾項長遠的文化工程。一九九九年，個人接受彰化縣文化局的委託，進行為期一年的飲食文化調查研究，帶領四位研究生進出二十六個鄉鎮市，訪問二百三十多個飲食點與十多位總舖師，最後繳交三十五萬字的成果。當時，我曾說：「往昔，有一府二鹿三艋舺的符碼；今天，飲食文化

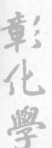

見證半線的風華。」長期以來，透過訪查、研究，我逐漸發見彰化文化底蘊的豐美。

彰化一帶，舊稱半線，是來自平埔族「半線社」之名。清雍正元年（1723），正式立縣；四年（1726），創建孔廟，先賢以「設學立教，以彰雅化」期許，並命名為「彰化縣」。在地理上，彰化位於臺灣中部，除東部邊緣少許山巒外，大部分為平原，濁水溪流過，土地肥沃，農業發達，稻米飄香，夙有「臺灣第一穀倉」之美譽。

三百多年來，彰化族群多元，人文薈萃，並且積累許多有形、無形的文化資產，其風華之多采多姿，令人目不遐給。二十五座古蹟群，詮釋古老的營造智慧，各式各樣民居，特別是鹿港聚落，展現先民的生活美學；戲曲彰化，多音交響，南管、北管、高甲戲、歌仔戲與布袋戲，傳唱斯土斯民的心聲與夢想；繁複的民間工藝，精緻的傳統家具，在在流露生活的餘裕與巧思；而人傑地靈，文風鼎盛，舊新文學引領風騷，而且成果斐然；至於潛藏民間的文學，活潑多樣，儼然是活化石，訴說彰化人的故事。

這些元素是彰化文化底蘊的原姿，它們內聚成為一顆堅實、燦爛的人文鑽石。三十年，我親近彰化，探勘寶藏，證明其人文內涵的豐饒多元，在因緣俱足下，正式推出「啟動彰化學」的構想，在地文學家康原，不僅認同還帶著我去拜會地方人士、企業家。透過計畫的說明、遊說，終於獲得一些仕紳的贊同與支持，為這項文化工程奠定扎實的基礎。我們先成立編委會，擬訂系列子題，例如：宗教、歷史、地理、社會、民俗、民間文學、古典文學、現代文學、傳統建築、傳統表演藝術、傳統手工藝與飲食文化，同步展開敦請學者專家分門別類選題撰寫，其終極目標是挖掘彰化文化內涵，出版彰化

學叢書，以累積半線人文資源。原先預計每年十二冊，五年六十冊（2007～2011），不過由於若干因素與我個人屆齡退休（2011），不得不延後，而修改為十年，目前已出版四十餘冊，預計兩年後完成。這裡列舉一些「發現」供大家分享：

（一）民間文學系列：《人間典範全興總裁》，由口述歷史與諺語梭織吳聰其先生從飼牛囝仔到大企業家的心路歷程，為人間典範塑像；《陳再得的臺灣歌仔》守住歌仔先珍貴的地方傳說，平添民間文學史頁；《臺灣童謠園丁──施福珍囝仔歌研究》，揭開囝仔歌的奧祕，讓兒童透過囝仔歌認識鄉土、學習諺語、陶冶性情。而鹿港民間文學的活化石──黃金隆的口述歷史，是我們還在進行中的計畫。

（二）古典文學系列：《臺灣古典詩家洪棄生》、《陳肇興及其陶村詩稿》、《臺灣末代傳統文人──施文炳詩文集》三書充分說明彰化的文風傳統，與古典文學的精采。加上賴和的漢詩研究……，將可使這一系列更為充實。

（三）現代文學系列：《王白淵‧荊棘之道》、翁鬧《有港口的街市》、《錦連的年代──錦連新詩研究》、《生命之詩──林亨泰中日文詩集》、《給小數點臺灣──曹開數學詩》、《親近彰化文學作家》……，涵蓋先行、中生與新生三代，自清代、日治迄今，菁英輩出，小說、新詩、散文等傑作，琳瑯滿目，證明了在人文彰化沃土上果實纍纍。值得一提的是，翁鬧長篇小說的出土為臺灣文學史補上一頁；而曹開數學詩綻放於白色煉獄，與跨越兩代語言的詩人林亨泰，處處反映磺溪一脈相傳的抗議精神。

（四）《南管音樂》、《北管音樂》、《彰化縣曲館與武館Ⅰ～Ⅴ》、《彰化書院與科舉》、《維繫傳統文化命脈──員林興賢書院與吟社》、《鹿港丁家大宅》與《鹿港意樓──

慶昌行家族史研究》，前三種解析戲曲彰化這一符碼，尤其是林美容教授開出區域專題普查研究，為彰化留下珍貴的文獻資料。書院為一地文風所繫，關係彰化文化命脈，古樸建築依然飄溢書香；而丁家大宅、意樓則是鹿港風華的見證，也是先民營造智慧的展示。即將出版的賴志彰傳統民居、李乾朗傳統建築、陳仕賢的寺廟與李奕興的彩繪，必能全面的呈現老彰化的容顏。

這套叢書的誕生，從無到有，歷經十年，真是不尋常，也不可思議，它是一項艱辛又浩大的文化工程，也是地方學的範例，更是臺灣學嶄新的里程碑。非常感謝彰化師大與臺文所的協助，全興、頂新、帝寶等文教基金會的支持；專業出版社晨星，在編輯、美編上，為叢書塑造風格；書法名家也是彰化人杜忠誥教授，親自以篆書題寫「彰化學」，為叢書增添不少光彩，在此一併感謝。

叢書的面世，正是夢想兌現的時刻，謹以這套書獻給彰化鄉親，以及我們愛戀的臺灣，這是康原與我的共同心願。

‧林明德（1946～），臺灣高雄市人。國立政治大學中文博士。曾任國立彰化師範大學國文學系教授兼副校長。投入民俗藝術研究三十年，致力挖掘族群人文，整合民俗藝術，強調民俗是一切藝術的土壤。著有《臺澎金馬地區區聯調查研究》（1994）、《文學典範的反思》（1996）、《彰化縣飲食文化》（2002）、《阮註定是搬戲的命》（2003）、《臺中飲食風華》（2006）、《斟酌雅俗》（2009）、《俗之美》（2010）、《戲海女神龍》（2011）、《小西園偶戲藝術》（2012）、《粧佛藝師—施至輝生命史及其作品圖錄》（2012）、《剪紙藝術師—李煥章》（2013）等。

【編者序】
冀望承先啓後的賴和文學論述彙編

施懿琳

　　賴和（1894～1943）是臺灣文學史上最具影響力的作家。後人以「臺灣新文學之父」、「臺灣的魯迅」……種種稱號推崇他，與他同時代的文人陳虛谷對賴和的漢詩大爲肯定，有詩云：「平生慣作性靈詩，珠玉連篇不費思。藝苑但聞誇小說，世間畢竟少眞知。」而賴和的自我期許則是：「要向民間親走去，街頭日作走方醫。」由上述可見，賴和是一位仁醫，他走向民間、親近群眾，他也嫻熟漢詩，更爲臺灣文學開創新局面。因此，這一套研究論文集，主要集中於賴和創作的三個面向：民間文學、古典文學以及新文學。

　　賴和的相關論述始於戰後初期，楊守愚、楊雲萍、吳新榮等皆著重於其抗議精神的闡發，並藉以強調臺灣的主體性。然而，隨著一九五○、一九六○年代的白色恐怖，臺灣作家被迫噤聲、失語，臺灣文學史的研究也幾近空白。一直要到一九七○年代晚期鄉土文學論戰促使本土意識抬頭，在臺灣文學史上扮演重要角色的賴和才再度受到矚目。然而，這樣的「再現」卻是以陌生的臉孔，從空白中顯影出這位曾經以熱血澆溉臺灣文學花園的園丁之面貌。梁景峰的〈賴和是誰？〉（1976）敲醒了臺灣人的蒙昧；林載爵的〈忍看蒼生含辱：賴和先生的文學〉（1978）首度以細膩的視角，鋪陳賴和的文學肌理；進入

彰化學

一九八〇年代的前夕，李南衡、梁景峰等人編纂《賴和先生全集》（1979）蒐集了為數不少的資料，開啟往後賴和研究的新紀元。

一九八五年成大歷史系的林瑞明發表〈賴和與臺灣新文學運動〉，以厚實的史料、雄辯的聲腔，為賴和與臺灣新文學運動的關係做了深刻的闡發；其後將近十年，林瑞明持續鑽研賴和文獻史料，陸續撰寫成篇，一九九三年出版《臺灣文學與時代精神：賴和研究論集》，成為賴和研究的標竿，賴和在臺灣文學史上所具有的重要性逐漸浮現。一九九四年清華大學舉辦「賴和及其同時代作家：日據時期臺灣文學國際會」，進一步帶動研究賴和及日治臺灣文學的風潮；其後，賴和家屬全力提供賴和的手稿、刊稿，進而於二〇〇〇年由林瑞明主編，前衛出版《賴和全集》等資料的齊備，讓賴和研究更迅速地往前推進。

從一九九〇年代至今，有關賴和的相關論述相當豐富多元。一九九四年賴和紀念館編《賴和研究資料彙編》（彰化：彰化縣立文化中心）上下兩冊，為賴和研究做了全面的回顧；二〇〇〇年《賴和全集·評論卷》（臺北：前衛）林瑞明選編了十篇具代表性的賴和研究論著；二〇一一年國立臺灣文學館推出《臺灣現當代作家研究資料彙編》，編號 01 即是繼林瑞明之後，對賴和投入最多心力的學者陳建忠主編的《賴和》。臺灣文學館藉由編輯排序作為表徵，突顯賴和在臺灣現當代文學的首要地位（NO.1）。陳建忠以細膩紮實的功夫，為賴和及其文學研究做評述，並詳列了研究評論資料目錄，選刊從日治時期到當今與賴和有關的重要評論文章，如此鉅細靡遺的編纂，後出者還有什麼可發揮的空間？甚至，可以追問的是，筆者所編的《賴和文學論》在二〇一六年編輯出版，有什麼意義

和價值？這裡能提出的有兩點理由：第一、賴和作為臺灣最重要的作家，不能在林明德教授主編的「彰化學叢書」裡缺席。二〇〇七年起，當時擔任彰化師大副校長的林明德教授為了系統性地開拓彰化學各面向，以產學合作的方式出版《彰化學叢書》，本編即屬此系列作品之一；第二、從二〇一一至二〇一六年，賴和研究仍持續推展，或許可以在陳建忠主編的賴和研究資料彙編之後，再增補些微論著。就是在這樣的心情下，筆者接受林明德教授的委託，以誠惶誠恐的心情進行賴和研究論述的篩選和編纂。

這套論著共分上下兩冊，分屬彰化學叢書的四十九、五〇冊。由於賴和研究資料已經過多次彙編，因此，將收錄的時間點做了限縮：以林瑞明教授開始發表賴和相關論述為起點（1985），而以二〇一四年十二月明道大學所舉行的「賴和先生一二〇歲冥誕學術研討會」發表的論文為終點。而後依論文性質分為上下兩冊，上冊收錄三篇與賴和民間文學理念相關的論文、六篇與古典文學研究相關的論文，共九篇。下冊以新文學論述為主，同樣選了九篇論文。目次如下：

賴和新文學相關論述：

一、林瑞明〈賴和與臺灣新文學運動〉

二、林明德〈賴和新文學涵攝的民俗元素〉

三、陳建忠〈先知的獨白——賴和散文論〉

四、游勝冠〈我生不幸為俘囚，豈關種族他人優——由歷
　　史的差異性看賴和不同於魯迅的啟蒙立場〉

五、楊翠〈介入・自省・自嘲——論賴和與楊逵小說中的
　　知識分子形象〉

六、李育霖〈翻譯作為逾越與抵抗——論賴和小說的語言
　　風格〉

七、解昆樺〈雛構新詩文體語言——賴和新詩手稿中的意
　　象經營與修辭意識〉

八、陳建忠〈一個接受史的視角——賴和研究綜述〉

九、下村作次郎〈日本人印象中的臺灣作家賴和——從戰
　　前臺灣文學之歷史性記述中思考起〉

　　本論文集盡量考慮到與賴和相關的各種文類之選錄，以
及研究者的世代，以及論文寫作的時間。所選論文，與陳建忠
二〇一一選編《賴和》（以下簡稱「臺文館本」）重複者有：
陳萬益〈從民間來・到民間去——賴和的文學立場〉、游勝冠
〈我生不幸為俘囚，豈關種族他人優——由歷史的差異性看賴
和不同於魯迅的啟蒙立場〉、陳建忠〈先知的獨白〉、李育霖
〈翻譯作為逾越與抵抗——論賴和小說的語言風格〉等。這是
選本所難免，具代表性的論著，一定會在不同階段的選本裡重
複出現，其經典性或許也就因此而建立。

　　至於，本選本和「臺文館本」不同之處，主要有以下幾
點：

一、林瑞明早期有關賴和的研究論文，陳建忠選的是〈賴和與臺灣文化協會〉，筆者認為林瑞明的〈賴和與臺灣新文學運動〉乃賴和深化研究的起始，雖然許多觀念或說法，後來林瑞明都作了修訂與調整，畢竟此文具有指標性的意義，帶動了往後更多賴和相關研究，因此決定選刊之。

二、「臺文館本」因為以「近當代文學」為範圍，未能納進賴和古典文學的相關研究，本編所選林瑞明、施懿琳、廖振富等六篇論文，當可彌補這個不足。

三、「臺文館本」出版於二〇一一年，其後在二〇一四年紀念賴和一二〇歲冥誕的研討會裡，又有多篇精彩的論著。本編選錄了林明德、楊翠、周益忠之作，皆是這一次研討會的論著。

最後要特別說明的是，感謝日本天理大學下村作次郎教授的熱心提供，這次選本得以收錄國外重量級學者的論文〈日本人印象中的臺灣作家賴和——從戰前臺灣文學之歷史性記述中思考起〉。由於內容非常豐富，在篇幅的考量下，只好將「附錄資料」做了刪減（只標示篇目，未呈現內文），請讀者諸君將閱讀的重點放在作者觀點之敘述，若有意進一步詳讀，請依本書附錄「論文出處說明」，按圖索驥。

作為彰化子弟，筆者在前輩林明德教授的熱心號召下，嘗試和崑山科大的蔡美端老師共同選編這兩冊彰化地區重要的作家賴和之研究論文集，由於才學所限，必然有許多誤失和不足，敬請博雅君子，不吝指正。

二〇一六年十月於鹿港

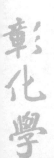
彰化學

【目錄】 contents

賴和與臺灣新文學運動

林瑞明

一、前言——文學與時代

　　臺灣的文學，在日本統治時代，比任何藝術部門，總受著更大的壓迫，和歪曲事實的鉗制，在五四運動以後，臺灣就有民族主義文學的產生，此間已有不少傑出的作家。[1]

　　這是臺灣掙脫日本半個世紀的殖民地統治之後，王白淵在第一篇介紹臺灣新文學運動的論著中，開頭的第一段話。

　　第一個把白話文的真正價值具體地提示到大眾之前的，便是懶雲（賴和）的白話文學作品。在一個文言文的世界中，以先人所以為淺薄粗鄙的白話文為文學表現的工具，寫大人先生輩以為鄙野不文而唾棄的小說，不能不說是一種大膽的、冒險性的嘗試。而由於他的創作天才和文學上的素養，幸而成功地完成了這個嘗試，並且多少給予白話文陣營自信，並煽起無數青年對於「小說」的熱烈愛好。[2]

　　這是日治時期，楊守愚在《賴和先生悼念特輯》，給予賴和的評價。

　　賴和是仁醫，也是日治下著名的社會運動者，從一九二一

1　〈文化〉，《臺灣年鑑》第 17 章（臺北：臺灣新生報，1946.6），頁 1。
2　《臺灣文學》3 卷 2 號，譯文收於李南衡編，《賴和先生全集》（臺北：明潭，1989.3），以下簡稱《全集》，頁 425。

年十月加入臺灣文化協會之後，一直以文化抵抗的方式，堅決反對日本的殖民統治。

在臺灣新文化啓蒙時期，他是將「現代以前之學藝文化」轉變爲「現代性學藝文化」[3]的重要推動者之一。賴和以他的新文學創作，首先奠定了臺灣新文學的基礎，並深遠影響同時代及後一輩的臺灣作家，形成蓬蓬勃勃的臺灣新文學運動。在他生前，即以文學成就被文學界尊稱爲臺灣新文學之父。[4]賴和的文學，當然一部分由於他的天分，一部分受到五四新文學思潮的影響，得風氣之先，而更重要的則是透過社會運動實踐而來，所以他的文學與時代有密切的關係。此外，尚須追索他的出身背景，以及年輕時代的活動，我們才能進一步了解賴和的思想和他的文學。

然而由於賴和堅決抵抗日本的態度，在他一生中曾兩度被捕下獄，後一次是日本憲兵隊與警務局聯合審問他，欲究明抗日戰爭末期，在香港奉命籌設中國國民黨臺灣省黨部，對臺進行工作的翁俊明和他的關係。賴和共被拘留五十多天，始於一九四二年元月因病重出獄，隔年一月三十一日病逝，未能目睹臺灣的光復。賴和一生的活動，有些至今仍是歷史之謎。這是我們要探討賴和在臺灣總督府醫學校時代，是否涉及同盟會在臺的外圍組織——復元會的主要動機。

賴和的思想主要是透過文學表現出來，他並且是日治時期臺灣新文學的主要推動者，研究日治時期的臺灣新文學，必須先通過賴和，方能掌握臺灣新文學運動的內涵與精神。

3　陳紹馨，"*Diffusion and Acceptance of Modern Western Artistic and Intellectual Expression in Taiwan*"，Studia Taiwanince, No. 2（1956），頁 1-6。

4　王錦江（詩琅），〈賴懶雲論〉，原刊《臺灣時報》202 號，收於《全集》，頁 400，另見朱石蜂，〈回憶懶雲先生〉，原刊《臺灣文學》3 卷 2 號，收於《全集》，頁 423。

二、民族意識與復元會

　　賴和，原名賴河，清光緒廿年（1894）四月廿五日生於彰化街市仔尾，其父賴天送，母戴氏允之長子。賴和出生這年七月，中日因朝鮮問題引發甲午戰爭，在新興帝國主義日本的強大戰力下，滿清海陸兩戰皆敗。翌年四月十七日簽定馬關條約，其中之一款即割讓臺澎。隨後臺灣民眾雖經頑強抵抗，但終遭日本以武力占領。賴和與當時絕大多數的臺灣同胞一樣，從此被迫轉籍日本。

　　生存在這樣劇烈變化的世代，賴和從小仍留著辮子在傳統環境中成長。直到上公學校，「意識裡，仍覺得沒有一條辮子拖在背後，就不像是人」，[5]這是當時臺灣社會普遍留存的現象，顯示臺灣不是外來的日本文化所能輕易同化。甚至賴和後來接受當時所能受的最高等教育——臺灣總督府醫學校（臺大醫學院前身）五年醫學教育——成爲醫生之後，仍有「我生不幸爲俘囚」[6]之嘆。這種強烈的民族意識，成爲他思想的底流，不論在社會運動或新文學運動中皆貫流其中。賴和民族意識的由來，除了源於中原文化的遺澤，我們考察他受教育的背景，更可進一步了解。賴和十歲時先被家人送入書房學習漢文，然後在日政府政策下始入公學校「讀日本書」，[7]每天早晨上公學校之前先上書房早讀，下課後再到書房上課。[8]起先雖是被動的學習，日久也打下了漢文的基礎。十四歲入小逸堂

5　〈無聊的回憶〉，《全集》，頁221。
6　〈飲酒〉，《全集》，頁381。
7　同註5，前揭文。賴和有好些地方提到讀日本書。像「讀日本書做什麼，我們不要做日本仔，也沒福氣做大人（日治下臺灣人稱警察爲「大人」），我們用不著讀日本書」；「在當時，人們視漢文猶較重要，對於讀日本書不大關心，甚至有些厭惡，以爲阻礙漢文的教育。」
8　賴恒顏，〈我的祖父懶雲先生〉，《全集》，頁447。

拜黃倬其為師，「因夫子教導有方，我等學生皆甚契洽，遂成一系無形之統」。[9] 經由書房教育，賴和與中原文化的大傳統（Great tradition），更進一步接近。賴和原先的家庭背景，是比較屬於民間生活的小傳統（Little tradition），[10] 這只要從他祖父賴知以弄鈸（弄鐃）為生，其父天送以道士為業[11] 即可看得出來。由於書房教育，尤其是小逸堂這一階段，使得賴和具備了寬廣的文化視野，對於未來的路線，有極深刻的影響。賴和公學業畢業後，起先家人不允其再進上級學校，有人勸他去做補大人（巡查補——助理警察），賴和不願為之。[12] 一九〇九年五月，賴和十六歲，以最低的年齡，考入臺灣總督府醫學校十三期，這是當時臺灣人最好的出路。由這一試即中的經歷來看，賴和「看來不過庸夫相，那得聰明爾許多」[13] 的讚譽，其實在少年時代即充分表現了。醫學校教育使得賴和超越了他原先的家庭背景，爾後以醫生的身分行醫濟世，且被低他一期的蔣渭水[14] 邀請加入臺灣文化協會為理事，這更使得賴和與臺灣文化抵抗的運動，緊密地結合起來。在醫學校前後五年（1909～1914），現有資料仍不易充分探究他青年期的心路歷程。青年階段是一個人形塑思想、養成人格，趨近成熟、完成的最重要時期。包括他的家屬，現在我們對於這一階段，除了知道賴和是一位醫學生之外，有關他的思想、活動，所知仍然極為有限。

9　〈小逸堂記〉，《全集》，頁 320。

10　借用 Robert Redfield "*Peasantsocietyand Cultnre*", Univ. of Chicago Press（1956），一書中的觀念。賴菲爾特認為在每一文化傳統中，有屬於「深思的少數人」之大傳統，以及「不思的多數人」之小傳統，雙雙並存於社會。

11　訪問賴和哲嗣賴燊所得。

12　同註 5，前揭文，頁 230。

13　盧谷〈贈懶雲〉，《陳盧谷選集》（臺北：鴻蒙，1985.10），頁 170。

14　黃煌雄，〈蔣渭水先生大事略記〉，《臺灣的先知先覺者——蔣渭水先生》（臺北：自印，1976.9），頁 285。載明蔣渭水，1920 年（時年 20 歲）入臺灣總督府醫學校。

彰化學

　　值得重視而一直未被提及的是賴和在臺灣總督府醫學校時代，曾經涉及了復元會，導致與晚清同盟會有所淵源。

　　復元會取義於恢復健康，是醫生行醫濟世的理想所在。復元會原係臺灣總督府醫學校的學生社團，其中「復元」兩字除了上述意義之外，其實含有「光復臺灣」的宗旨。其中關鍵人物是賴和的同期同學翁俊明與王兆培。[15]王兆培，福建漳州人，係中國革命同盟會福建分會會員，曾就讀於廈門救世醫院，因革命活動被滿清政府發覺，一九一○年春逃往臺灣，轉入臺灣總督府醫學校。[16]祕密吸收同學為革命夥伴，建立同盟會在臺組織。翁俊明於當年五月一日宣誓加入為會員，由設在漳州的中國同盟會機關委任為交通委員，化名翁樵，負責發展會務；九月三日且奉孫中山先生委派為臺灣通訊員，中國革命同盟會臺灣通訊處隨即成立於臺灣總督府醫學校。[17]至一九一二年已得同志三十餘人，[18]另外，一九一一年於醫學校成立的復元會，活動漸及於國語（日語）學校，更推廣至農事試驗場，而組織同盟會的外圍團體，仍以復元會為名，至一九一四年已得會員七十六人。[19]他們集會處在太平町之江山樓，會內促起啟蒙運動，聘人教習祖國正音國語，練習用中國語說話，每提到中國，均稱祖國，所有紀年均用祖國年號，絕不襲用日本人所稱之「支那」；另外亦常在艋舺（萬華）之二

15　參見若林正丈，《臺灣抗日運動史研究》（東京：研文，1983），頁248；黃敦涵，《翁俊明烈士編年傳記》（臺北：正中，1977.10），頁24-26。王兆培未畢業，參見《景福校友通訊錄》（合大，景福會，1985.10），頁25-27。

16　若林正丈前揭書，載明王兆培經歷及來臺時間，頁248。

17　同註15，黃敦涵前揭書，頁24。

18　〈杜聰明博士筆述翁烈士學生時代生活〉，收於黃敦涵前揭書，頁132。杜氏等30餘人，僅載明蔣渭水、翁俊明、蘇樵山、黃調清、林錦生、曾慶福、杜聰明等7人；1976年杜聰明筆述時，賴和早在1958年9月因有「臺共匪幹」嫌疑被撤出忠烈祠，故杜氏極有可能故意不提賴和。

19　參見黃敦涵，前揭書，復元會76人中，只多列了臺灣總督府國語學校的王傳薪、劉兼善，頁25-26。

仙樓、平樂遊酒家、和尚洲（蘆州）柑園祕密集會、展開工作、密籌款項。[20]一九一三年二次革命之際，翁俊明和杜聰明尚有潛往北京，計劃以細菌毒殺袁世凱的未遂舉動。[21]現有資料，未全數載明參加復元會及同盟會的會員名單。賴和是否加入，是本節的重點所在，我們首先試由賴和留下的詩文，來加以思考：

（一）賴和的西式筆記簿原稿本，其中一首〈登樓〉提供了較爲具體的例證，所登的樓，即是復元會會員時常聚會的江山樓。全詩如下：

> 一樓柳色晚晴天，放眼閑憑夕照邊。
> 滿路泥濘沒車馬，遠山雨後生雲煙。
> 半江水漲春潮急，萬頃風平麥浪鮮。
> 如此江山竟淪沒，未知此責要誰肩。[22]

全詩內含江山樓三字，而且到那裡並非飲酒作樂，在春光明媚的景色之中，賴和的結語竟是「如此江山竟淪沒，未知此責要誰肩」，那麼復元會「光復臺灣」的宗旨，已明顯地呈現出來了。如今尚未發現賴和以復元會或同盟會入詩文，這首〈登樓〉特別值得我們重視。

（二）賴和是當時臺灣最高學府，臺灣總督府醫學校的畢業生，是日本教育栽培出來的最傑出人才，然其一生創作全部

---

20 黃敦涵，前揭書，頁 26。
21 詳見〈杜聰明博士筆述翁烈士學生時代生活〉及〈杜氏一夕談〉，收於黃敦涵前揭書，頁 131-134。
22 此一原稿本，以鋼筆書寫於西式筆記簿中，開頭部分特別以阿拉伯數字註明 1908～1914。賴和 15 歲以後的作品，大部分寫於臺灣總督府醫學校時代。〈登樓〉在此一稿本，頁 14。另見以毛筆寫於「懶雲書室」稿本中（殘本），後兩句由「如此江山竟淪沒，未知此責要誰肩」改寫爲「寂寞擬窮千里目，目窮轉覺意悽然」。不知何故？

能辨明，底下的事跡，可提供我們進一步思考：

（一）賴和就讀臺灣總督府醫學校時代，曾與翁俊明等人一起到相館合攝一張紀念照。以一九一一年左右的時代而言，當時拍攝一張相片，誠非易事，一定是具有特殊的紀念意義，才一起到相館攝影留念。原照公諸於世，因距離當日已有七十二、三年之久，賴和家屬僅能從相片中辨明站立的人（右起第2人）是年輕時代的賴和。經仔細比對翁俊明、杜聰明等人青年時期的相片，可以肯定右起第一人坐著的即是翁俊明，第三人現仍不詳，而左側坐著的人推論是王兆培。理由乃一九一〇年王兆培十九歲時來到臺灣，與相片中的人年齡相當，他是中國籍的留學生，髮式與本地學生的平頭有所不同；翁、王兩人是醫學校裡復元會、同盟會的主要負責人，賴和身廁其間，必然亦有關係。在現有文字資料仍未載的會員名單之前，這張相片提供了參考的一項旁證。

（二）賴和與杜聰明交情至爲深厚，兩人在學時，曾一起在年假中從臺北徒步到彰化，沿途拜訪醫學校畢業正在行醫的前輩，而這一次的徒步旅行（日語謂「無錢旅行」），後傳爲醫學界的美談。[33] 在賴和的遺稿中，我們亦可見到他當時所寫下的詩，其中一首〈旅伴〉，即是寫他與杜聰明徒步旅行的動機，並附有前言：

> 年暇由臺北徒步歸家，途中計費五日，初由三角湧
> （三峽）沿近山村落至頭份，乃折向中港，遵海而行，山
> 嵐海氣，殊可追念。

---

33 參見黃得時，〈臺灣新文學播種者——賴和〉，《聯合副刊》（1984.4.5～.4.6）。
另亦從楊雲萍處採訪，得知賴和、杜聰明的這次徒步旅行，曾到後龍拜訪醫學校第6期畢業的前輩楊敦謨（楊氏父親）。在賴和原稿中途經後龍，留有〈雨中涉溪〉1首。

彰化學

思向風塵試筋力，故鄉遙遠自徒行。

吃苦本來愚者少，追隨難得是聰明。[34]

其中最後一句是雙關用語，聰明另外指的就是杜聰明。「追隨難得是聰明」，杜聰明是確定加入復元會、同盟會的人，那麼賴和亦極可能就是會員。而且這次拜訪的對象都是醫學校畢業的前輩，除了請教醫術經驗之外，也可能向這些比較有經濟基礎的醫生募款，充做復元會的經費。

（三）賴和於一九一九年七月間[35]前往廈門，服務於設在鼓浪嶼租界的博愛醫院。博愛醫院隸屬於臺灣總督府資助設立的財團法人廈門博愛會，醫生名義上是總督府技手，給予高等文官待遇，除了研究華南各種傳染病的防疫，提供臺灣本島的參考之外，還負有日華親善的任務，當然亦醫療廈門的臺灣籍居民及當地民眾。[36]是什麼動機促使賴和離開臺灣前往該機構行醫？其中因素之一，長男志煌於一九一八年元月出生，旋於同年去逝，賴和初為人父，受此打擊，心情鬱悶、遂欲轉換環境，[37]但單單此一動機尚不能完全解釋。因醫官的身分和賴和一生堅持的民族意識有相衝突的地方，何況當時五四學生愛國運動已發動起來了，中國大陸反日的氣氛益漸濃厚，而賴和

---

34 從1908～1914原稿中，得知詩文皆是歸後追記。〈旅伴〉第2句原稿是「火車不坐自徒行」。第4句「追隨」，原稿是「相隨」，在準備出版的毛筆謄本中修正。未出版。

35 賴和1908～1914年稿本中，扉頁中簡單寫著1917.6月～1918「在閒」（在家開業），接著是1919～1920.5月，當係前往廈門的簡記。這裡推論賴和7月入閩，是由1920年4月次男志煌出生，逆推可能的在家時間。此關係到賴和是五四運動前入閩或是之後。

36 參見《台灣と南支との関係及現在の施設並将来の方針》（臺北：臺灣總督府警察本署，1917），頁19-23。博愛醫院正式設置的時間，仍未詳，但1917年8月總督府才去視察，決定設在鼓浪嶼，11月總督府訂立章程。另見井出季和太著，郭輝編譯，《日據下之臺政》（臺北：省文獻會，1956.12），頁630-631。

37 訪問賴和哲嗣賴燊所言。

是以總督府醫官的身分前往，是否有他隱藏的動機呢？我們試從當時曾任廈門臺灣居留民會會長，林木土的一則話來加以檢視。林氏言道：

> 五四運動以後高昂的反日民族主義，引出日本當局對岸政策的調整。臺灣總督府在對岸辦學校、建醫院，以接受中國籍的人，以緩和當地人的反日情緒，力圖安撫。但效果不彰，犯了那麼大的罪，施點小惠是不能補償的。有些臺灣人醫生由於反日而離開臺灣，欲施仁術以救濟同胞中國人的病苦爲人生的意義，但是漸漸地對中國的政情失望……。[38]

林木土是臺北州海山郡人，一八九三年出生，一九一二年畢業於總督府國語學校師範部，任教板橋公學校，一九一四年參與新高銀行創業，一九一八年任該行之店長，直到一九二八年才轉回臺北，後再往廈門自創公司。[39] 他在廈門的期間，賴和正好在博愛醫院行醫。由林氏的回憶，再比照賴和一生的行爲事跡，賴和由於反日而離開臺灣，並以總督府醫官的身分爲掩護，這種矛盾性的存在是可能的，另一方面，也只有如此，才方便觀察中國的政情。此外，翁俊明於一九一五年噍吧哖事件後，舉家遷往廈門，直到一九一九年於廈門開設俊明診所。[40] 賴和是否也有因醫學校復元會的淵源而前往廈門的可能？然因通訊聯絡不便，賴和到廈門之後，顯然並未和翁俊明碰面，因翁氏正好在這一段時間，前往上海發展事業，並開設

---

38 戴國輝，〈日本の植民地支配と台灣籍民〉，《臺灣近現代史研究》第3號（1981.1），頁123-124。林木土的談話是戴氏採訪所得。
39 林木土的經歷載於《臺灣人士鑑》（臺北：臺灣新民報，1937.9），頁469。
40 黃敦涵，《翁俊明烈士編年傳記》，頁35。

俊明醫院，直到一九二一年赴浙江任樟腦總局局長。[41] 是否也因為這樣，賴和才有「擾擾中原方失鹿，未能一騎共馳逐」[42] 之嘆？這些仍值得吾人再進一步探索。因與翁俊明的關係，賴和前往廈門，此一因素我們必須加以考慮。

（四）賴和一九四一年十二月八日，第二次遭日警逮捕五十餘日。命令拘捕的單位，牽涉警務局和憲兵單位，[43] 可見賴和被日本當局視為嚴重的「不逞分子」，而警方所欲偵察的目標，乃是審問賴和與翁俊明之間的關係，當係針對翁氏的對臺工作。並且值得重視的是賴和被捕的這一天，是日本偷襲珍珠港的第二天，美國正式和日本宣戰了，中國大陸的戰況，也因美國的參戰，起了重大的轉機。賴和生前未發表的〈獄中日記〉中，第二十九日（1942.1.5）留有一則相關記載：

> 州高等課……問我和翁俊明的關係，這一層似不甚重要。要我提出靈魂相示，這使我啞口無可應。要我說向來抱的不平不滿，我也一句說不出。他很不相信，說我膽量小，我求其早釋放，他說像我這樣，尚未能再反省，看有什麼心境，可對高等主任說，又被送到留置場（拘留所）來。
>
> 啊，我真絕望了，我的頭腦怎樣愚蠢，我這口舌怎不靈，這是我的無用，還要說什麼，只有等待吧，家任他

---

41 同上註，前揭書，頁38-43。另參見謝文玖，〈翁俊明先生簡譜〉，《耿耿此心在──翁俊明傳》（臺北：近代中國，1977.10），頁2。

42 賴和，〈歸去來〉，《全集》，頁371。

43 見遺稿〈獄中日記〉，光復後刊於《政經報》。第26日（1942.1.2），賴和記載：「晚飯後，高等主任來，我又求其同情，他說這不僅是州，怕也有警務局和憲兵的指揮。所以不易知其究竟，這月中大約會有著落，再忍耐些時。這使我益覺悽悲，幾於墜淚，這一個月──今日才二日，要怎樣度得過」，《全集》，頁293。另據賴和哲嗣賴燊所言，確是警務局和憲兵的聯合調查。

破滅，還有別法？[44]

為了查明賴和與翁俊明的關係而遭逮捕，而且出動的單位是憲兵和警務局，由此日本當局之重視可想而知。翁俊明於一九四一年四月二日已奉國民政府命令，在香港積極籌設中國國民黨臺灣省黨部，與港澳總支部諮辦對臺事及進行各項布置。[45]極有可能日本有關當局掌握了賴和與翁俊明聯絡的線索，因而逮捕他。賴和當然可以強調和翁俊明僅是臺灣總督府醫學校同班同學的關係來搪塞，所以在日記裡，賴和說：「這一層似不甚重要。……要我提出靈魂相示，這使我啞口無可應。」

被關獄中，賴和還能說些什麼呢？難道不打自招？以日本軍警的調查能力，諒非無風起浪，否則當時何以為查明翁俊明對臺工作情形，單單逮捕賴和呢，我們也有理由懷疑賴和此一階段與翁俊明有聯絡。第三十九日（1942.1.15），賴和心悸亢進發作。這一天的日記是他最後一天的紀錄，此後即體衰未再記日記。賴和在最後一段提到：

> ……看看此生已無久，能不能看到這大時代的完成，真是失望之至。[46]

拘留五十餘日後，其終因病重出獄，隔年（1943）一月三十一日逝世，果真未能看到大時代的完成。翁俊明亦於同年十一月十八日病逝於漳州中國國民黨臺灣省黨部主委任內。[47]

---

44 〈獄中日記〉，《全集》，頁 295。
45 黃敦涵，前揭書，頁 95。
46 〈獄中日記〉，《全集》，頁 302。
47 黃敦涵，前揭書，頁 110-111。

賴和這段因與翁俊明的關係繫獄，在獄中引發心臟病，以至後來病逝，遂成一段歷史之謎。退一步而言，即使賴和戰時果眞未和翁俊明有所聯絡，但他遭軍警逮捕，依然是由於臺灣總督府醫學校時代的關係，翁俊明的同學中賴和特別受到注意，那麼對於年輕時賴和曾涉及復元會或同盟會的活動，更是提供了一則例證。

以上綜合賴和的詩文及事蹟來看，賴和於臺灣總督府醫學校時代，與同盟會及其外圍的復元會有所關連，雖然在歷史的斷層中被淹沒，且臺灣光復後無人挺身爲其證實，但也不是毫無線索可尋。

三、出身民間回到民間

賴和在新文化運動中，不但是一位能展現臺灣社會面貌的傑出作家，而且是行醫濟世的仁醫，兩者可說是合而爲一的，他以醫術救治人的肉體，以文學解剖社會，安慰人的靈魂。關於他人格的養成，有必要先加以探索。

影響賴和最大的是他的祖父以及出身背景。賴和不僅遺傳了他祖父賴知的體形「身量不甚高，但是很結實」，[48] 而其心理隱密的層面，亦和其祖父有所關連：

> 經「戴萬生之亂」，家遂零落，祖父兄弟六人，祖父最少，因家業喪失，遂各謀生。祖父聞好博奕，成家後，猶不能改。吾父五歲時貧甚，歲晚無錢，祖母把衣裙使入質，以其錢度歲，但恐其得錢復賭，教吾父隨之去，

48　〈我的祖父〉，《全集》，頁 261。見過賴和的人也都留下這樣的印象。

於弄鈸，父親又是道士，都和民間習俗有密切的關聯，這種小傳統中的生活，深刻影響賴和幼年的階段，也使得他從小與民間有一體感。爾後賴和同情弱者，站在弱者的立場，是本性的自然流露，不必然全屬於意識型態的層面。賴和的祖父成名之後，尚有謙虛的美德：

> 祖父當技藝時行（風行）時，若有同（誤印「問」）藝者的地，多辭不往，有鬥藝時，也多不使對手有難堪處，有特長之技，多略不演。後年老，到遠多坐轎，但是往返在街外落手，罕有坐在宅門前者。[55]

賴和在爾後的新文化運動中，牽涉層面頗廣，但皆不強出頭，默默做事，或以行動支援，或以經濟支援，絕少主動躍身領導階層，而自然令眾人傾服。遠溯原因，和其祖父的言教身教，頗有關連。

第二位影響賴和較深的長輩，就是小逸堂書房的漢文老師黃倬其，如前節所述，他使賴和與中國的大傳統接頭，民族意識更為熾烈。即使黃倬其在一九二○年逝世之後，賴和在詩文中亦屢次提及，並有「豈天果欲斯文喪也，胡不愁遺一老以保我後生耶」[56]的強烈感嘆。

第三位影響賴和的是就讀臺灣總督府醫學校時代的校長，日人高木友枝（人稱衛生總督）。他是位實實在在的教育家，最重視人格養成。賴和行醫後回憶道：

55　〈我的祖父〉，《全集》，頁262。
56　〈小逸堂記〉，《全集》，頁321。

……每週總有一點鐘來教我們修身。但是先生的講義卻不由書籍上的文字講解，只是講些世間的事情，但聽得我們每恨一點鐘的容易過。[57]

高木「不存有內臺人的成見」，[58]盡力栽培醫學校的學生，對他們強調「將來的臺灣會成為醫學校卒業（畢業）生的臺灣」，[59]緣由重視人格的養成，每年畢業典禮總一再訓示：要做醫生之前，必須做成了人，沒有完成的人格，不能盡醫生的責任。[60]醫生賴和終其一生無負其師的教誨。但做為一個臺灣人醫生，在日本統治下仍然受到歧視，並不是每個日本人，都能像醫學校的校長高木友枝那樣做到內（日本）臺（臺灣）人無分別。

賴和一九一四年四月醫學校畢業，仍留在臺北實習。[61]一九一五年始由學校的推薦，前往嘉義醫院就任醫職；他的薪水不及同時任職的日本人一半，且沒有配給宿舍，得自己去租房子。[62]同年十一月回鄉，與西勢仔王浦四女王氏草結婚，時年廿二歲。[63]婚後仍回嘉義醫院，但任職將近一年，所擔任的仍然是筆生（筆錄病歷的實習醫生）和翻譯的事務，不被承認是完全的醫生。賴和無法忍受這樣的歧視待遇，提出陳述，結果非僅不能見容，並且衝突對立得更厲害，「所受的待遇，就更加冷酷了」，[64]終於辭去醫院的職務。其於一九一七年六月

---

57 〈高木友枝先生〉，《全集》，頁 263。
58 同上註，頁 267。
59 賴和自傳體小說，〈阿四〉，《全集》，頁 336。
60 同註 57，頁 267。
61 賴和《一九〇八──四年稿本》中，扉頁中簡單記著「一九〇九入臺醫一九一五」，臺北醫學校就業期間 5 年，1915 當年仍在實習，至於哪家醫院則不詳。
62 自傳體小說，〈阿四〉，《全集》，332。
63 賴恒顏、李南衡合編，〈賴和先生年表簡編〉，收於《全集》，頁 489。
64 同註 62，頁 333。

返鄉，在彰化市仔尾故居自行開設賴和醫院。[65]並於一九一九年七月左右渡海前往廈門，服務於設在鼓浪嶼租界的博愛醫院。由於博愛醫院和背後的臺灣總督府有密切的關係，賴和的思想和他所處的位置，是矛盾性的存在，不能輕易調和。五四運動以來高昂的反日思潮，再加上廈門的一些被當地人稱爲「臺灣呆狗」的臺灣籍仗日本勢力欺壓中國人，[66]賴和對此類人的行徑曾有詩加以譴責：

> 門牌國籍註分明，犯禁公然不少驚。
> 背後有人憑假借，眼中無物任縱橫。[67]

儘管賴和絕不類同於所謂的「臺灣呆狗」，熱心爲大陸同胞服務，他的總督府醫官身分，負有日華親善的責任，亦不免使他身處尷尬的地位。這時候他給友人的詩，可看出內心的強烈痛苦：

> 故國相思三下淚，天涯淪落一庸醫。
> 此行祇爲虛名誤，失腳誰能早日知。
> 流水萍踪遊子恨，秋風葦膾楚囚悲。
> 近來生活無須問，贏得傷離幾首詩。[68]

賴和使用「天涯淪落」、「失腳」等強烈字眼，顯現出所處地位的矛盾，此外對於當時軍閥割據下的中國政情亦極爲失

---

65 同註 61，載於稿本扉頁。
66 參見戴國煇，「日本の植民地支配と台湾籍民」，頁 106-8。
67 賴和，〈廈門雜詠〉，《一九一八～二二年稿本》（「懶雲書室」稿紙裝釘），頁 61。
68 同前註，〈得敏川先生書及詩以此上復〉，頁 57-58。

望：

> 亂世奸雄起並時，中原殘局尚難知。
> 茫茫故國罹烽火，颯颯西風隕舊枝。[69]

> 莽莽神州看陸沉，縱無關繫亦傷心。
> 迴天有志憐才小，填海無功抱怨深。[70]

> 數聲野哭雲沉黑，滿眼田荒草不清。
> 匪患初安兵又到，一村雞犬永無寧。[71]

　　故國神州這樣的亂局，加上於同安見到有人於市中公然
為人注射嗎啡，而趨之者絡繹不絕，賴和深深感嘆「人病猶可
醫，國病不可醫」，[72]再停留於博愛醫院，亦無可爲。既然對
這一階段的經歷深感痛苦，一九二〇年四月次男志煜於故鄉出
生，更牽動了他思鄉的情懷，於是在五月間掛冠歸來。這時賴
和所寫的傳統詩〈歸去來〉，最能反應他內心痛苦的糾結：
「十年願望一朝償，塞翁所得原非福。」[73]一九二〇年上推十
年，正好是賴和進入臺灣總督府醫學校的第二年，顯然在那時
與翁俊明等人密切相處，即有回到大陸的念頭。既然「此行未
是平生志」，只有歸鄉。賴和感嘆道：

69　同註 67，〈中秋寄在臺諸舊識〉，下記古月吟社諸公，頁 61。
70　同上註，下記肖白先生，頁 62。
71　同註 67，下記鄉村，頁 59。
72　〈於同安見有結帳幬于市上爲打嗎啡者而趨之若鶩者更不斷〉，收於《全集》，
　　頁 370。
73　〈歸去來〉，《全集》，頁 371。

酬世自知才幹拙，思鄉長爲別情牽。
一身淪落歸來日，松菊荒蕪世亦遷。[74]

詩中的「別情」，毋寧是大我的民族感情，是賴和民族意識的表現。而在博愛醫院的行醫，賴和再次使用「淪落」此強烈字眼，可見確與向來所持的民族意識有所衝突。回到彰化之後，除了不得志之外，亦擔心故舊有所誤會，賴和用以下的詩句，給在博愛醫院的這一段經歷，做了總結：

鏡前自顧形影慚，出門總覺羞知己。
飽來抱膝發狂吟，篋底殘篇閒自理。[75]

自一九二〇年六月之後，賴和一直在彰化行醫，每天病患超過百人以上，[76]賴和出身民間回到民間，以他的醫術醫德，贏得當地民眾出自內心的愛戴。

四、由舊文學進入新文學

賴和的廈門之行（1919.7～1920.5），正當五四新文化的高潮，也是反日運動最激烈的時期。賴和身爲博愛醫院的醫官，這一段經歷，具有強烈的矛盾，也造成內心強烈的激盪，最後只好掛冠歸來。但是在廈門約略一年的時間，賴和也有意外的收穫，那就是直接感受到五四新文化運動的衝擊。

74　同上註。
75　同註73。
76　見楊雲萍，〈追憶賴和〉，原刊《民俗臺灣》3卷4號，譯文收於《全集》，頁411；另楊逵，〈憶賴和先生〉，原刊《臺灣文學》3卷2號「賴和先生悼念特輯」，譯文收於《全集》，頁418。

　　我們尚不能肯定這段期間賴和閱讀的範圍，以及是否有新文學作品的寫作？但檢視賴和的遺稿，我們發現賴和在傳統詩稿本中，一九二一年年底已有為慶祝南社十五週年，他練習用白話寫的祝賀詞；[77]一九二三年傳統詩的稿本中，已夾雜三首白話詩；一九二三年九月十五日，已寫了介於散文與小說體的〈僧寮閒話〉，[78]這些是賴和新文學的最早紀錄。

　　回溯賴和文學修持的過程，早年小逸堂等書房的漢文教育，乃是他能寫傳統詩的重要根源。就讀醫學校時期，除繁重的課業之外，賴和亦會偷看小說。[79]行醫初期，起先看《玉梨魂》、《雪鴻淚史》、《定夷筆記》等當消遣；[80]等到新文學運動來臨時，換看《灰色馬》、《工人綏惠洛夫》、《噫！無情》（雨果《悲慘世界》）、《處女地》以及《克拉格比》等類的翻譯小說。[81]甚至一九二三年底因治警事件第一次入獄，賴和在獄中亦申請看《噫！無情》、《紅淚影記》等小說。[82]這時賴和的重點仍在傳統詩，但透過翻譯的西方文學，新文學的種子，已在等待著適當時機發芽生長。

　　賴和一九二二年六月以傳統詩〈劉銘傳〉兩首應《臺灣》雜誌徵詩，始見作品發表。當時詞宗是林獻堂，詩題〈劉銘傳〉，七律，限一東韻，於一九二二年四月刊出徵詩啟事。[83]

---

77 懶雲書室稿紙裝釘，計 52 頁。第 1 頁書丙辰丁巳間（1916～1917），第 47 頁有「申酉歲晚書懷」，申酉係 1920～1921 年，「祝南社十五週年」寫在這首詩之前，經查南社建立於丙午年（1906）冬天，此文最早不會早於 1921 年底。

78 收於《全集》的〈僧寮閒話〉，缺了原稿本的後兩頁。其中和尚有句話，反映了賴和的想法：「現大千世界裡，有何法律，但有維持特別階級之工具而已，亦不過一種力的表現罷。」這個主題在賴和以後的小說創作中一再重現。

79 參見〈慈事〉，《全集》，頁 920。

80 參見〈彫古董〉，《全集》，頁 39。

81 《克拉格比》一書，見於〈一桿「稱仔」〉的後記，《全集》，頁 19；其餘諸書，同上註。

82 賴和以日式漢文寫於在監人請願用紙。原圖發表於《賴和先生平反紀念集》。相片部分，頁 2。

83 《臺灣》，3 年 1 號，漢文欄扉頁。

賴和的詩以懶雲署名，分別獲選第二名、第十三名。[84] 爾後懶雲成爲賴和眾多筆名中，最常使用的一個，也正式成爲他的別號，死後亦刻在墓碑上。傳統詩的寫作，是賴和行醫之餘的心靈寄託。一九二五年左右，他與彰化地區的友人組成流連思索俱樂部，[85] 不採用傳統詩社的名稱，一方面源於張我軍已開始攻擊墮落的傳統詩社，一方面也因爲成員都是新知識分子，[86] 以示有別於傳統文人的結社。

賴和等十六個詩友，有一次曾於晚上聚會，寫詩諷刺當時的御用紳士，計得絕句廿四首。茲引用其中二首，以見流連思索俱樂部的傳統詩之風格：

位置居然負眾望，有爲身爲送迎忙。
太平作犬光榮甚，放棄人權不主張。

應酬慣善跑官場，品格何須論短長。
若得太平啣塊肉，胸前鎖鍊亦榮光。[87]

這些詩，主要是針對辜顯榮等公益會的紳士、有力者。因辜顯榮曾經親到臺灣文化協會演說，公開主張「吾人寧作太平犬，莫作亂世民」。[88] 這句充分表現順民心態的「名言」，流傳甚廣，爲御用紳士的言行做了極佳的註腳。賴和也曾有一首

---

84 《臺灣》，3 年 3 號，頁 43-44。
85 流連思索俱樂部當是 1939 年設立的「應社」前身。
86 楊樹德（笑儂）、楊木（雪峰）、楊松茂（守愚）、楊添財（雲鵬）、吳衡秋（蘅秋）、黃周（醒民）、王金海（金海）、陳滿盈（虛谷）、石錫勳（逸南）、賴和（懶雲）、李添才（華如）、陳英方（盈芳）、楊子庚（石華）、若盧（可能是陳崁）、鴻祥、定夫等十六人。參見《陳虛谷選集》，頁 436。
87 刊於《臺灣民報》3 卷 5 號。頁 16。
88 參見 1923 年 6 月 24 日的演說紀錄，刊於《臺灣民報》5 號，頁 10。

表現出色的白話新詩〈飼狗頷下的銅牌〉，[89] 未曾繫年，極有可能也是寫於這一階段。

　　賴和熱中於傳統詩的時候，早在一九二一年底，已同時在練習白話文的寫作。從現有資料裡，發現最早的一篇，是寫給南社十五週年的祝賀詞。由於是夾在賴和的稿本中，未曾發表，為了探討的方便，依照原文格式先行引用：

〈祝南社十五週年〉
世間話說得好，
詩是無用的東西，寒不會禦寒，飢不會療飢。
那仙的李白，聖的杜甫，究竟何補些兒？
是是飢要覓食，寒要覓衣的，
實在用他不著，也就可以付之不知。
咳我且問汝，誰叫汝們會寒會飢？
汝們可曾偷懶過呢？
我們作詩的亦還不衣會寒，不食會飢，
就是做苦來過日子也廢不了做詩。
為什麼呢？有的、愁嘆的聲、傷悲的淚、
歡喜的情、感憤的氣，
一條鞭寄在裡頭去。
況又是通聲氣，同環境的人自然會聚攏
在一塊兒。
貴社創立過十五年了，
社況的盛大，社運的發展，久為我們所共知
南都文化的精血盡傾注在這裡，

89　收於《全集》，頁342-344。可明顯看出是流連思索俱樂部諷刺御用紳士的白話詩之表現。

問精神的發露就在——詩——

我希望大家們實地裡做詩人，

生活去使這無用的有用，教他不知者共知。

爲我們作詩的吐些兒氣，

那始不負我們

用盡心力來做詩。[90]

　　這是賴和的第一篇白話文作品，文白夾雜。他的文言文、傳統詩都寫得極好，但要換寫白話文，可不是容易的事。賴和用了一些語助詞如「兒」、「呢」、「了」來增加白話的氣氛，但因文白夾雜，讀起來十分拗口，有些地方語義不甚清楚。這一篇白話文作品，可印證臺灣新文學的出現是多麼不容易。

　　夾在一九二二年稿本，有譯〈番歌二曲〉亦文白夾雜，這裡只引用其中一首：

香菸成堆好酒如淮

我頭社的兄弟啊

搖蕩輕槳—款款來

水草礙行舟

勿惜少迂迴[91]

　　從民間歌謠來吸收新經驗，這也是一種新的嘗試。賴和第一次寫白話詩則見於一九二三年稿本，題目爲〈歡迎蔡陳王三先生的筵間〉。亦未曾發表，引用全詩如下：

90　同註77，頁43-46。
91　《一九二二年稿本》，頁18-19。

兄弟們。

這二十世紀

是解放運動全盛之時。

世界新潮流、

久已高高漲起。

（批者——尚不知是誰——「在二十世紀」下加一「？」，將「全盛之時」，改爲「全盛的時期」。眉批：世界有此新潮流原來不錯）

無奈何我可愛臺灣、

尚閉置在眞空裡！

沒有傳波的空氣、

終只寂沉沉反動不起。

（批者將「無奈何」，改爲「怎奈何」。眉批：文明是漸漸來的，不必性急然亦可見是有心人）

唉太陽高起來了

氣壓變動了、物質膨脹了。

眞空的瓶兒微微地破裂了。

新鮮的氣流透進來了。

快醒罷、不可耽眠了。

（批者將「快」改爲「快快」；「耽」改爲「貪」。眉批：寫天氣變晴甚有機勢卻不脫清晨景象故佳）

這幾位早起來的弟兄。

說破了脣兒、喊破了喉嚨。

是因爲什麼事呢。

我們亦自各有天職。」

（「熙」字筆誤，批者未將「熙」改正爲「煦」，只在「吹」字底下，加一「著」字；「閃」字改爲「埋沒」兩字。）[94]

　　這首詩是賴和的心聲，也是日治下臺灣民眾的心聲。「踐踏只得由他罷」，但絕不是屈服，是「覺悟」產生力量。全詩藝術技巧上仍待琢磨，但賴和在〈草兒〉詩中表現的精神，絕對是可貴的抵抗精神。他以後能在文學上有傑出的表現，其中一部分亦源於這種不屈不撓的抵抗精神。

　　一九二四年賴和傳統詩稿本，大量出現白話詩，計有〈感詩〉、〈代諸同志贈林呈祿先生〉、〈破壞〉、〈生活〉、〈生命〉、〈奉獻〉、〈有力者〉、〈種田人〉、〈壓迫反逆〉、〈瘋人的叫聲〉、〈日本藝者〉、〈可憐的乞婦〉、〈希望〉、〈山仔腳〉、〈黃昏的海濱〉、〈日傘〉、〈祝吳海水君結婚〉、〈晚了〉、〈忙〉、〈人心〉、〈生的痛苦〉、〈多數者〉等共計廿二首，[95]篇幅占了一九二四年稿本一半以上，而且題材相當廣泛。這已充分顯現出，在張我軍一九二四年十一月廿一日發表〈糟糕的臺灣文學界〉以前，賴和已經直接從五四新文學運動的源流裡吸收養分，並勤加練習。

　　這裡僅先引用賴和給他醫學校的後期同學（二十期畢業），也是文化協會同志吳海水的結婚祝詩：

94　《一九二三年稿本》，頁 51-53。
95　爲免行文蕪雜，此一部分及〈送盧谷君之大陸〉等白話詩當另文處理。

自由結婚神聖戀愛
是吾們——所主張提唱〔倡〕
要達到實現的時代
（批者將「所」字畫掉）
　　汝們倆
得有美滿今日
雖說是愛情的媒介
亦因為不避——
　　俗世議論愚頑指摘
有那奮鬥的精神
　　　堅決的毅力
始獲從舊慣的範圍裡
　　　解脫出來

在充滿了喜氣的寺堂中
一束束的鮮花
特地裡美綠嬌紅
至愛之神監臨著
互相握手的剎那
已足償了人生苦痛

更希望造成理想家庭
來光大新人名聲
把叛逆憐憫等——德性
遺傳給子孫
好擴張我族的繁榮
（批者將「叛逆憐憫等——」改為「悲天憫人鋤強扶弱

篇有關文學的論文〈文學與職務〉，整整五年；距離黃呈聰一九二三年元月在《臺灣》發表〈論普及白話文的使命〉，兩年八個月；距離張我軍一九二四年八月於《臺灣民報》發表〈新文學運動的意義〉，約略一年；距離楊雲萍、江夢筆一九二五年三月創辦臺灣第一本白話文學雜誌《人人》，約略半年。這也足以看出臺灣新文學理論的出現與作品實踐間的困難。

一九二五年十二月張我軍《亂都之戀》結集出版。這時賴和方才發表第一首白話新詩〈覺悟下的犧牲〉，該詩不僅不歌功頌德，不粉飾太平，而且站在殖民地被統治者的立場，以詩為劍強烈地批判「支配者」──日本當局是虎狼鷹犬。單從這首詩的副標題：「寄二林事件的戰友」，已鮮明地標示賴和全面肯定奮起力爭權益的農民。全詩賴和如此結束：「唉，／覺悟下的犧牲！／覺悟地提供了犧牲，／我的弱者的鬥士們，／這是多麼難能！／這是多麼光榮！」。[100] 僅以這首詩，賴和所呈現的道德勇氣與文學藝術，就足以在臺灣新詩史上，占有不朽的一頁。

隨後賴和於一九二六年元月發表〈鬥鬧熱〉，開始小說的寫作，也同時展開十年間多彩多姿的新文學生涯。

從賴和步入新文學的園地，吾人可歸納出他文學創作的心路歷程：傳統詩→新詩→散文→小說。這樣的發展過程，大體也符合新文學運動的發展過程，賴和的創作，從一開始就與新文學運動有密不可分的關係。

---

100 原刊《臺灣民報》64 號，收於《全集》，頁 139-142。

五、初期作品白話文的運用

　　臺灣新文學運動的啓蒙期，受到中國大陸五四時代文學革命的影響，有明顯線索可查，甚至東京、臺灣留學生組織的新民會，於一九二〇年七月十六日創刊《臺灣青年》，單從取名都可看到陳獨秀創辦的《新青年》之影象。[101] 在《臺灣青年》的創刊號上還邀請了北京大學校長蔡元培題字：「溫故知新」；慶應大學畢業的陳炘寫了臺灣新文學運動的第一篇理論文章〈文學與職務〉，結論云：

　　　　蓋文學者，不可僅以使人生有自然之興趣，純潔之情操，爲責任已完。又當以傳播文明思想，警醒愚蒙，鼓吹人道之感情，促社會之革新爲己任，始可謂有自覺之文學也。……近來民國新學，獎勵白話文，無非有感於此耳。[102]

　　顯示陳炘受到中國大陸胡適、陳獨秀等人文學革命的影響。此後，不管是《臺灣》、《臺灣民報》有關文學理論，都不脫五四新文學運動的範疇。一九二三年四月十五日發行的《臺灣民報》創刊號，其中陳逢源的一首詩，直接道出此一源流。陳詩云：

　　　　詰屈聱牙事可傷，革新旗鼓到文章。
　　　　適之獨秀馳名盛，報紙傳來貴洛陽。[103]

---

101 在《臺灣民報》67 號，紀念創立 5 週年發行 1 萬部的紀念號裡，靜園陳寄生曾提到從臺灣青年以來所推動的潮流，「也恰像那民國的新青年嗎」，頁 36。
102 《臺灣青年》創刊號，頁 42。
103 〈祝臺灣民報發刊〉，《臺灣民報》創刊號，頁 25。

這一期並轉載胡適的戲劇作品〈婚姻大事〉，爾後屢次轉載陳獨秀、魯迅、郭沫若、徐志摩、劉大杰等人文學的作品，得見臺灣新文學運動受到五四新文學的影響是相當明顯的。

臺灣的青年人對於白話文發生興趣，我們也可從《臺灣民報》創刊號上，黃朝琴（超今）答覆臺北林佛樹的一則記載，看到這個趨勢。黃氏云：

> 接到你的信，即知你極熱心共鳴我們的宗旨，要同我們一齊提倡白話文，實在感服得很。承問研究的方法，最捷快的就是先向上海亞東圖書局（「館」字誤寫為「局」）購本語法講義，及知道了用法，即再買幾本白話的文範練習練習，數月之後包管成功。[104]

亞東圖書館是一九二〇年代，胡適推動白話文的主要陣營之一，像《紅樓夢》、《水滸傳》、《金瓶梅》等古典白話文學都由亞東以新式標點重行出版，《胡適文存》、《獨秀文存》等推動新文化的重要書籍，也是由亞東出版。[105] 黃朝琴建議有心研究白話文的青年，向亞東買白話書本練習，亦可看出他一九二三年一、二月相繼發表〈漢文改革論〉上、下篇，[106] 也是有所淵源。同時代發表文學理論的人，自然亦有所本，脫離不了五四這個源頭。

《臺灣民報》創刊同時倡設白話文研究會，以啓發臺灣文化，做為創刊的紀念事業，強調「現在中國公學校裡都改用白

104 〈研究白話文的討論〉，《臺灣民報》創刊號，頁 26。
105 在《臺灣民報》創刊號上即可看到介紹亞東圖書館發行的《水滸傳》、《胡適文存》、《獨秀文存》、《中國語法講義》等書的廣告，頁 27。
106 〈漢文改革論〉刊於《臺灣》4 年 1 號，頁 25-31；〈續漢文改革論〉刊於《臺灣》4 年 2 號，頁 21-28。

話文」，「提倡白話文要做社會教育的中心」，另擬定會所設於臺南市東門町，印出臺灣白話文研究會的暫定簡章，邀集關心白話文的人入會。[107]這樣具體地推動白話文，也和中國大陸的潮流有關。

臺灣新文學是由白話文出發，賴和得風氣之先，早在一九二一至一九二四年，於他傳統詩的稿本中，練習寫白話詩文，奠定了寫作基礎。而身爲臺灣新文學的開拓者，賴和的重要意義在於通過他的文學創作，將臺灣一九二〇年以後的文學理論，具體化地呈現出來，由他「打下第一鋤，撒下第一粒種子」。[108]我們從他早期發表的作品，再一次檢討白話文使用的問題，可以肯定地說，賴和以他辛苦磨練來的中國白話文基調，加上不可或缺的臺灣色彩，形成他文字的特殊風格，以作品更進一步帶動臺灣新文學的風潮。

整體而言，賴和使用白話文的能力，是隨著寫作的年代，愈來愈進步、愈口語化。誠如研究者梁景峰所言：

> 賴和的小說文字除了稍嫌生澀外，很少出現用字和句法的錯誤，他使用的字大都是常見的簡單字，很少難字和抽象用語。他不用長句，只用短句，就是用逗點（、）等於今日（，）的用法，把主句和各種副句和副詞片語間隔，使句子的意義明朗化，不易使人誤解。所以唸起來相當順口，並無囉嗦的感覺。小說中人物的對話也力求真實，符合當時狀況，所以大都用臺語口氣，常用一些幽默的古成語。[109]

---

107 《臺灣民報》創刊號，頁 29。
108 守愚〈報顏閒話十年前〉，《臺北文物》3 卷 2 期，頁 62。
109 梁景峰（梁德民），〈賴和是誰？〉，原刊《夏潮》1 卷 6 期，收於《全集》，頁 440。

　　爲了探討賴和早期白話文的來源，我們以他最早公開發表的散文、白話詩、小說各一篇來追索臺灣新文學初起步時的語言使用問題。賴和的〈無題〉，是這樣開頭的：

　　　明天是她結婚的慶典、可沒有一點點東西、表些些祝意麼？我心裡想了又想、默默地想——[110]

　　這純粹是中國白話文，用中文來讀極爲通順，如果完全換用臺語來讀，是讀不通的。「她」字的用法，是開風氣之先，以後才有楊雲萍在《人人》雜誌裡使用。

　　　　——一陣喧天的鑼鼓、從前街過來、一雙腳不由自主地把我的軀體、搬運到街上去。「看熱鬧去啊！媽媽。」街上的孩子們走著在喊。[111]

　　在臺灣新文學作品裡，使用「不由自主地」，這樣的副詞，以及「媽媽」這一詞，都是開風氣之先。「看熱鬧去啊！」如果換用臺語語調，得改爲「去看鬧熱啊！」可見賴和是以中國白話文語調行文。

　　　　——金鐲子、嵌寶石的指環、翡翠的頸飾、最時式的衣衫、這些物件、當能使她滿足、快樂、眞的她已經滿足快樂了！我喃喃地獨語著。[112]

110 賴和發表作品的刊物、時間，見下1節的附表。爲了查閱方便，以下悉引自《賴和先生全集》，少許脫落字，已依據原刊改正，頁201。
111 同上註。
112 同註110，頁202。

「時式」即國語裡的「流行」，「物件」即國語裡的「東西」，賴和就是這樣加入了一些臺灣語調以加重臺灣色彩。再以賴和的第一首發表的新詩〈覺悟下的犧牲〉第一段為例：

覺悟下的犧牲
覺悟地提供了犧牲
唉，這是多麼難能
他們誠實地接受
使這不用酬報的犧牲
轉得有多大的光榮[113]

這也是中國的白話文，加入像「轉得」（反而）這樣的臺灣語調。第七小節：

我們只是一塊行屍
肥肥膩膩、留待予
虎狼鷹犬充飢！[114]

這樣的白話新詩，無論內容與技巧的表現，放在一九二〇年代，大多數主題薄弱、語言依然生澀的大陸文壇，絕對可以其傑出的表現被選為代表作。再看賴和發表的第一篇小說〈鬥鬧熱〉的開頭一段寫景的場面：

　　——拭過似的、萬里澄碧的天空、抹著一縷兩縷白雲、覺得分外悠遠、一顆銀亮亮的月球、由深藍色的山

113 《全集》，頁 139-140。
114 同上註，頁 141。

楊守愚曾提到有關經過：

> 民報原沒有設文藝欄。但經過了言文論爭，又發表了賴懶雲的小說之後，當時民報的編輯醒民（黃周）思有以促進臺灣新文學之報導，就主張設文藝欄，為文學同好者提供發表、討論的園地。……這樣經過數次討論之後，才知道了要一起解決人才和經濟難題的上策，將文藝欄創設的重責整個囑託於懶雲氏之外，別無他法。[118]

可見在新文學運動開展期，賴和扮演了極為重要的關鍵性角色。與賴和同時起步創作白話文學的楊雲萍，這時候正於留學日本大學後轉入文化學院，而張我軍正在北京師範大學就讀，環顧臺灣，除了賴和再也找不到具有創作經驗的編輯人選。賴和的編輯工作，十分吃重，就如同在一片荒蕪的園地裡開墾，以便培養出各種的奇花異草。楊守愚極為了解箇中甘苦，因此在他的回憶裡，留下了相當重要的一段紀錄：

> 通常，一個編輯者任務，無非只是擔當作品之閱讀從而加以選擇的工作，遇到「不合格」的作品，就把它往紙字簍一丟了事。但是，懶雲當時的文學界情況卻不是這樣。為了補白報紙空下來的版面，就無法去選擇原稿，他當時幾乎是拚著老命去做這份工作的。他毫不珍惜體力地去一一刪修寄來的稿子，有時甚至要為人改寫原稿的大半部分，常常有些文章，他簡直是只留下別人的情節而從頭改寫過。[119]

---

118 〈小說與懶雲〉，原刊《臺灣文學》2卷2號，收於《全集》，頁426。
119 同上註，《全集》，頁426-427。

從這段話我們可以充分明瞭，一直到一九三三年十月二十五日，郭秋生、廖漢臣、黃得時、朱點人、林克夫、蔡德音……在臺北成立臺灣文藝協會，於隔年元月發行機關雜誌《第一線》之前，臺灣本土文壇是以賴和爲中心建立起來的。（陳）虛谷、（楊）守愚都受到賴和的提攜，而現在生平不詳的人，如鄭登山、太平洋、鐵濤、劍濤、慕、孤峰、SM生、瘦鶴等人的作品，[120] 如果沒有賴和的修改或從頭改寫過，恐怕亦不能達到那樣的水準。

日治下的臺灣，是與中國隔絕的，黃呈聰、張我軍、蔡孝乾、黃朝琴、賴和等人，彷彿是一條臍帶，輸送了文化的新因子。賴和從一九二五年出發，以迄成爲文壇的重鎮，除了他個人的創作天分之外，中國白話文的能力，亦是不能忽視的重要因素。

六、文學創作與文學活動

賴和的新文學活動，始自一九二五年八月發表第一篇隨筆〈無題〉，當時他三十二歲；終於一九三六年元月發表小說〈赴了春宴回來〉，[121] 當時他四十二歲，前後約略僅有十年的時間。從一九三六年初之後，至一九四三年一月三十一日逝世，前後整整七年之久，不曾發表任何一篇新文學作品[122]，也不曾參加任何一次的文學論戰，甚至一九三九至一九四〇年之

120 所發表的作品，收錄於李南衡編，《日據下臺灣新文學》（臺北：明潭，1979.3）；以及鍾肇政、葉石濤主編，《光復前臺灣文學全集》（臺北：遠景，1979.7）。

121 在賴恆顏、李南衡合編《賴和先生年表簡編》（1936），尚有「小說：〈春雷譜〉，在《臺灣新民報》連載」1 句。《全集》，頁 499。這是延續王詩琅〈賴懶雲論〉一文的誤記，事實上〈春雷譜〉是楊雲萍寫的日文小說。

122 1936 年賴和還曾在《臺灣新文學》發表〈寒夜〉、〈苦雨〉、〈田園雜詩〉、〈新竹枝詞〉，這已是傳統詩的形式，故不列入新文學的創作。

際，李獻璋編選的日治時期唯一漢文《臺灣小說選》中，[123] 選錄了賴和五篇作品，[124] 但他也未寫序言，而由選錄三篇作品的楊雲萍執筆；一九三九年秋天，賴和與彰化地區友人成立「應社」，[125] 又恢復以傳統詩爲創作的中心。換言之，在新文學運動的高潮時期，中日文新作家人才輩出，而賴和已退出他心血灌漑出來的園地了。當然，一九三七年六月底，臺灣總督府強制僅存的《臺灣新民報》、《臺灣新文學》相繼廢除漢文欄，[126] 若賴和又堅持用漢文創作，則已英雄無用武之地；停止新文學的創作，以文化遺民的精神寫傳統詩，正是一種文化抵抗的姿態。由這個角度來理解賴和的新文學活動，更突顯出他所具有的特殊意義，但多年磨練出來的新文學寫作技巧就這樣放棄了，亦是臺灣新文學的重大損失。賴和的停止新文學創作，是否尚有另外的因素，亦值得進一步探究。

　　賴和十年間的新文學活動，所發表的作品計有小說十六篇，新詩十二篇，隨筆散文十二篇，通訊、序文各一篇，總共四十二篇。作品生前雖未能結集出版，但幾乎每一篇發表時都引起廣泛注意，影響深遠，方能取得「臺灣新文學之父」的聲譽。

　　以下爲了研究的需要，不依發表的先後而按照寫作的先後時序，先行列表如下：

---

123 這本《臺灣小說選》在日治時期未能出版。據王詩琅的説法：「這本選集大約是日昭和九或十年出版，已經排好了版，提出日當局審查，將行問世，就遭禁止發行，版也馬上毀掉，永遠不能問世。據他們說禁止理由是全書的內容欠妥，換句話說就是說這選集充滿了濃厚的反日民族色彩。」《臺北文物》，3卷2期，頁37。

124 五篇作品依序是〈前進〉、〈棋盤邊〉、〈辱〉、〈惹事〉、〈赴了春宴回來〉。《臺灣小說選》，頁1-48。

125 主要成員是賴和（懶雲）、陳滿盈（虛谷）、楊樹德（笑儂）、楊木（雪峰）、陳英方（渭雄）、石錫勳（逸南）、楊添財（雲鵬）、吳衡秋（蘅秋）、楊松茂（守愚）、楊子庚（石萼）。

126 1937年9月，簡荷生又主編中文禁止使用後的唯一中文雜誌《風月報》，文言白話並載。

表前說明：

①●小說，○新詩，◎隨筆散文。

②以西元繫年。（　）表示推定時間。年月日均記明的是賴和註明的完稿時間。

③〈城〉在《南音》發表時題目為〈我們地方的故事〉。

④〈賴和先生年表簡編〉中，一九三六年，記載〈春雷譜〉於《臺灣新民報》連載，延續王詩琅之誤記。〈春雷譜〉是楊雲萍創作的日文作品，陳敬輝畫插圖。

⑤未公開發表的作品暫不列入。

	寫作時間	題名	署名	發表刊物	發表日期
1	1925.7.20	◎無題	懶雲	臺灣民報六七號	1925.8.26
2	（1925.8）	◎答覆臺灣民報特設五問	懶雲	臺灣民報六七號	1925.8.26
3	1925.10.23	○覺悟下的犧牲	懶雲	臺灣民報八四號	1925.12.10
4	（1925.11）	●鬥鬧熱	懶雲	臺灣民報八六號	1926.1.1
5	（1925.12）	◎答覆臺灣民報設問	懶雲	臺灣民報八六號	1926.1.1
6	1925.12.4夜	●一桿「稱仔」	懶雲	臺灣民報九二至九三號	1926.2.4～2.21
7	1926.1.9	◎讀臺日紙的〈新舊文學之比較〉	懶雲	臺灣民報八九號	1926.1.24
8	1926.3.7夜	◎謹復某老先生	懶雲	臺灣民報九七號	1926.3.21

	寫作時間	題名	署名	發表刊物	發表日期
9	（1926.12）	◎忘不了的過年	懶雲	臺灣民報一三八號	1927.1.2
10	（1927）	●補大人	懶雲	新生第一集（東京）	1927
11	1927.12.4	●不如意的過年	懶雲	臺灣民報一八九號	1928.1.1
12	1928.5.1	◎前進	懶雲	大眾時報（東京）	1928.5
13	（1928.7）	◎無聊的回憶	懶雲	臺灣新民報二一八至二二二號	1928.7.22～8.19
14	（1929.12）	●蛇先生	懶雲	臺灣民報二九四至二九六號	1930.1.1～1.18
15	1930.4.30	●彫古董	甫三	臺灣民報三一二至三一四號	1930.5.10～5.24
16	（1930.7）	◎希望我們的喇叭手吹奏激勵民眾的進行曲	懶雲	臺灣新民報三四五號	1931.1.1
17	（1930.8）	○流離曲	甫三	臺灣新民報三二九至三三二號	1930.9.6～9.27
18	（1930.9）	◎開頭我們要明瞭地聲明		現代生活創刊號	1930.10.15
19	（1930.10）	●棋盤邊	甫三	現代生活創刊號	1930.10.15
20	1930.10.5	●辱？！	甫三	臺灣新民報三四五號	1931.1.1

彰化學

	寫作時間	題名	署名	發表刊物	發表日期
21	1930.11.18	○生與死	懶雲	臺灣新民報三二九至三三二號	1930.9.6～9.27
22	（1930.12）	○新樂府	甫三	臺灣新民報三四三號	1930.12.3
23	（1930.12）	○農民謠	懶雲	臺灣新民報三四五號	1931.1.1
24	（1930.12.6後）	◎隨筆	X	臺灣新民報三四五號	1931.1.1
25	1931.1.7	○滅亡	甫三	臺灣新民報三四七號	1931.1.17
26	（1931.2）	●浪漫外紀	安都生	臺灣新民報三五四至三五六號	1931.3.7～3.21
27	（1931.4）	○南國哀歌	安都生	臺灣新民報三六一至三六二號	1931.4.25～5.2
28	（1931.4）	●可憐她死了	安都生	臺灣新民報三六三至三六六號	1931.5.9～6.6
29	（1931.6）	○思兒	安都生	臺灣新民報三七○號	1931.6.27
30	1931.10.20	○低氣壓的山頂	甫三	臺灣新民報三八八號	1931.10.31
31	1931.11.13	○祝曉鐘的發刊		曉鐘創刊號	1931.12.8
32	（1931.12）	○相思歌	懶雲	臺灣新民報三九六號	1932.1.1
33	（1931.12）	●歸家	懶雲	南音創刊號	1932.1.1
34	（1931.12）	●豐作	甫三	臺灣新民報三九六至三九七號	1932.1.1～1.9

	寫作時間	題名	署名	發表刊物	發表日期
35	（1932.1）	●惹事	懶雲	南音一卷二號、六號、九‧十合刊號	1932.1.17～7.25
36	（1932.1）	◎城（我們地方的故事）	玄	南音一卷三號	1932.2.1
37	1932.1.27	◎臺灣話文的新字問題	賴和	南音一卷三號	1932.2.1
38	（1934.11）	●善訟的人的故事	懶雲	臺灣文藝二卷一號	1934.12.18
39	（1935.1）	○呆囝仔	甫三	臺灣文藝二卷二號	1935.2.1
40	1935.10.10	◎臺灣民間文學集序	懶雲	臺灣民間文學集	1936.5
41	1935.12.10	●赴了春宴回來	懶雲	東亞新報新年號	1936.1
42	1935.12.13	●一個同志的批信	灰	臺灣新文學創刊號	1935.12.28

　　從上表的歸納，我們可以發現賴和新文學運動十年間概略可分為三期。

　　第一期：從〈無題〉到〈無聊的回憶〉。

　　　　　一九二八年七月之後，停止一年半。

　　第二期.：從〈蛇先生〉到〈臺灣話文的新字問題〉。

　　　　　一九三二年元月之後，停止一年十個月。

　　第三期：從〈善訟的人的故事〉到〈一個同志的批信〉。

　　　　　一九三五年十二月之後，未發表新文學作品。

其中尤其以一九三〇、一九三一兩年創作最為熱烈，在全

部發表作品四十二篇中，總共占了二十篇，幾乎達到半數。

賴和的第一期，相當於日治時期臺灣新文學的啓蒙期。這一階段文學理論不少，但作家也僅有謝春木、賴和、張我軍、楊雲萍、施文杞……少數幾個人。賴和的重要意義即在同時以新詩、散文、小說，實踐了臺灣文學革命的要求。

賴和的第二期，相當於日治時期臺灣新文學的開展期。這一階段（陳）虛谷、（楊）守愚、（朱）點人、（蔡）愁洞、周定山（一吼）、（郭）秋生、楊華、王白淵、（鄭）夢華……加入創作的行列。值得注意的是，上述諸人，除了朱點人、郭秋生是臺北市人、蔡愁洞是雲林北港地區人，楊華是屏東人，其他大都是彰化地區的人，即使臺北的朱點人等人亦曾受到賴和的指導。[127] 這一階段賴和除了創作之外，還負起了新文學褓姆的任務。

賴和的第三期，正當日治時期臺灣新文學由成熟期進入高潮期的階段。賴和在創作方面僅有小說三篇、詩一篇，而且明顯地〈赴了春宴回來〉、〈一個同志的批信〉氣勢上也弱了。他的困擾其中之一，來自一九三○年八月黃石輝展開鄉土文學論戰之後，引發一九三一年七月至一九三二年底，由郭秋生燃起的「臺灣話文」問題。在黃石輝的階段，賴和絕對有臺灣本土意識；在郭秋生的階段，臺灣話文的使用，賴和理智上認可，但臺語中有些有音無字的問題，顯然不是那麼容易解決，而且通篇以臺灣白話文來寫，也非常困難。在一九三二年一月廿七日給郭秋生的信上，賴和寫道：

---

127 見朱石峰，〈回憶懶雲先生〉，收於《全集》，頁420。

　　　　新字的創造，我也是認定一程度有必要，不過總
　　要在既成文字裡尋不出「音」、「意」兩可以通用的時
　　（候），不得已才創來用，若既成字裡有意通而音不諧的
　　時候，我想還是用既成字，附以旁註較易普遍。[128]

　　賴和在寫完這封〈臺灣話文的新字問題〉的通訊後，中斷
了他第二期的寫作，可見這問題深深困擾了他。

　　賴和一開始寫作，是以中國白話文為基調，再加上一些
臺灣語氣；如欲全用臺灣白話文創作，等於要重新開始。直到
一九三五年十二月十三日，他終於以臺灣白話文寫成他最後的
一篇小說：〈一個同志的批信〉，發表於《臺灣新文學》創刊
號。但得來的反響卻是這樣：

　　　　在〈一個同志的批信〉的灰氏（賴和）的計畫諒是
　　以漢字寫臺灣白話，以謀大眾化。他的立想確實可敬，可
　　是用了許多新造的臺灣白話漢字後，反見得為諸篇中最難
　　讀的一篇。[129]

　　在日本當局尚未全面禁止報刊雜誌禁用漢文一年半前，賴
和終止新文學寫作，之後即使再寫也沒有園地發表。

　　由於賴和的漢文基礎與民族意識，他對中國白話文是有深
厚的感情，也由於他善用中國白話文，故他在臺灣新文學史上
首先崛起。一九三一年以後本土意識更強，嘗試臺灣話文的寫

---

128 《南音》1 卷 3 號，頁 9。
129 《新文學月報》第 2 號，頁 12。依筆者看法將臺灣白話文提昇到文學、社會科
　　學用語，最有成就的是曾到北京研究的早稻田大學講師郭明昆（郭一舟），他
　　在 1935、1936 兩年於《臺灣文藝》發表〈北京話〉（2 卷 5 號）、〈福佬話〉（2
　　卷 6 號、10 號、3 卷 4、5 合併號），代表了日治時期科學地研究國、臺語的水平。

作，但結果顯然是失敗的，因此賴和沉默了下來。

七、路線的轉折──〈前進〉的探討

　　賴和的散文〈前進〉，是反映他一九二七年路線轉折的重要文章。李獻璋於日治時期編《臺灣小說選》時，將〈前進〉當成小說，列於全書第一篇，當時即未載明發表的雜誌；[130]李南衡編《賴和先生全集》，將之列於隨筆雜文，雖歸類正確，但文末註明「本文可能作於一九二八年前後，原載刊物及日期不詳」；[131]塚本照和及下村作次郎尋得被禁止刊行的《臺灣小說選》校本，[132]遂得知〈前進〉一文，賴和註明作於一九二八年五月一日。從另外記載得悉原發表刊物是《臺灣大眾時報》。[133]《臺灣大眾時報》，原稱《大眾時報》，是臺灣文化協會一九二七年元月文協左右分裂之後，新文協籌辦發行的刊物。[134]

　　賴和於一九二一年十月加入臺灣文化協會並當選理事，爾後擔任評議員，[135]一九二六年以降主持《臺灣民報》文藝欄，[136]一九三一年元月擔任《臺灣新民報》「相談役」，並兼學藝部「客員」。[137]當一九二七年文協左右分裂時，賴和是分

---

130 其餘選錄的小說，亦都未載明發表刊物。
131 全集，頁237。
132 塚本照和稱這本未能出版的《臺灣小說選》為「幻影之書」，下村作次郎有一論文「台湾新文学の一断面──1940年発禁，李獻璋編《台湾小説選》」，發表於《咿啞》第21、22合併號（1985.12）。這本小說選，序的第1頁有「乞校正」3字，筆者亦從賴家借得，除了少數較複雜的字尚未排上，已近印刷前的清樣。
133 守愚「報顏聞話十年前」，《臺北文物》，3卷2期，頁64。
134 參閱《臺灣總督警察沿革誌》第3編，復刻版改題《臺灣社會運動史》（東京：龍溪書舍），頁219-222。
135 《臺灣人士鑑》，臺灣新民報社，頁398。
136 此項紀錄刻在賴和墓誌上。
137 《臺灣新民報》，第345號（1931.1.1），頁28。在這之前，1930年元旦，《臺灣民報》，第294號，頁24，亦有名單，未見賴和之名。

裂後代表，但其於臺灣民眾黨成立後也擔任幹事。[138] 在這思想衝激強烈的「左右傾辯」的時刻，顯然賴和比較傾向激進路線的新文協。

一九二八年三月二十五日，大眾時報社於臺中成立。林碧梧任社長，王敏川任專務取締役（總經理）兼編輯部主任，賴和則擔任監查役兼囑託（特約）記者。[139] 在大眾時報社向臺灣總督府提出申請，結果不准發刊後，其遂移往東京發行《臺灣大眾時報》，由蘇新擔任發行人及總編輯。[140]

《臺灣大眾時報》，記事全部採用白話文，而《臺灣民報》於一九二七年島內發行許可時，讓步增添了日文，且比例愈來愈重。就這相異性而言，《臺灣大眾時報》，亦展現出文化抵抗的姿態。[141]

賴和此一階段傾向新文協，是有脈絡可尋的。在他的遺稿〈赴會〉，[142] 即已顯現徵兆。這篇散文是遠在文協分裂之前，賴和有一次赴霧峰林家開理事會的心靈紀錄。〈赴會〉由出發搭車起筆，在車站等車的時候，賴和看到一隊進香客，從而引發出一些感想：

> 這些燒金客，在我的觀察是勞動者和種作的人占絕對多數，他們被風日所鍛鍊成的鉛褐色的皮膚，雖缺少脂肪分的光澤，卻見得異常強韌而富有抵抗性，這是為人類

138 同註 135；另參見《臺灣民報》286 號，記載 1929 年 11 月 3 日，新文協第 3 回全島大會於彰化開會時，賴和被推為副議長，頁 2。
139 參閱若林正丈〈中國雜誌解題：臺灣大眾時報〉，《經濟資料月報》（1975.1），頁 2。
140 同上註，頁 3。
141 同註 139，頁 4。
142 賴和在寫於東京創作用紙的原稿上，題目前，標記 1924，不知是稍後回憶 1924 年的文協理事會，還是寫於 1924 年。〈赴會〉一文的文字比他第一篇正式發表的〈無題〉還要好，技巧也十分成熟。

服務的忠誠的奴隸，支持社會的強固基礎。他們嚐盡現實生活的苦痛，乃不得（不）向無知的木偶祈求不可知的幸福，取得空虛的慰安，社會只有加重他們生活苦的擔負，使他們失望於現實，這樣想來使我對社會生了極度厭惡、痛恨咒詛的心情，同時加強了我這次赴會的勇氣。[143]

賴和的同情勞動者，和他的出身背景有關，他本身就是出身民間而又回到民間去的人，總是站在弱者的立場，是十足的人道主義者。搭乘火車的途中，賴和想及過去文化協會所提倡的破除迷信，然而也不禁這樣想：

迷信破除也不切實際，（假）使迷信真已破除了，將提供予何種慰安，給一般信仰的民眾，像這些燒金客呢？這樣想來我不覺茫然地自失，懵然地感到了悲哀。[144]

賴和不是馬克思主義的信徒，單由他這樣自然流露的溫情，也可以略窺一二了。文中賴和描寫火車繼續向前行，他無意間聽到了兩個紳士風的日本人、臺灣人就文協開會的消息閒談，那個紳士風的臺灣人結論中批評文協的人是這樣的情形：

……那些中心分子，多是日本留學生，有產的知識階級，不過是被時代的潮流所激盪起來的，不見得有十分覺悟，自然不能積極地鬥爭，只見三不五時（臺灣成語，偶而）開一個講演會而已。[145]

143 〈赴會〉收於《全集》，比對原稿，文字稍有不同，俱已依原稿。為了查閱方便，仍引《全集》頁碼，頁 309-310。
144 同上註，頁 310。
145 同註 143，頁 311-312。

　　聽到這樣的談話，賴和不覺又感到一陣悲哀。正在等待換乘小火車時，他碰到了一位同樣赴會的同志，因對方乘坐的是一等車廂，而他買的是三等票，「只是幾句寒暄便就分手」，雖是十分簡潔的描寫，但諷刺意味極為強烈。這裡點出了文協的理事們畢竟還是出身大地主居多，像那位同志為民眾奔波，還是要搭一等車的；賴和當然不是搭不起一等車，是一種與民間一體的意識使然吧。在小火車上，他又聽到了農民對於清朝時代霧峰林家霸占農民土地的批評，以及林家對於田租的計較等等。賴和以一路上聽來的對話，一點也不渲染地呈現了他的觀點與立場。這次赴會的結果，已經顯現了賴和未來的轉折路線。在這篇文章的結尾處，他這樣寫著：

　　　　……兩派的爭執，似有不能相妥協的形勢，一派以社會科學做基礎，主張階級利益為前提，一派以民族意識做根據，力圖團結全民眾為目的。議案不能成立，一日便也了結。[146]

　　歷史之發展文化協會終於分裂，結果是以連溫卿為首結合新入會的「無產青年」占領了文協，舊文協的幹部以後退出另成立臺灣民眾黨。[147]賴和以舊時淵源仍和舊文協保持聯繫，然而已漸漸傾向新文協，於是有參加《大眾時報》之舉。

　　在日本發行的《臺灣大眾時報》創刊於一九二八年五月七日，以這一天為發行日，不是偶然的。五月七日乃是五七國恥紀念日，就這一點而言，這階段新文協的抗日與中國大陸的抗日，都具有強烈反帝國主義的傾向。

---

146 同註 143，頁 314。《全集》，民族意識，誤排為民眾意識。
147 參見葉榮鐘，《臺灣民族運動史》（臺北：自立晚報，1983.10），頁 347-348。

賴和〈前進〉一文載明五月一日，極有可能是爲《臺灣大眾時報》預定五月十日出版的「五一紀念號」而寫。[148] 五月一日是國際勞動節。賴和的〈前進〉，標示了他隨著時代的潮流前進。了解這樣的背景，再來分析內文，除了欣賞文學之美外，賴和寫作本文的義理，當更能深刻體會。

在這篇散文裡，賴和首段以「駭人的黑暗」來象徵當時在日本統治下的臺灣，然後引出主題：

> 在這被黑暗所充塞的地上，有兩個被時代母親所遺棄的孩童。他倆的來歷有些不明，不曉得是追慕不返母親的慈愛，自己走出家來，也是（或是）不受後母教訓，被逐的前人之子。[149]

母親的內在含義即是中國，後母無疑就是日本，而離家出走的孩子，隱然已呈現了日後吳濁流所描寫的「孤兒意識」了。這裏賴和提到兩個被時代母親所遺棄的孩童，內在含意指向新舊文協，是臺灣不同出身背景的兩個主要抗日團體，未來臺灣的希望。主觀上賴和希望兩方面能像兄弟般互相提攜前進：

> 他倆感到有一種，不許他們永久立在同一位置的勢力，他倆便也攜著手，堅固地信賴地互相提攜；由本能的衝動，向（著）面的所向，那不知去處的前途，移動自己的腳步。前進！盲目地前進！無目的地前進！自然忘記他

---

148 參見《臺灣社會運動史》，頁220，另據若林正丈，〈中國雜誌解題：臺灣大眾時報〉，頁3。
149 《全集》，頁234。

們行程的遠近,只是前進,互相信賴,互相提攜,為著前進而前進。[150]

時代思潮繼續不動地往前推動,這是莫可阻卻的勢力,同是時代的精英,自然必須一步一步地向前移動。然而這一階段的新文協以「階級鬥爭」做為指導原理,[151]舊文協爾後成立的臺灣民眾黨,雖然標明「以確立民本政治,建設合理的經濟組織及改除社會制度之缺陷」為綱領,[152]但實質仍是「民族運動」的內容。兩者之間,究竟存在著矛盾。賴和在〈前進〉一文中,也指明兩兄弟不是「先知」,只因在黑暗中,不得不前進,「依然向著夢之國的路,繼續他們的前程」。途中兩兄弟之中的一位,「不知是兄哥或小弟」,當另一位在休息的時候,繼續獨行:

> 此刻,他才感覺到自己是在孤獨地前進,失了以前互相扶倚的伴侶,匆惶回顧,看見映在地上自己的影,以為是他的同伴跟在後頭,他就發出歡喜的呼喊,趕快!光明已在前頭,跟來!趕快![153]

賴和在這裡顯露了他內心的傾向,並且希望舊日同伴跟上前來,但是這種主觀的意願,並不能改變客觀的事實。全文結尾處,賴和飽滿著感性的語調描寫外界的景觀:

---

150 同上註。
151 參見葉榮鐘《臺灣民族運動史》,頁 350。
152 同上註,頁 366。
153 《全集》,頁 237。

　　……暗黑的氣氛，被風的歌唱所鼓勵，又復濃濃密
密屯集起來，眩眼一縷的光明，漸被遮蔽，空間又再恢復
到前一樣的暗黑，而且有漸次濃厚的預示。

　　失了伴侶的他，孤獨地在黑暗中繼續著前進。

　　前進！向著那不知到著處的道上。……[154]

　　在一九二七年文協分裂之後的臺灣胎動期，賴和以他的這
篇散文呈現各種不同的動態。值得吾人特別注意的是新文協有
左傾的動向，但究竟與一九二八年四月十五日成立的臺灣共產
黨在初期仍是不同的派別。[155]賴和在〈前進〉中是「向著那不
知到著處的道上。……」，僅是烏托邦的理想，是奮鬥的必然
過程，並沒有預示著任何「天堂」的遠景。

　　《臺灣大眾時報》於一九二八年五月七日創刊。由於原本
準備設在臺中，後來移往東京發行，賴和因此不再介入編務。
一九二九年五月五日《臺灣民報》刊載一則有關報導：

　　　　臺灣大眾時報社因為臺灣當局不許其臺灣設置支
　　局，故不得不停止刊行，以致該報受了重大的打擊，而民
　　眾也因之失望。[156]

　　從這則新聞報導看來，《臺灣大眾時報》大約發刊一
年，[157]然後於一九三○年內再刊行《新臺灣大眾時報》[158]，賴

---

154 同上註。
155 1932 年 1 月 7 日起，新文協新選出的中央委員祕密集會，決議支持臺灣共產黨，
　　這時臺灣文化協會才成為臺共的外圍團體。參見葉榮鍾，《臺灣民族運動史》，
　　頁 353。
156 《臺灣民報》，259 號，頁 6。共發行幾期不詳。
157 若林正丈〈中國雜誌解題：臺灣大眾時報〉一文，僅提到創刊號至第 10 號（7
　　月 9 日）。
158 參見若林正丈，前揭文，頁 8。

和可能亦未參與其事。

此一階段，楊克培主持的《臺灣戰線》於一九三〇年八月創刊，其發行四期，全遭總督府查禁。[159] 賴和雖參加《臺灣戰線》，但實際他主要的活動，已經漸漸又在《臺灣新民報》這邊。一九三〇年民報為紀念十週年，賴和於七月十二日擬定紀念文章的題目：〈希望我們的喇叭手吹奏激勵民眾的進行曲〉，在這篇文章中賴和極為感慨地寫道：

> 實際上既有所謂支配者許可，既須受許可，若經過許可以後，已不是未被許可以前的面目了。說明白些，報紙須受到許可才能發行，經過檢查始得發賣，等到展開於讀者眼前，所謂純的被支配者的言論，不是一片烏黑，便是全篇空白。所以對於日刊的發行，在我也不敢有多大的期待。但有一點可以期待的，就是當事諸君的妙筆，要使所發表的能夠通過檢查，而又不致於全部抹殺我們的意志。這樣當事諸君的能力，些少可以安慰像我這樣抱有未來憂慮的人。[160]

處在這種檢閱制度底下的苦悶，足以令人窒息。賴和又是對時代感受極為敏銳的知識分子，他的參加《臺灣戰線》源於文化層面居多，政治運動相對而言是比較少的。自一九二七年元月文化協會左右分裂後，賴和與左翼政治運動接觸，均可從這角度觀察。同一時期《臺灣戰線》而外，賴和又和《臺灣新民報》的黃呈聰等人計劃刊行《現代生活》。一九三〇年九月

---

159 參見塚本照和，〈臺灣文學年表〉，《南方文化》第八輯（天理大學出版），頁284。
160 《全集》，頁239-240。

六日《臺灣新民報》刊載一則報導：

> 這回由彰化黃呈聰、楊宗城、林篤勳、賴和、許嘉種諸氏為發起，以普及合理的新智識，提唱（倡）高尚的趣味，改善社會的實生活，計劃發刊半月刊雜誌，其名稱叫做《現代生活》。[161]

刊物於十月十五日創刊。賴和除了發表小說〈棋盤邊〉，亦有一篇短論：〈開頭我們要明瞭地聲明著〉，強調要「唱道（倡導）平民文學、普及民眾文化」，認為在「現社會的狀態益感到新文學的普及必要，新倫理建設的緊重」。[162] 由此可看出賴和向來所關心的主題，努力的方向，這是不必然和馬克思主義連結在一起的。《現代生活》僅出刊一期，一九三〇年十二月，賴和未再參與王萬得等人將《伍人報》與《臺灣戰線》合併的《新臺灣戰線》。

一九三一年如同一九二七年是臺灣社會內在變化非常劇烈的一年。在日本政治、經濟雙重壓榨下，左翼運動加速發展，從一月六日新文協召開中央委員祕密會議宣布支持臺共，即可看出徵兆。[163] 二月十八日，總督府下令解散臺灣民眾黨，六月，日本警察當局在臺灣全島搜捕臺共分子，癱瘓的臺灣共產黨與農民組合部分會員，相繼走入地下活動。

這一年的元月賴和已擔任《臺灣新民報》的顧問並兼學藝

161 《臺灣新民報》，第329號，頁5。
162 尚未能見到《現代生活》，但從內文判斷，即是發表於此，收於《全集》，頁355-356。《全集》編者李南衡認為這一篇「可能是最早期的作品，即臺灣新舊文學論戰初期，1924年前後。」筆者認為不可能這麼早。
163 參見葉榮鐘，《臺灣民族運動史》，頁353。

部編輯，在全島搜捕臺共分子的名單中，並未被列入。[164] 他走的仍是民族運動的路線，而非階級運動。賴和的同情勞動者，究竟是源於追求平等的人道主義精神，他的思想傾向廣義的社會主義，而非激烈的共產主義。誠如王詩琅的論述：

> 他（賴和）相信階級問題的必然性，也同情窮苦階級，但是他絕不會躍身其中，去領導運動。俠義的正義感，才是他的思想的眞面目。[165]

何況日治時期臺灣直接在日本帝國主義政治、經濟的雙重壓榨下，爲了抵抗日本的殖民統治，「左右傾辯」的歷史發展極爲複雜，我們也不能完全拿現在的尺度去衡量。

八、文學內涵分析──作品的藝術性與思想性

賴和在日治時期是個具有反抗精神，追求自由平等的作家。在臺灣新文學運動，剛剛起步的時候，一九二六年他就強調「由來文學就是社會的縮影」，[166] 他的文學作品也就深刻揭露了，臺灣在日本殖民體制下所受的政治、經濟雙重壓迫。賴和的文學觀是透過社會實踐而來，從一九二一年十月，他加入臺灣文化協會擔任理事以來，歷經路線轉折，而一直沒有脫離社會運動的主流，和時代進步的脈搏一起跳動，從而他也是不

---

164 居伯鈞在〈內政部平反賴和先生一案經過〉，代表內政部說明：「我們把現有資料以及侯立朝先生所提供的資料交給政府專司調查機關，請他們查覆。經有關機關調查的結果，……民國廿年，臺北警察署在全臺灣搜捕臺共分子名單中，亦無賴和之名，……可確定其非文協左派或臺共分子，而屬於文協的民族派，是傾向中華民國的抗日烈士。」收於《賴和先生平反紀念集》，頁22-23。
165 王詩琅，〈賴懶雲論〉，《全集》，頁400。
166 〈讀臺日紙的「新舊文學之比較」〉，《全集》，頁209。

能不和時代聯繫起來評論的作家。

　　賴和的作品是由現實出發，透過寫實主義與藝術的觀照，深刻表現日治下臺灣殖民地的眾生相，尤其是一群被壓迫的弱者，從而強烈地表現了「我值強權妄肆威」[167]的時代，也傳達了「被侮辱人勝利基」的訊息。[168]

　　綜合來看，賴和一方面從文化革新的角度，批評舊社會的陰暗面，一方面由弱小民族抵抗的立場，譴責統治者不義的法。由於是透過一群弱者、被壓迫者悲慘境況的寫實面的描寫，賴和的文學控訴，顯得強而有力，也傳達出時代的心聲，屬於積極的反封建反帝國主義的抗議文學。

　　以下為了分析的方便，我們將他的兩個主要文學主題，分開來探討。

（一）批評舊社會的陰暗面

　　舊社會是固步自封的，尚存封建社會的殘像。賴和發表的第一篇小說〈鬥鬧熱〉，就是以近代知識分子的觀點，批評舊社會迎神賽會所引起的鋪張的、無意義的競爭。小說裡的人物，其中之一說：「在這個時候，救死且沒有工夫，還有閒時間來浪費有用的金錢，實在可憐可恨，究竟爭得什麼體面」，[169]這是賴和觀念的具體呈現。以歷史的發展來看，隨著日本殖民體制進入臺灣，「四城門」的解體，象徵著不管願不願意，已步入近代的轉型期。如果仍被舊社會的習俗所操縱，甚至為迎神賽會，使得窮人家也要耗盡老本（終老喪費）來迎合舊俗，這是落後的、阻礙社會進步的。〈鬥鬧熱〉中發起、

167 〈贈陳虛谷三首〉，《全集》，頁385。
168 〈讀印度太戈爾詩集竊其微意以成數首明火執仗之盜人固不奈他何〉，《全集》，頁390。
169 《全集》，頁6。

奔走的人都是學士、委員、中學畢業生和保正，都是當時有學問、有地位的人。賴和以他進步的觀點，批評了這些人。

〈蛇先生〉一文，是醫生探索傳聞中的祕方，加以研究的故事，是賴和行醫的片斷紀錄。祕方也是舊社會的產物，半神話式的、不完全實證的。小說中的蛇先生因治療蛇毒而出名，他有實在的一面，但對一般大眾也不免使用一些江湖手法，「明明是極平常的事，偏要使它稀奇一點，不教他們明白，明明是極普通的物，偏要使它高貴一點，不給他們認識，到時候他們便只有驚嘆讚美，以外沒有可說了」。[170] 西醫後來終於得到了蛇先生的祕方，交給一位從事藥物研究的朋友，利用近代科學，化驗它的構成、檢定藥效以估定治療上的價值。花了一年十個月研究的結果，確定並沒有特別神奇的效力。這篇小說，賴和寫來生動有趣，是啟蒙時代破除舊社會「迷思」（Myth），導引進步觀念的作品。

〈棋盤邊〉是賴和反映一九二九年鴉片吸食特許問題的一篇作品。小說裡的角色是游離於社會之外的舊士紳，認定「吸食特許」是比文化協會的請願運動更具民意的民意，因為簽署的人更多。賴和透過「第一等人烏龜老鴇，唯兩件事打雀燒鴉」[171] 的反諷，諷刺了這一群落伍的舊士紳。這篇小說發表在「以改善現實社會生活」為主的《現代生活》上，賴和的創作意念，更是清楚可見。

批評舊士紳，從而展現舊社會的陰暗面，以〈可憐她死了〉一文，最具有衝擊性。富戶阿力雖然有大小三個太太，仍買來窮人家的十七、八歲少女阿金做為「獸性蹂躪」的工具，

---

170 《全集》，頁33。
171 這幅對聯還是以懷素的筆意，寫著掛在客廳裡，更具諷刺性。《全集》，頁45。

不僅沒有絲毫溫情在內，而且是打著經濟的算盤，因爲買個女人，比時常上妓院花費還要「便宜到十倍」。富戶阿力在小說中刻劃得極爲深入，是賴和批判舊士紳的典型敗德人物，他們的世界愚昧、黑暗。富戶阿力透過他的經濟力量扮演著「性壓迫」的角色，阿金未死之前，已經又再託人「替他物色一個可以供他蹂躪的小女人」。[172] 賴和將有力者和弱者，對比地呈現出來一個弱肉強食的世界，這是沒有人性尊嚴的世界，封建時代的殘影，在這篇小說中，仍顯現了它黑暗的勢力。

在另外一篇，賴和生前未發表的〈未來的希望〉中，[173] 阮大舍爲了要有後代承繼他的家產，在太太死後，「續娶了一房正妻，和幾房側室，正妻子又賠（陪）嫁來一個俏俊有宜男相的婢女」，[174] 這使得本來求取子嗣的正當行爲，一開始就蒙上荒唐的色彩。篇中盡是使用著詼諧的語調，寫出一個只知求神託佛、求取祕方的封閉世界。

賴和的小說，之所以一部分主題著眼於批評封閉的舊社會，自然是源於進步意識的要求，是他反封建的表現。

（二）譴責統治者不義的法

在〈一桿「稱仔」〉裡，首先呈現出賴和文學這一重要的主題。「官廳專利品」的標準稱仔，因巡警索賄不成，被打斷擲棄，然後認定善良的農民秦得參違犯度量衡規則，在除夕夜裡罰關他三天。這代表國家執行法律的警察可以予取予求，

---

172 〈可憐她死了〉這篇小說，是賴和這類型作品中刻劃得最傳神的，藝術性亦極高。引文見《全集》，頁84。
173 這篇小說寫在《大眾時報》的稿紙上，署名「灰」，可能是賴和最後寫的一篇小說。純粹是中國白話文，不像是以筆名「灰」最後發表的〈一個同志的批信〉以臺灣話文爲基調。賴和的醫學知識，在這篇小說裡，有所發揮。收於《全集》，頁303-308。
174 《全集》，頁305-306。

顯現了「法」的不準確度。「小說以『稱仔』為主題，這個作者在標題上特別加上引號的稱仔，除了象徵秦得參所代表的善良正直百姓，在那觀念上代表公正，而事實上只是統治者專利品稱仔之上，個人尊嚴和價值可以隨時被摧殘和否定的事實，同時更深刻地揭露了隱藏在法制、平等、人權等思想口號中的欺罔性，這一點透過因它而存在的殖民帝國主義的壓迫掠奪行為，表現得尤其赤裸、尖銳。」[175] 賴和這一桿實物中的稱仔，在他技巧的處理下，已成為稱量日本殖民統治的一桿觀念的稱仔，更重要的是這桿稱仔，是被代表日本法律的警察所打斷擲棄的。秦得參在一群圍觀的群眾中反問：「什麼？做官的就可以任意凌辱人民嗎？」[176] 這是一聲正義的怒吼，那麼他「懷抱著最後的覺悟」，終於以自己的生命和警察同歸於盡，正是必然的反抗行為。賴和在另一篇小說的一段話，正可以拿來這裡做為註腳：

> 在優勝者的地位，本來有任意凌辱壓迫劣敗者的權柄。所以他們不敢把這沒出處的威權，輕輕放棄，也就忠實地行使起來。可不知道那就是培養反抗心的源泉，導發反抗力的火戰。[177]

〈豐作〉一文，透過蔗農被製糖會社榨取的剝削，反映

---

175 施淑在《中國現代短篇小說選析》（臺北：長安，1984.2），有關賴和部分的精闢見解，頁 981-982。施淑的這一看法，早先也呈現在另一篇論文〈稱仔與稱錘──論賴和小說的思想性〉，《臺灣文藝》80 期（72.1），這篇論文是近年來研究賴和小說，最具深度的文章。

176 《全集》，頁 15。

177 見賴和第一篇發表的小說〈鬥鬧熱〉，《全集》，頁 5。

殖民地經濟被掠奪的一面。[178] 殖民地的悲慘命運，壓縮在蔗農身上表現了出來。農民添福為了希望獲得會社超額生產獎勵金，以便給兒子娶媳婦，辛苦終年，就等待著收成。製糖會社卻發表了新的採割規則，剝奪蔗農的利益，引起了蔗農的騷動，「大家要去包圍會社的時（候），他也不敢去參加，他恐驚因這層事，叛逆會社，得獎勵金的資格會被取消去，他辛辛苦苦，用比別人加三四倍的工夫，去栽培去照顧，這勞力豈不是便成水泡，所以他總在觀望，在等待消息。」[179] 這樣守分的農民，仍然被製糖會社，使用不正確的磅秤，硬被剋扣了四千斤，一切美夢因之全落空了。經由這魔法般的磅秤，表現出與〈一桿「稱仔」〉同樣的主題。添福怨恨的一聲：「……伊娘咧！會社搶人！」是臺灣殖民地被榨取的農民的心聲。[180]

〈不如意的過年〉，進一步刻劃了警察的統治心態，背後也是關鍵著「法」的問題。對於查大人的作威作福有著直接而尖銳的描述，更重要的是作者介入的觀點：

> 且法律也是在人的手裡，運用上運用者自己的便宜都合（日語，關係、方便），實際上它的效力，對於社會的壞的補救，墮落的防過，似不能十分完成它的使命，反轉（反而）對於社會的進展向上，有著大的壓縮阻礙威力。[181]

---

178 矢內原忠雄曾強調：「以糖業為中心之臺灣帝國主義發展史，也就是以臺灣糖業為中心之日本資本帝國主義的發展史。」參見《日本帝國主義下的臺灣》（臺北：臺銀，53.12），頁96。日治時期的臺灣作品家常透過蔗農被壓榨的情形，來表現日本的經濟掠奪。賴和如此，稍後的楊逵在〈送報伕〉、呂赫若在〈牛車〉莫不如此。
179 《全集》，頁111。
180 《全集》，頁117。
181 《全集》，頁23。

本來任何一個社會不能沒有法，沒有警察，這是穩定社會秩序的必要手段。但是如果法是彈性的，有運用上的方便，那麼即使是良法，在殖民統治者的手中，都會變成惡法。查大人的威勢建立在這上面，他那種「做官的不會錯，現在已經成為定理」、「典型的優勝者得意的面容」，[182] 益發襯托出殖民地悲慘的命運。

在〈歸家〉裡，可以看到警察權威的無所不在。畢業歸來的學生，加入祖廟口攤販的閒談，聽聽他們對於日本統治的不滿言辭，最後以有人警告警察來了，大家四散做為結束。在〈惹事〉中，警察的權威甚至更擴及其所飼養的一群雞：

大家要知道，這群雞是維持這一部落的安寧秩序、保護這區域裡的人民幸福，那衙門裡的大人（日治下臺灣人對警察的尊稱）所飼的，「拍（打）狗也須看著主人」，因為這樣關係，這群雞也特別受到人家的畏敬。[183]

這是權威的無限幅射，「當權威成為不可懷疑、不可反抗的力量時，附著在權威左右或屬於權威內的任何事務，便都成了權威的化身，無力的民眾完全無法逃脫於權威的各種化身之外，甚至一群雞也足可讓人畏懼，只因這群雞是權威的化身，賴和很深刻地掌握了殖民地政治情態中最淒慘的這一點。」[184] 小說裡的中年寡婦，由於到她家來自投羅網（桌罩）的雞，被警察誣為偷雞的證物，而她竟是百口莫辯，驚惶達到極點。以

182 《全集》，頁 25-26。
183 《全集》，頁 98。
184 引見林邊（林載爵），〈忍看蒼生含辱──賴和先生的文學〉，發表於《臺灣文藝》革新號第 8 期（68.1），後收於《全集》。引文見《全集》，頁 466。林載爵的這一篇論文，是 1970 年代研究賴和文學最具創見的文章。

下引述賴和對於這一小節的描寫，可以看出他的意念，藉著文學的演出，所達到的水平：

> 「啊！儌倖（可憐）喲！這是哪一個作孽，這樣害人。」她看見罩在裡面是大人的雞仔，禁不住這樣驚喊起來。
>
> 「免講！雞仔拿來！衙門去！」
>
> 「大人這冤枉，我……」寡婦講末了，「拍」又使她嘴巴多受一下虧。
>
> 「加講話（多嘴），拿來去！」大人又氣憤地叱著。她絕望了，她看見他奸滑的得意的面容，同時回想起他有一個晚上的嬉皮笑臉，她痛恨之極，憤怒之極，她不想活了，她要和他拚命，才舉起手，已被他覺察到，「拍」，這一下更加凶猛，她覺得天空頓時暗黑去，眼前卻迸出火花，地面也自動搖起來，使她立腳不住。
>
> 「要怎樣？不去？著（得）要縛不是？」她聽到這怒叱，才覺得自己的嘴巴有些熱烘烘，不似痛反有似乎麻木；她這時候才覺到自己是無能力者，不能反抗他，她的眼眶開始綴著悲哀的露珠。[185]

就在這裡，賴和結束了〈惹事〉第二節的描寫。中年寡婦的弱者形象，兀立在讀者的眼前，在代表「法」的警察權威籠罩下，弱小民族所受的屈辱，就在這對比中被具體呈現出來了。〈惹事〉是賴和技巧純熟之作，在冷靜客觀的表現中，蘊

含了無限的悲憤。[186]

　　殖民地的統治是以治安的維持與社會的安定為必要的條件。一九二〇年在任的田健次郎總督更是賦予警察絕對的權力。日人鹽見俊仁對於日治時期臺灣警察的研究，曾這樣說明：

　　　　當時臺灣的警察，不但對於經濟政策，對於任何政策都是首當其衝的「實行者」。這樣強大的「警察國家的體制」是世界上得未嘗有的。[187]

　　臺灣當時是處在典型的警察政治之下，相對的，被警察網密覆著的臺灣民眾，更被任意欺凌了。警察仗勢欺壓民眾，一般民眾絕大多數也厭惡日本警察，賴和自少年時代即對警察懷有惡感：

　　　　那時代的補大人，多是無賴，一旦得到法律的保障，便就橫行直撞，為大家所側目，說起大人，簡直就是橫逆罪惡的標本，少（稍）知自愛的人，皆不願為。[188]

　　在一九二七年發表於東京《新生》雜誌的小說〈補大

---

186 賴和《南音》的同仁，芥舟（郭秋生）在讀過〈惹事〉之後曾這樣說：「懶雲兄的〈惹事〉，真的是我們不可多得的好作品了，這樣的題材，確是非他的關心不能把握，非他的技倆不夠以表現出來的。一種不可抑制的悲憤，油然爆破我們的心頭，使我們聯想到其他一切的一切，而在腦海裡低徊著，豈有此理？堅堅有此理奈我何？……無奈他何啊──看到我們的真影，再認了一回臺灣的現實社會重估了一回臺灣人的生存價，前途還在這麼黑著……啊！作者的用心可算是夠了，請大家再一味看看吧。」這時候是 1932 年 7 月，見《南音》最後 1 期，1 卷 11 號，頁 25。

187 見〈日據時代之警察與經濟〉，收於王曉波編，《臺灣的殖民地傷痕》（臺北：帕米爾，74.8），頁 87。

188 〈無聊的回憶〉，《全集》，頁 230。

人〉，賴和描寫了一個臺灣人，當上巡查補之後，在鄉間頤指氣使，一副「田舍皇帝」的派頭，甚至對於自己的母親也不例外。某日清晨，爲了清掃街道的問題，竟然出手打了罵他「死囝仔」的母親，兩人糾纏到派出所，引來人群圍觀，他的母親「就如社會運動家，在路旁演說一般，向家人訴說伊的不平」。[189] 補大人這種乖違倫常的行爲緣於有「法」做爲他的靠山。賴和經由扭曲的人倫，造成強烈的衝突情節，一方面譴責了日本統治者的嚴刑峻法，並且批判了殖民體制「共犯結構」下甘心當異族走狗的臺灣人；另一方面則由受辱的臺灣人母親，深刻表現了被殖民者的悲哀，以及不甘心而引發的反抗強權。

賴和呈現主題富於藝術技巧，「補大人」一文，僅單純地掌握人性，即抓住了殖民地統治下因法而強的強者，與被法所治而弱的弱者之間的對立。千古不易的道德誡律，都可以輕易地被打碎，「法」之威嚴，彰顯了殖民地的悲慘命運。在賴和的多篇小說裡，時常以警察欺凌百姓造成情節的高潮，這當然不是憑空捏造，而是具有社會的寫實性，這只要重翻當年標明「臺灣人唯一之言論機關」的《臺灣民報》，即隨時可見這類的新聞報導。賴和在文學中，主要是以警察爲殖民統治者的代表，針對那背後看不見的「法」。在〈蛇先生〉裡，賴和就直接地指明殖民統治者對於法律「保有專賣的特權」；「法律的營業者們，所以忠實於職務者，也因爲法律於他們有

---

189 〈補大人〉是由當時留學日本的楊雲萍向賴和邀稿，發表於文學、思想性的綜合雜誌《新生》（編輯委員包括楊雲萍、陳紹馨、高天成、黃逢成、張聘三等留學生）。《新生》僅刊出一期即停刊。楊氏有存書，但尚未查獲。引文轉見於鐵英（張良澤）〈巡查補〉一文，1977 年 5 月 2 日發表於《自立副刊》，收於《鳳凰樹專欄》（臺北：遠景，68.3），頁 2。在〈巡查補〉文中，鐵英云：「賴和一生影響後人甚深。楊遠取其抗議精神，故有〈送報伕〉之作；吳濁流取其嘲諷意味，遂有〈陳大人〉之發。」

實益」；[190]〈辱〉一文裡，藉著圍觀的一個小市民說：「法是要百姓奉行的，若是做官的也要受到拘束，就不敢創這多款出來了啊」；[191]〈浪漫外紀〉裡也有「法由他們定，罪也是由他去罰」，[192]在在呈現出殖民統治下「法」的不義性。隨著小說情節的演述，我們看見了被壓迫的人民，也看見了日本統治者「恃權久失法尊嚴」[193]的一面。賴和透過文學，十足表現了抗議精神。

（三）現實與理想

賴和客觀地觀察臺灣的各種社會現象，以冷靜的態度來塑造小說世界裡的人物。「雖然他自有他的藝術觀點和思想方向，但是他並不以自己的藝術觀點和思想方向，一廂情願地把他的某些人物理想化，也不將這些人物間的關係簡化，所以故事的發展並不見得要指向一個理想的方向」。[194]在他的小說裡看不見救贖式的人物，一般人都是能忍則忍，雖然也有〈歸家〉、〈惹事〉裡的正直青年，但是沒有行動力；〈赴了春宴回來〉呈現著虛無的生活；〈一個同志的批信〉，特別顯現了知識分子的矛盾性。〈一桿「稱仔」〉裡的秦得參忍無可忍的時候，與欺壓他的警察同歸於盡，這是最激烈的行動了，但這種個人的行為，即使報導恐怕也會被曲解、壓縮在新聞的一個角落；〈善訟的人的故事〉裡，「生番的後裔」帳房林先生為民請願，最後他所代表的群體的力量是勝利了，但我們不要忘記，時代是放置於清朝，回到以歷史為背景的唐山。這反而顯

---

190 分別見於《全集》，頁 29、31。
191 《全集》，頁 56。
192 《全集》，頁 64。
193 〈書憤四首〉，《全集》，頁 393。
194 見梁景峰，〈賴和是誰？〉，《全集》，頁 191。

現日治下的悲哀，亦即日本殖民統治的冷酷無情。我們只要從賴和也曾參與的「臺灣議會設置請願運動」切入，雖然代表們屢次上京（東京）請願，亦無法達成民意，[195] 但也就可以看出端倪了。

在賴和的小說裡，我們看見一群被舊社會的有力者，不管是經由什麼方式壓迫下的弱者，也看見被日本殖民統治者恃法壓迫的人民，這正是賴和生存時代的寫照，他以他的文學作品客觀表現了出來。

賴和的文學除了小說之外，詩亦占了重要的地位。在詩的表現上，賴和通常經由客觀的事件，在發展的過程中表達了他強烈的意念。儘管最重要的兩首作品〈流離曲〉、〈南國哀歌〉，在他生前發表的時候，由於檢閱制度，被日本有關當局禁刊了最具強烈批判精神，以及對抗暴最熱情歌頌的部分，但即使以原來發表的情形而論，也已足以表現弱小民族的抵抗。為了呈現賴和詩的強烈抵抗精神，以下我們分析時，被禁刊的部分，亦以賴和的創作原貌，來加以討論。

〈流離曲〉是日治時期氣勢最磅礴的一首敘事詩，全詩長達一百九十二行。賴和這首長詩，主要是針對一九二五年起，臺灣總督伊澤多喜男，以極廉價將農民辛辛苦苦開墾出來的三千八百八十六甲餘的土地，准由三百七十人的退職官承購，實施「退職官拂下無斷開墾地」，[196] 以致農民流離失所，土地糾紛長達三、四年的抗議之作。全詩共分三節：（1）生的逃脫，（2）死的奮鬥，（3）生乎？死乎？

195 詳見若林正丈〈大正デモクラシーと臺灣議會設置請願運動〉，收於《臺灣抗日運動史研究》；及葉榮鐘，〈臺灣議會設置運動〉，《臺灣民族運動史》第4章。
196 參見葉榮鐘，《臺灣民族運動史》第9章，頁519。

原詩在《臺灣新民報》共分四期發表，[197] 但最後一小節，僅刊到「法的範圍不容有些或跨」，[198] 以下尚有八十八行，在《民報》三三二號上，被開天窗。在第一小節賴和以洪水來襲，刻劃出一幅生動的流民圖：

> 流離失所、何處得到安息？
> 田畑淹沒、何處去種去作？
> 也無一粒米，
> 活活受飢餓，
> 　餓！餓！
> 自己雖攬得腹肚（自註俗音剝鳥）
> 　也禁不住兒啼哭！[199]

這是臺灣開拓過程中宿命的天災，農民猶可忍耐。為了生活，為了讓兒女不再跟著不幸的父母受苦，有時得忍痛賣兒鬻女，強忍住親情的依依不捨；然而只要還有一絲力氣存在，只要還有砂石荒埔，就努力去開墾。賴和以急促的音節，生動地描寫農民的奮力開荒拓土的情形：

> 墾墾！闢闢！
> 　忍苦拚力！
> 一分一秒工夫，
> 　也不甘去休息。

---

197 《臺灣新民報》第329-332號，其中332號的曙光欄全部空白，即是〈流離曲〉被禁刊的部分。
198 《臺灣新民報》第331號。在這之前的5行是「時代是已經開化／文明也放出了光華／夢一般的世界早被打破／遂造成了現代國家／併創定尊嚴國法」，頁11。
199 《全集》，頁146。賴和自註部分，見《臺灣新民報》第329號，頁11。

鋤鋤！掘掘！
　土黑砂白，
開開！鑿鑿！
　石火四迸。
幸福就在地底，
　努力便能獲得。
鋤鋤！掘掘！
　土黑砂白，
開開！鑿鑿！
石火四迸！
一分一秒工夫
　也不甘去休息
　忍苦拚力，
墾墾！闢闢！[200]

　　那些複合詞，彷彿是農民勞動的聲音，短句表現出勞動時的分秒必爭，形式與內容之間，達成了完美的結合。這是賴和文學的特色之一，如果空有理念，而沒有技巧表現，就無法貼切地描寫出農民的勞動圖。拚命開墾出來的土地，當然彌足珍貴。但等到可以休養生息的時候，土地卻被日本當局，以無斷開墾的理由，廉價交給退職官承購，這當然引起農民的反抗了。

　　《臺灣新民報》也曾於一九二六年七月十一日，發表論評關於〈無斷開墾地的政府之責任和態度如何？〉[201]替農民說

---

200 《全集》，頁 151-152。
201 這篇論評也強調農民開墾出來的土地「未必全是無斷墾」，賴和在〈流離曲〉
　　裡第 1 節關於洪水流失土地，農民再開墾，也是有事實根據的。參見《臺灣民報》
　　第 113 號，頁 2。

話。在賴和的詩裡，我們看到統治者濫用法律，威脅農民的情形：

> 座上是威嚴的判官，'
> 旁邊是和善的通譯，
> 臺下是被疑的百姓，
> 悲愴！戰慄！
> 如屠場之羊、砧上之魚
> 絕望地任人屠殺割烹。[202]

　　在殖民地統治下，寫出這樣的詩句，是必要具有十足的道德勇氣，也是賴和一貫精神的表現，雖然日本當局將最強烈的八十八行開了天窗，但賴和的原稿猶存，仍然呈現農民的斑斑血淚，永遠對日本不義的殖民統治提出正義的控訴。

　　同樣的情形，也在一九三一年的〈南國哀歌〉裡呈現出來。這首詩中，賴和直接反映了對於一九三○年底霧社事件的看法，全詩七十六行，至第四十三行以下被開天窗。[203]

　　賴和對勇敢起義抗暴的泰雅族原住民極為同情：

> 舉一族自願同赴滅亡，
> 到最後亦無一人降志，
> 敢（豈是）因為蠻性的遺留？
> 是怎樣生竟不如其死？[204]

---

202 《全集》，頁157。

203 〈南國哀歌〉下篇發表於《臺灣新民報》曙光欄，僅刊了以下6行：「恍惚有這呼聲，這呼聲，／在無限空間發生響應，／一絲絲涼爽秋風，／忽又急疾地為它傳布，／好久已無聲響的雷，／也自隆隆地替它號令。」以下全部空白，頁11。

204 《全集》，頁181。

賴和向來對原住民的態度，遠超乎一般漢人的傳統之見，在他初期的散文裡，稱呼原住民為「住在山內那些我們的地主」，[205] 後期〈善訟的人的故事〉中，那位放棄自己的收益，遠赴唐山為窮人請願的帳房林先生，是正義的化身，「聽說是番社庄人，是不是生番的後裔，現在沒人曉得，但是他的性質（性情）卻很率真果敢」，[206] 賴和不經意留下的這段話，傳達了他不是漢族自我中心論者。賴和的民族意識是針對強權統治的異族，比方他反而稱日本人過新曆年是「番仔過年」；[207] 對於弱小民族，他有兄弟般的友愛。底下〈南國哀歌〉被禁止刊出的第一段，是對抗暴者的熱情歌頌：

兄弟們！來！來！
來和他們一拚！
憑我們有這一身，
　我們有這雙腕，
休怕他毒氣、機關槍！
休怕他飛機、爆裂彈！
兄弟們！
來！和他們一拚！
　憑這一身！
　憑這雙腕！[208]

霧社事件，戰爭前後持續了兩個月之久，日軍以新式武器和部落民作戰，飛機轟炸，甚至使用國際公法禁止的毒瓦斯，

205 〈忘不了的過年〉，《全集》，頁 217。
206 《全集》，頁 119。
207 同註 205，《全集》，頁 216。
208 《全集》，頁 182。

屠殺了霧社泰雅族民,加上戰敗自殺者男女老幼共九百多人,約占霧社地區的三分之二,[209] 對於日本統治者向來誇耀的山地政策是極大的諷刺。《臺灣新民報》在事件發生後,一再報導,並有諸家見解的專欄,[210] 賴和當時雖未陳述,但透過〈南國哀歌〉,他強力地譴責了日殖民統治者。這首詩的最後一段,賴和再次強調:

> 兄弟們來!來!
> 捨此一身和他一拚!
> 我們處在這樣環境,
> 只是偷生有什麼路用(用處),
> 眼前的幸福雖享不到,
> 也須爲著子孫鬥爭。[211]

這不僅是對原住民的抗暴行爲肯定而已,也是賴和對臺灣民眾的熱情呼喚,並且是賴和一生堅定抗日精神之所繫,是爲著後代千千萬萬子孫著想,而不是爲著自己眼前的幸福。這樣強烈的呼聲,緣由賴和對有些臺灣同胞軟弱怕死的殖民地性格之不滿。在他寫〈南國哀歌〉不久前的一篇〈隨筆〉,賴和藉著在墳場裡,偶然間看到一塊刻著「受勢壓李公」的墓碑,診斷了這種殖民地性格:

> 我們島人(臺灣人),眞有一種被評定的共通性,

---

209 參見溫吉編譯,《臺灣番政志》(臺北:臺灣文獻委員會,1957.12),頁878。
210 《臺灣新民報》第337號,開始有關霧社事件的報導,第338、339號各有報導;第345號載有包括臺北李友三、臺中陳逢源、北港林麗明、麻豆黃信國、臺南盧丙丁、高雄楊金虎、宜蘭林火木……等人的見解,頁23。
211 《全集》,頁184。

彰化學

受到強權者的凌虐，總不忍屏棄這弱小的生命，正正堂堂，和他對抗，所謂文人者，藉了文字，發表一點牢騷，就已滿足，一般的人士，不能藉文字來洩憤，只在暗地裡咒詛，也就舒暢，天大的怨憤，海樣的冤恨，是這樣容易消亡。「受勢壓李公」的子孫，也只是這種的表現，這反足增大弱小者的羞恥。[212]

賴和的反抗精神，使他看不慣這種退縮到墓碑上的抗議方式，雖然就另外一個角度來看，這樣的表現也極為慘痛，但究竟於事無補。賴和著重的是「覺悟」，只有覺悟，才能產生抵抗的決心，在他的詩文中，「覺悟」兩字屢次提到，也是他反抗精神的來源。可是，反觀日治下普遍的心理狀態，面臨痛苦、不滿，是期待超人的出現。賴和在小說〈辱？！〉一文裡，藉由民眾的熱中於看戲，提出了他的批判：

> 我想是因為在這時代，每個人都感覺著：一種講不出的悲哀，被壓縮似的苦痛、不明瞭的不平、沒有對象的怨恨、空漠的憎惡；不斷地在希望這悲哀會消釋、苦痛會解除、不平會平復、怨恨會報復、憎惡會滅亡。但是每個人都覺得自己沒有這樣力量，只茫然地在期待奇蹟的顯現，就是在期望超人的出世，來替他們做那所願望而做不出的事情。這在每個人也都曉得是事所必無，可是也禁不絕心裡不這樣想。[213]

這段話已不僅是作家賴和在表達意見，也是醫生賴和在診

---

212 〈隨筆〉，《全集》，頁243。
213 〈辱！？〉，《全集》，頁57。

斷臺灣殖民地的病根。當然在現實世界裡，超人是不會有的，只有像泰雅族原住民勇敢地以血肉之軀，「捨此一身和他一拚」，才會有得救的希望。這種死亡與再生的強烈表現。在寫〈南國哀歌〉的同一年，賴和另一首詩中，亦強而有力的歌頌毀滅的力量：

> 我獨立在狂飆之中，
> 張開喉嚨竭盡力量，
> 大著呼聲爲這毀滅頌揚，
> 並且爲那未來的不可知的
> 人類世界祝福。[214]

一九三一年，在臺灣社會劇烈變動的時代，在日本採取高壓政策，壓制社會運動的關鍵時刻，賴和以這樣強烈的詩，表現了他的感慨。這種被壓迫者的大聲吶喊，我們追索他的傳統詩，亦曾屢屢表現出來：「縱然血膏橫暴吻，勝似長年鞭策苦」，[215]「世間未許權存在，勇士當爲義鬥爭」，[216]「滿腔碧血吾無吝，付與人間換自由」，[217]「頭顱換得自由身，始是人間一個人」。[218]

死亡，原是殖民地民眾，爲追求掙脫殖民統治，不得不付出的代價，而更重要的是再生。這是賴和文學的精神。在日本「明火執仗之盜」[219]的統治，在「世間久矣無公理，民眾焉能

---

214 〈低氣壓的山頂〉，《全集》，頁193。
215 〈書憤四首〉，《全集》，頁393。
216 〈吾人〉，《全集》，頁387。
217 〈李君兆蕙同黃張二君過訪因留住勸之以酒書此言志〉，《全集》，頁378。
218 〈 酒〉，《全集》，頁382。
219 這是賴和因讀印度太戈爾詩而引起的感觸，見《全集》，頁390。

唱利權」[220]的時代，賴和以他的新文學，爲廣大的沈默大眾，
道出了被壓抑下潛藏深處的心聲。

九、結論──賴和在文學史上的位置

　　臺灣新文學運動，是新文化運動的重要內涵，而臺灣新
文化運動，深受五四新文化運動的影響，這是已經辯明的問
題。[221]臺灣新文學也受五四文學革命以來的影響，這從黃呈
聰、黃朝琴、張我軍、蔡孝乾等人的文學理論，即可理出其間
的脈絡。創作方面可以預定一九四〇年十二月出版的《臺灣小
說選》爲代表。同時代的作家楊雲萍爲這本選集寫序，就臺灣
新文學發生的源起、正反兩方面的言論，做了全盤的鳥瞰式的
比照。楊雲萍的結論是：

> 　　臺灣的新文學運動，是受了中國的新文學運動的運
> 動與成就所影響，所促進。既是臺灣的運動，當然保持了
> 多少的臺灣的特色。[222]

　　這是十分客觀的結論，尤其楊雲萍是與賴和同時出發的臺
灣第一期作家，而且本身也曾以編輯人的身分，創刊了臺灣第
一本白話文學雜誌《人人》，更參與了後期的新文學運動，他
的結論是不容忽視的。

　　以賴和而論，他本身是作家，一九二六年即主持《臺灣民

220〈癸亥元旦小集書感〉，《全集》，頁371。
221參見林載爵，〈五四與臺灣新文化運動〉，收於汪榮祖編，《五四研究論文集》
　　（臺北：聯經，68.5）。
222李獻璋編，〈序〉，《臺灣小說選》（日治時期禁刊），頁1；另見李南衡編，
　　《文獻資料選集》（臺北：明潭，1979.3），頁204。

報》文藝欄，是臺灣新文學運動的健將、奠基者。在他為數極少的文學論中，從一九二六年元月最早發表的文學評論，也可看到他受到陳獨秀的影響，而陳獨秀是最早支持胡適發表〈文學改良芻議〉的人，隨後更寫了〈文學革命論〉加以聲援，引起波濤壯闊的新文學運動。賴和在他的文章裡說道：

> 新舊的接近，不知誰被進化，現在的臺灣雖尚黑暗，卻也有一縷的光明可睹，若說到禮教文物的中華，那舊殿堂已被陳獨秀的四（誤植為七）十二生的大砲，所轟廢了。[223]

這段話是來自標舉文學革命的三大主義──國民文學、寫實文學、社會文學──而引起深遠影響的「文學革命論」，結論裡的熱情高呼：

> 歐洲文化，受賜於政治科學者固多，受賜於文學者亦不少。……有不顧迂儒之毀譽，明目張膽以與十八妖魔宣戰者乎？予願拖四十二生的大砲為之前驅！[224]

因之，我們回觀賴和在與反對新文學之人的辯論中，他一再強調進步的文學觀，是與五四文學革命的理論合流的。在同一篇文中，賴和亦提及：

> 臺灣的新文學，雖不是創作，卻是光明正大的輸入品，絕不是贓物。……新文學是新發見的世界，任各有能

---

223 〈讀臺日紙的「新舊文學之比較」〉，《全集》，頁 211。
224 《獨秀文存》（上海：亞東，1922.11），頁 140。

力的人去自由墾植，廣闊地開放著，純取世界主義，就是所謂大同者也，不過碰著荊棘的荒埔，不能不用力斫拔排除。[225]

這些話已提供了我們探討賴和文學位置的一個最初的起點。賴和通過他辛苦的創作歷程，因應日治下臺灣的環境，從「中原文學」[226]的源流，他開創了臺灣新文學的一片新天地。十年間的新文學活動，賴和「成為臺灣創作界的領袖」。[227]同時代的年輕一輩作家，王詩琅在一九三六年八月發表的〈賴懶雲論〉，即予賴和這樣的肯定評論：

> 臺灣的新文學能有今日之隆盛，賴懶雲的貢獻很大。說他是培育了臺灣新文學的父親或母親，恐怕更為恰當。前年（1934）當臺灣文藝聯盟成立之時，他立即被公推為聯盟的委員長。單從這件事來看，就能知道他在臺灣文壇中是怎樣的一種存在。[228]

情形的確如此，不過賴和謙辭文藝聯盟的委員長之職，後來由張深切擔任，[229]發行機關雜誌《臺灣文藝》，將臺灣新文學運動推向高潮期。一九三四年五月六日，文聯成立後，賴和仍繼續寫作，但已越過了他一九三〇、一九三一年創作力最豐沛的時期；一九三七年六月漢文欄取消，賴和雖未完全停筆，但已經以文化抵抗的姿態全心於傳統詩的寫作。

225 同註223，頁210
226 「中原文學」是賴和所使用的名詞，見〈謹復某老先生〉一文，頁212。
227 楊逵，〈臺灣新文學的二開拓者〉，《文化交流》雜誌（1947.1）。
228 王詩琅，〈賴懶雲論〉，《全集》，頁400。
229 見張深切，〈文聯報告書〉，《臺灣文藝》2卷1號，頁8。

彰化學

　　一九三四年十月，曾受賴和指導寫作的楊逵，以他先前被賴和推薦到《臺灣新民報》發表的〈新聞配達夫〉（中途被禁刊），[230] 重新再以日文寫過，刊載於東京《文學評論》，獲第二名（第 1 名缺），是第一位登上日本文壇的臺灣作家。[231] 一九三六年四、五月，胡風的中文譯稿〈送報伕〉，分別選錄於上海出版的《山靈──朝鮮臺灣小說集》、《弱小民族小說選》。[232] 當楊逵告訴賴和的時候，賴和激動地掉淚。楊逵在賴和平反紀念會上公開地說明這段經過：

　　　　賴和先生看到中文版的〈送報伕〉當然很高興，後來他看到這篇文章又在《朝鮮臺灣小說集》、《世界弱小民族小說集》（楊逵誤記，正確名稱是《弱小民族小說選》）刊登出來，更感動得掉下眼淚。「這些話我過去從沒說過，今天為了感念賴和先生的栽培，才說出來做為說明賴先生如何鼓勵後進的實例。當時賴先生跟我說：『你（在）這幾本書的譯文，勝過我過去所有作品的總和了。』我相當地感動，就因為如此，我要永遠跟賴和先生一起前進。」[233]

　　這是我們思考賴和文學位置，相當重要的一段紀錄。誠如上述，賴和先以中國白話文寫作，加上一些臺灣語調，以加重臺灣色彩，自然具有臺灣意識，在日治時期這是對立於日本意

---

230 參見林梵，〈楊逵對照年譜〉，《楊逵畫像》（臺北：筆架山，1978.9），頁262。這也是楊逵一名使用的開始，故楊逵稱賴和為「命名之父」，參見〈追憶賴和先生〉，《全集》，頁 416。

231 其後楊逵亦將賴和的作品〈豐作〉翻譯為日文，登載於日本《文學案內》2 卷 1 號（1936.1）。

232 塚本照和，〈臺灣文學年表〉，《南方文化》第 8 輯，頁 297。

233 楊逵，〈希望有更多的平反〉，《賴和先生平反紀念集》，以下簡稱《紀念集》，頁 27。

識，而非對立於中國意識。[234] 爾後本土色彩愈來愈重，弱小民族的意識也漸呈現出來，這是在日本高壓統治下必然的回應。臺灣的出路在哪裡？一九三○年代這猶是懸而未決的問題。我們再回觀楊逵的這段話，可知賴和看到中文版的〈送報伕〉後，很高興，以賴和一生堅持用中文寫作，這是必然的反應。當他看到楊逵的〈送報伕〉被收錄於《弱小民族小說選》，感動得掉下眼淚，並說這樣的成果，「勝過我過去所有作品的總和」，這裡面當然有鼓勵後進的意味在內，但也是眞情的流露。回到中國的文學傳承當然重要，而弱小民族的處境，也回應了臺灣被割讓於日本的深刻悲哀。賴和曾有舊詩云：

> 我生不幸爲俘囚，豈關種族他人優。
> 弱肉久矣恣強食，至使兩間平等失。[235]

這是賴和的深刻感受，原來「漢族的遺民」並不比他族差，只是因爲滿清政府積弱不振，致使臺灣成爲替罪的羔羊。乙未割臺之役，臺灣同胞是經過激烈的抵抗，而不是拱手奉送。這種情形，誠如鄭學稼所言：

> 我由日軍占臺的經過，發現（原註：以前不知道）臺灣同胞偉大的抗日戰爭。李鴻章以全國之師，不過半年多，就以割地賠款結束。臺灣同胞以一省無援地抗日，使日帝動員全部陸海軍，在八卦山會戰，結束初期的占領軍行動。李鴻章沒有打死一個校級軍官，臺灣抗日軍卻能打死能久親王和一位少將（原註：前者日人説是「病

---

234 詳見尹章義，〈臺灣意識與臺灣文學〉，《文季》2卷4期。
235 〈飲酒〉，《全集》，頁381。

死」），日軍士兵死者無可靠數字。抗日英雄的英勇和慷慨就義，使後代崇敬。[236]

言簡意賅點出了臺灣乙未抗日戰爭的精神。賴和生長在彰化，八卦山戰役是絕不會陌生的，他的抗日精神，不管就社會運動，或是文學抵抗，也必然有一部分，直接導源於此。然而時過境遷，在日本式的教育下，年輕一輩已漸漸被同化，他不能不憂心，他的新文學一再譴責日本不義的統治，強調弱者的抵抗，自然也是反映著在日本的統治下，臺灣淪為弱小民族的悲苦歷程，賴和承受著民族的悲哀寫作。在他的一首傳統詩，道出了他潛藏的一面。其詩云：

> 黃虎旗。此何時！閒掛壁上網蛛絲，彈痕戰血空陸離。
> 不是盛名後難繼，子孫蟄伏良堪悲。
> 三十年間噤不語，忘有共和獨立時。
> 先民走險空流血，後人弔古徒有詩。
> 黃龍破碎亦已久，風雲變幻那得知。
> 仰首向天發長嘆，堂堂日沒西山陲。[237]

臺灣民主國的成立以及義軍的英勇抗日，在近代亞洲史是極為驚心動魄的一幕，對於晚清的革命志士也必然有所啟發，終於辛亥革命推翻了滿清，建立了民國。然而隔著臺灣海峽的「漢族的遺民」，卻「忘有共和獨立時」，在「黃龍破碎亦已久」，賴和是多麼希望「堂堂日沒西山陲」。但在現實條件下，直到一九三六年，日本的太陽畢竟還是堂堂輝耀著。在中

---

236 鄭學稼，〈臺灣抗日的光榮史蹟〉，《紀念集》，頁 36。
237 〈讀林子瑾黃虎旗詩〉，《全集》，頁 383。

彰化學

國和日本之間，臺灣實質上仍是亞細亞的孤兒，那麼，賴和看到他所指導寫作的楊逵，其〈送報伕〉以中文被選載於《弱小民族小說選》，因而激動掉淚，我們應當可以理解，弱小民族的意識，確實在他寫作過程中逐漸加重。

一九三六年停止新文學寫作的賴和，以醫生的身分盡著他的天職，他被當地的民眾稱為「和仔仙」，[238]也有人稱之為「彰化媽祖」。[239]

一九三八年，賴和醫生有患者感染傷寒症的初期病狀，不過他未按法定傳染病規則向有關當局申報，這是當時醫界常有的事，但因賴和的抗日思想遭忌，日本政府遂利用這次機會強迫他停業半年。[240]賴和於是利用空閒，前往日本。抵達之後，即被日本警察監視。[241]以後再轉東北，赴北平遊歷，因尚未發現留有紀錄，情況不明。

一九四一年十二月八日，珍珠港事件隔一天，賴和因日本憲兵和警務局的共同調查，遭到逮捕五十多天，後因心臟病發，始出獄。一九四三年一月三十一日逝世，未能看到大時代的完成。

「天道還形自有時，留此雙睛一看之」，[242]賴和曾留下這樣的詩句，但還是遺憾而逝。出殯時民眾自動路祭，「參加葬禮的人眾，多達五百多人」。[243]最後其葬於乙未八卦山戰役的八卦山上。

---

238 毓文（廖漢臣）、〈甫三先生〉，原刊《臺灣文藝》2卷1號，收於《全集》，頁397。
239 楊雲萍〈追憶賴和先生〉，原刊《民俗臺灣》3卷4號，收於《全集》，頁411。
240 採訪賴和哲嗣賴燊所得。
241 見陳逸雄〈我對父親的回憶〉，《陳虛谷選集》，（臺北：鴻蒙，1985.10），頁496。
242 〈飲酒〉，《全集》，頁382。
243 同註237。另楊逵〈追憶賴和先生〉一文，對於賴和出殯時，彰化市街民眾對於賴和的感念，有極為傳神的描述，見《全集》，頁418-419。

彰化學

　　賴和因他無私的奉獻精神，死後墓草被當地民眾傳說可以治病，甚至還有賴和當城隍的傳聞。[244] 一般民眾雖不會了解賴和在社會運動、新文學運動中的貢獻，但他以仁醫的形象活在廣大的民眾心中。

　　賴和不僅立德而已，他還是立功立言者，誠如應社詩友陳英方（渭雄）在悼念他的詩中云：「廿載仁聲聞遠近，半生熱血見文章」。[245]

　　民國四十年（1951）四月十四日，賴和以抗日志士的身分，入祀忠烈祠，[246] 四十七年（1958）九月三日又被以「臺共匪幹」的理由撤出忠烈祠。[247] 賴和生前因抗日思想，繫獄以致病發，「病因積憤醫難救」，沒想到臺灣光復後仍一度「死為沉冤恨莫消」。[248] 經過文化界熱心人士多年的奔走呼籲，終於七十三年一月十九日內政部查明：

　　　　彰化「和仔仙」賴和先生原為抗日烈士，確曾蒙冤屬實，本部業已另函臺灣省政府，即以辦理恢復入祀忠烈祠。[249]

　　賴和生前留有詩云：「紛紛擾擾世相異，是非久已顛倒置。老天無奈權力何，賢才易惹眾人忌」[250]，這是日治時期的強烈感嘆。光復後又蒙冤二十六年，終獲平反。七十三年

---

244 一剛（王詩琅），〈懶雲做城隍〉，《臺北文物》，3 卷 2 期，頁 117。
245 渭雄（陳英方），〈哭懶雲社兄〉，原刊《文化交流》第 1 輯，收於《全集》，頁 433。
246 行文見《平反集》，頁 79-80。
247 同上註，頁 81。
248 兩句詩俱見笑儂（楊樹德），〈哭懶雲社兄〉，原刊《文化交流》第 1 輯，收於《全集》，頁 431。
249 同註 246，頁 82。當時內政部長是林洋港。
250 〈書憤四首〉，《全集》，頁 394。

彰化學

（1984）四月二十五日，賴和九十歲冥誕，距離他逝世已過了四十年，各界在彰化舉行紀念會，並在當天再度入祀忠烈祠。

賴和的新文學經過我們從他的遺稿以及已刊稿的一番清理，回復他的原始面貌。通過他的文學歷程，我們深刻感受，在日治時期，賴和以他的文學作品，為時代留下了「真正的印象」（True impression），並且給予極為強烈的文學控訴，充分反映了日本殖民統治下的臺灣之聲。這是寶貴的文學遺產，不僅在臺灣新文學運動中占有主導的作用，也是五四文學革命的具體實踐，並且由於當時臺灣直接處在帝國主義的壓迫下，他的文學表現也更為強烈、深刻、動人；批評舊社會的陰暗面，也相對地反映了文化啟蒙期的進步意識，我們有理由給予賴和崇高的評價，並需反省其所處的位置。

賴和新文學涵攝的民俗元素

林明德

一、前言

　　民俗是一切藝術的土壤，這個命題，往往被古今中外造詣獨特的藝術家視爲創作的原則，並加以實踐。文學既是藝術的環節，自不能例外。因此偉大的文學家，深知其民族的民俗底蘊與元素，透過篩選，轉化成爲作品的有機題材，以展現傑出的文學風格。這也是日治時代的臺灣作家譜寫光輝文學史頁的重要依據。

　　其中，賴和的表現最爲多元、亮麗，他在各類文體均涵攝相當可觀的民俗元素，成爲其文學的特殊語境與標幟，值得進一步去探索。

　　本文擬藉由民俗與文學的互涉，歸納、分析賴和新文學深層的主題意識。

二、賴和肖像

　　賴和（1894～1943），本名賴河、一名賴癸河，筆名懶雲、甫三、走街先、安都生……。臺灣彰化人。幼年學習漢文，奠定深厚的古典文學基礎。一九○九年，十六歲考進臺灣總督府醫學校。一九一七年在彰化開設「賴和醫院」，懸壺濟

世。一九一八年前往廈門，任職於鼓浪嶼「博愛醫院」，次年返臺。

一九二一年，賴和加入臺灣文化協會，並當選為理事。一九二五年發表第一首新詩〈覺悟下的犧牲——寄二林的同志〉，從此積極投入臺灣新文學的創作，例如：小說〈鬥鬧熱〉、〈一桿「稱仔」〉，新詩〈南國哀歌〉、〈流離曲〉、〈農民謠〉，散文〈前進〉等。

賴和深具人道精神，憐憫貧苦民眾，平日所得大多用之於救濟貧困，在彰化民眾的心目中，儼然是「彰化媽祖」的化身。他擔任《臺灣民報》文藝欄主編時，對後進的鼓勵與提拔，更是不遺餘力，楊守愚說他是「臺灣新文藝園地的開墾者，同時也是養育了臺灣小說界以達於成長的褓姆」。[1]

賴和一生以漢文書寫，創作風格獨特的漢詩便達一千多首，於舊文學的造詣上，深具特色。之外，他極重視民間文學，隨時隨地留意並記錄珍貴的神話、傳說、故事和諺語。其曾從一位遊吟詩人口中採集到戴潮春反清歌〈辛酉一歌詩〉（1926～1927），堪稱民間文學敘事詩的巨作。

賴和的作品有許多聚焦於被壓迫的人民與日本殖民政權的不義，曾說：「……我生不幸為俘囚，豈關種族他人優。弱肉久矣恣強食，至使兩間平等失。正義由來本可憑，乾坤旋轉愧未能。眼前救死無長策，悲歌欲把頭顱擲……」（〈飲酒〉），[2]不僅是「為義鬥爭」的心聲，也是他一生抗日精神的寫照。

一九四一年，他被拘入獄五十天，在獄中以草紙寫下〈獄

1　見「賴和先生悼念特輯」，《臺灣文學》（1943.4）。
2　「我生不幸為俘囚」，賴和一生（1894～1943），剛好是日本統治臺灣時期（1895～1945），所以自比為「俘囚」。

中日記〉，反映臺灣人民既沉重又無奈的心情。

一九四三年，賴和逝世，行年五十。時人尊稱他爲「臺灣新文學之父」。[3]

三、賴和新文學涵攝民俗元素的例證

賴和對於民間文學的觀點，大概可從他爲李獻璋《臺灣民間文學集》寫的序文[4]中看出，這篇序寫於一九三五年十月十日。他指出民間文學包括傳說、故事、歌謠與謎語，其內容涵蓋民情、風俗、政治與制度，能表現民眾的眞實思想和感情，就民俗學、文學或語言學的角度而言，都具有保存的價值。

臺灣三百多年來，先民遺留給後代許多傳說、故事與歌謠，像〈鴨母王〉、〈林道乾〉、〈鄭國姓南北征〉的傳說，從歷史的角度來說尤其珍貴。民間文學的收集和整理，在世界各國，早就有許多民俗學者與文學家從事過了，所獲得的成果，都大有可觀。

他自白：「從前，我雖然也曾抱過這麼野心，想跑這荒蕪的民間文學園地去當個拓荒者，無如業務上直不容我有這樣工夫，直到現在，想來猶有遺憾。」不過，從有關他的一些文獻似乎可看出他在這方面的留意與努力。他的兒子賴淢（1928～2012）曾回憶說：「有位乞丐，姓朱，目盲，彈月琴唱歌謠在巷弄行乞，父親不嫌棄，找他來相聚，像朋友對待。」[5]加上譯番歌與歌仔調的嘗試，在在證明他對民間文學的用心。

3　見王錦江・明潭譯，〈賴懶雲論〉（1936 年 8 月《臺灣時報》201 號），《賴和研究資料彙編》（彰化：彰化縣立文化中心，1994）。
4　見李獻璋編著，《臺灣民間文學集》（臺北：新文學社，1936）。
5　見林明德編著，〈臺灣新文學之父——賴和〉，《彰化文學作家》（臺中：晨星，2011）。

最後，他希望：「這一冊民間文學集，同樣跑向民間去。」這種理念，是何等地遠大。

民俗學者指出，民俗是指與國民生活有關的傳統，並有特殊文化意義的風俗、信仰與節慶，其範疇概括心理、行為與語言民俗等面向。質言之，心理民俗以信仰為核心，主要為崇拜和禁忌；行為民俗為有形的傳承活動，如生命禮俗、歲時節慶、祈禳驅祟與工藝服飾等；語言民俗則以語言為主，表現人類的思想、情感與願望等，包括神話、傳說、故事、歌謠、諺語與謎語等口傳文學，又稱民間文學。這些都屬於民俗的底蘊，也是一切藝術的土壤，更是藝術創作的重要元素。

（一）賴和新詩

賴和長期耕耘漢詩，作品達一千多首；他的新文學活動始自一九二五年八月發表的散文〈無題〉，終於一九三六年元月發表的小說〈赴了春宴回來〉，前後十年，也正是他生命裡的黃金歲月（32～42歲之間）。作品包括：小說二十九篇、新詩六十一首與散文十九篇。[6]

在賴和的古典與新文學中，他靈活運用民俗題材，成為創作的符碼，特別是新詩與小說兩種文類最為顯著，因此是本文論述的主要對象。賴和新詩的語言，大多使用白話文，當中有九首結合心理、行為與語言民俗等元素，而構成深具臺灣本土特色的詩篇。例如：〈寂寞的人生　歌仔曲新哭調仔〉、〈七星墜地歌〉、〈新樂府〉（1930）、〈農民謠〉（1931）、〈相思　歌仔調〉（1932）、〈相思歌〉（1932）、〈月光〉（1932）、〈農民嘆　押臺灣土語歌〉、〈呆囝仔——獻給我

6　見林瑞明編著，〈小說卷〉、〈新詩散文集〉，《賴和全集》（臺北：前衛，2000.6）。

的小女阿玉〉（1935）等。[7]他多次運用臺灣人的原聲——本地歌仔的七字仔與哭調仔，做為詩歌形式、韻律的基調，如：

> 不用煩惱無三頓，
> 身軀穿得綢綢軟。
> 睏足起來便喰飯，
> 喰飽坐到骨頭酸。
> 遊山玩水也已懶，
> 無事只恨日頭長。
> ……
>
> 我又不耐得寂寞，
> 日日吐氣怨孤獨。
> 富豪忌我像惡蛇，
>
> 散人講我已墜落。
> 站在這樣環境中，
> 叫我如何去振作。
> ……
>
> （〈寂寞的人生　歌仔曲新哭調仔〉）
>
> 阮是兩人相意愛，
> 若無說出恁不知。
> 阮著當頭白日來出入，
> 共恁外人無治代。
> ……

7　見林瑞明編著，〈新詩散文集〉，《賴和全集》（臺北：前衛，2000.6）。

只爲身邊人眾眾，

不敢講話眞無采。

恨無鳥仔雙箇翼，

隨便飛入伊房內。

（〈相思　歌仔調〉）

臺灣本地歌仔是斯土斯民的心聲，主要曲調爲七字調，在這基礎下，發展出落地掃、歌仔陣等小戲，後來吸收其他表演元素，逐漸成爲大戲，也就是本土歌劇——歌仔戲。

七字調是俗謠之王，或稱七字仔，是歌仔戲的主要唱調。格式上，以七個字爲一句，四句構成一首七字調，類似唐詩的七言絕句，不過在平仄、對仗與用韻上較爲鬆散。調式則以角、徵、羽交錯表現成爲張力較大的戲曲音樂；其歌唱原則乃依字行腔，依腔傳情。歌唱者可依自己嗓門音域，選擇高、中、低腔來演唱。

七字調音樂的變化，分快板、中板與慢板等。在速度的變化中傳釋不同的感情樣態，例如：快板用於激動時，其調性能展現憤怒、著急或興奮的情緒；中板用於敘述性的唱段；慢板則用於抒情或悲傷，婉轉流露失意、悲傷的情愫。

哭調仔的基本形式爲七字，是傳統哭文化的代表唱調。論者以爲哭調仔與臺灣悲劇性的歷史命運，密不可分。三百多年來，這塊土地上的人民飽受異族壓迫欺凌，或離鄉背井、妻離子散、生活困頓……，藉著哭調來宣洩苦難的心聲，因此悲傷、哀怨、哭泣是哭調仔的重要情愫。哭調仔流播臺灣南北，大概可以分爲：大哭調、宜蘭哭、艋舺哭、臺南哭等。

賴和來自民間，相當熟悉本地歌仔與歌仔戲等戲曲音樂，

因此，他透過歌仔曲新哭調仔、歌仔調與臺灣土語歌的形式（七字）來傳達不同的感情樣態。

從上述兩首詩中可看出，他不僅運用本地歌仔的曲調音韻，並且以臺語為載體，企圖將歌、詩合一，以綿密的情韻，展現深刻的青春男女戀情與突破現狀的強烈「想望」。

〈七星墜地歌〉綜攝天文（南斗六星北斗七）、地理（活穴）、神祇（玄天上帝、萬善同、觀音娘）與人的想望，十足的嘲弄意味，宛如一首勸善歌。〈新樂府〉五段描寫百姓、販夫、官吏的形象與對比，是一首圖像鮮明的社會詩，例如：「米粟糶無價，青菜也呆賣，／飼豬了本錢，雞鴨少人買；／賺喰非快活，種作總艱計，／官廳督促緊，納稅又借債。」字裡行間透露的民生艱苦，讀來令人感到一股心酸又悽惻，直逼而來。

〈農民謠〉共九段，發表於一九三一年一月一日《臺灣新民報》三四五號。當中第二段：「碎米番薯，／菜脯鹹魚，／一年中、儉儉省省，／只希望／好收成、／無疾病、／這儉省、也即有路用。」附李金土譜曲，不僅傳唱農民心聲，更引起大眾的共鳴，賴和以新詩創作反映社會現實，隱喻反諷，直接訴諸大眾的本意，昭然若揭。發表於一九三一年四月二十四、五日的〈南國哀歌〉[8]是一首敘事詩，為哀悼霧社事件而作，也是典型的抗議詩，最後一段：

兄弟們來！
來！捨此一身和他一拚，
我們處在這樣環境，

─────────────
8　同註7。

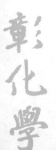

只是偷生有什麼路用，
眼前的幸福雖享不到，
也須為著子孫鬥爭。

這是「覺悟下的犧牲」意識，流露「勇士當為義鬥爭」的凜然精神。他處處表現「民胞物與」的情懷，時時關心弱者、農民，原住民自不能例外，除了〈南國哀歌〉之外，還有〈譯番歌〉兩曲，試看其一：

香菸成堆好酒如淮，　ユーテークワレーパーローテ
　　　　　　　　　　　　　　　　　　　　　　　　疊：
我頭社的兄弟啊，　　カナナイテイワニー
搖蕩輕槳一來，　　　オーキーソー
　　　　　　　　　　バリタバトーア
水草礙行舟，　　　　クサソートーア
勿惜少迂迴。　　　　アナーニー

詞語簡淨，意象新穎，讀來有如天籟一般的情韻。〈相思歌〉（1932）與〈呆囝仔——獻給我的小女阿玉〉（1935）兩首的語言更為簡練純熟，充分發揮臺語歌、詩一體的特色，前者延續〈相思　歌仔調〉的母題，以客觀手法描述青春男女的戀情，不過詩末突然宕開心理困境，出人意外卻又入人意內的「神來一筆」，與古詩十九首〈行行重行行〉的結尾：「棄捐勿復道，努力加餐飯。」有異曲同工之妙，試看：

前日公園會著君，
【cheng5-jit8 kong-hng5 hoe7-tioh8 kun】

怎會即溫存？

【choaN2 e7 chiah un-sun5】

害阮心頭拿不定，

【hai7 gun2 sim-thau5 liah8 be7-tiaN7】

歸日亂紛紛。

【kui-jit8 loan7-hun-hun】

飯也懶喰茶懶吞，

【png7 iah8 lan2-chiah8 te5 lan2-thun】

睏也未安穩，

【khun3 iah8 be7 an-un2】

怎會這樣想不伸，

【choaN2-e7 chit-iuN7 siuN7-be7-chhun】

敢是爲思君。

【kam2-si7 ui7 su-kun】

批來批去討厭恨，

【phoe-lai5-phoe-khi3 tho2-ia3-hun7】

夢是無準信，

【bang7 si7 bo5-chun2-sin3】

既然兩心相意愛，

【ki3-jian5 liong2-sim sio-i3-ai3】

那怕人議論？

【na2 kiaN lang5 gi7-lun7】

幾回訂約在公園，

【kui2-hoe5 teng7-iok chai7 kong-hng5】

時間攏無準，

【si5-kan long2-bo5-chun5】

相思樹下獨自坐，

【siuN-si-chhiu7-ha7 tok8-chu7 che7】

等到日黃昏。

【tan2-kau3 jit8-hong5-hun】

黃昏等到七星出，

【hong5-hun tan2-kau3 chhit-chheN chhut】

終無看見君，

【chiong bo5 khoaN3-kiN3 kun】

風冷露涼艱苦忍，

【hong leng2 lou7 liang5 kan-khou2-lun2】

堅心來去睏。

【kian-sim lai5-khi3-khun2】

——原載於《臺灣新民報》三九六號，一九三二年一月一日

〈呆囝仔——獻給我的小女阿玉〉一詩，以父親的觀點刻劃小女的任性、頑皮與無理取鬧，以及慈祥父親的縱容與疼愛，一幅親情圖宛在目前：

呆囝仔　不是物

【phaiN2-gin2-a2, m7-si7 mh8】

一日喰飽溜溜去

【chit8-jit8 chiah8-pa2 liu3-liu3-khi3】

繪看顧恁小弟
【be7-hiau2 khoaN3-kou3 lin2 sio2-ti7】
只管自己去遊戲
【chi2-koan2 ka-ti7 khi3 iu5-hi3】
呆囝仔　人是不痛你
【phaiN2-gin2-a2, lang5 si7 m7 thiaN3 li2】

呆囝仔　不是物
【phaiN2-gin2-a2, m7-si7 mih8】
一日當當要討錢
【chit8-jit8 tong-tong beh tho2-chiN5】
三頓不喰使癖片
【saN-tng3 m7 chiah8 sai2 phiah-phiN3】
四秀挑來擔擔拑
【si3-siu3 taN lai5 taN3-taN3 khiN5】
呆囝仔　人是無愛碟
【phaiN2-gin2-a2, lang5 si7 bo5-ai3 tihN8】

呆囝仔　不是物
【phaiN2-gin2-a2, m7-si7 mih8】
愛穿好衫著較美
【ai3 chheng ho2-saN tio8 khah-sui2】
袂曉保惜顧清氣
【be7-hiau2 po2-sioh kou3 chheng-khi3】
染到塗粉滿滿是
【ko7-kah thou5-hun2 moa2-moa2-si7】

呆囝仔　會喰竹仔枝
【phaiN2-gin2-a2, e7 chiah8 tek-a2-ki】

呆囝仔　不是物
【phaiN2-gin2-a2, m7-si7 mih8】
無啥無事哭啼啼
【bo5-siaN2 bo5-tai7 khau3-thi5-thi5】
哄騙不煞人受氣
【haN2-phian3 m7-soah lang5 siu7-khi3 】
要叫不敢就較遲
【beh kio3 m7-kaN2 chiu7 khah ti5】
呆囝仔　無拍袂改變
【phaiN2-gin2-a2, bo5 phah be7 kai2-piaN3】

———原載於《臺灣文藝》二卷二號，一九三五年二月一日

賴和在這首詩特別自註了七個語彙：

1. 袂：音賣之土腔；2. 四秀：零食也；3. 扛：圍也；
4. 無愛碟：不要也；5. 美：音水之正讀；6. 事：音代；
7. 不煞：不停也。

可見他鍊字鍊句之際，還特別注意臺語的「腔口」，藉正音傳達美妙的語境與委婉的情韻。

〈月光〉、〈農民嘆　押臺灣土語韻〉為典型的憫農詩，是賴和悲憫情懷的流露。前者寫稻農欠收，面臨頭家追討租

金、官廳抄封的困境:「當,無值錢物;借,無人敢保。/欠了頭家租,準是無田作。/欠了官廳稅,抄封更艱苦。/牽牛無到額,厝宅賣來補。/一家五六人,流離共失所。/景氣講恢復,物價起加五。/錢又無塊趁,日子要怎度。」在山窮水盡之際,也只能無語問蒼天了。

後者雙寫稻、蔗農的現實際遇,天災、蟲害,導致「家破」、「喪本無田作」,真是慘絕人寰。

二〇〇〇年,林瑞明編《賴和全集》正式出版,他在「新詩散文卷」體例曾說:「作品中的福佬話部分,可以辨讀者,以長老教會羅馬拼音標示。註釋方面,若全文引用明潭版之註解,則標示以(李南衡註)標示,若賴和本身自註,則以(賴和自註)標示,以便區隔。」明顯透露幾點訊息:賴和嘗試以福佬話寫詩的實驗精神,此其一;賴和的歌詩以羅馬拼音更能接近正音,展現臺語的魅力,此其二。所以透過蔡承維(日本一橋大學博士生)將福佬語為載體,可以辨讀的新詩,再利用長老教會羅馬拼音標示出來,共有〈寂寞的人生　歌仔曲新哭調仔〉、〈新樂府〉、〈農民謠〉、〈相思　歌仔調〉、〈相思歌〉、〈月光〉、〈農民嘆〉與〈呆囝仔——獻給我的小女阿玉〉等八首,更能證明賴和於歌詩的意匠經營,以及嘗試把歌詩「帶回民間去」的用心與努力。

值得我們注意的是,賴和對民間文學的興趣與關心,始終如一。身為醫生,儘管業務繁忙,不容許他投入「荒蕪的民間文學園地去當個拓荒者」,不過他念念不忘民間文學,在忙碌的生活中,隨時隨地留意並記錄神話、傳說、故事、諺語等。一九二六至一九二七年,賴和從一位遊吟詩人口中採集到戴萬生反清歌——〈辛酉一歌詩〉,昭和十一年(1936),經由宮安中修正,以彈唱者楊清池之名,發表於《臺灣新文學雜

誌》。原題〈辛酉一歌詩〉，又題〈天地會的紅旗反〉，簡稱
〈萬生反〉。宮安中〈抄註後記〉云：「然而，於今日我們卻
連它的作者爲誰，也無從去考查起了。唱者楊清池他老人家，
是最有資格頂戴這頭銜的，不過，在他之前，還有一個人，那
就是他的老師，論他作梗，所以作者爲誰，我們還是不便遽爲
肯定。」

　　大清帝國時期，臺灣一地發生五大民變，包括：朱一貴、
林爽文、張丙、蔡牽與戴萬生。其中戴萬生事變以唱唸歌謠流
傳於中部地區，敘述清咸豐十一至十三年（1861～1863），
彰化四張犁人戴潮春（字萬生）因吏治不良、官方增稅，乃組
天地會黨、豎紅旗爲幟以抗官反清的傳奇故事。

　　全詩七百二十行，由遊吟詩人楊清池吟唱，賴和記錄、整
理，是一首難得的民間「敘事詩」。吟唱者爲了重現歷史情境，
將三年波及中部各縣市的事變過程、出場官民數十人，娓娓道
來，事件緊湊，高潮迭起。其語言之運用，隨人物觀點移異，俚
諺左右逢源，既素樸又鮮活。這裡節錄幾段以窺其一斑：

　　唱出辛酉一歌詩：
　　臺南府孔道臺，上任未幾時。
　　唐山庫銀猶未到，
　　發餉也無錢。
　　就召周維新來商量，來參議。
　　周維新來到此，
　　雙腳站齊跪完備：
　　「道臺召我啥代誌？」
　　孔道臺，開言就講起：
　　「周維新，我問你，

我今上任未幾時，
唐山庫銀猶未到，
要發餉，也無錢。
未知周維新，啥主意？啥計智？」
周維新，跪落稟因依：
「稟到道臺你知機，
現今府城富戶滿滿是。
大局設落去，
八城門出告示：
大嵌店扣二百；
小嵌店扣百二；
大擔頭，扣六十；
小擔頭，扣廿四。
若是開無夠，
八城門的豬屎擔，
一擔扣伊六個錢來相添。」
……

遇著唐山行文來到此，
召要有理仔去平長毛的代誌。
有理仔，接著旨意，
隨時點兵就要去，
共伊小弟有田相通知：
「若是敗兵的代誌，
臺灣勇，愛來去。」
點兵緊如箭，
總到漳州直直去。
此歌是實不是虛，

留得要傳到後世，
勸人子兒不當叛反的代誌：
若是謀反一代誌，
拿來活活就打死。
不免官府受凌遲，
田園抄去煞伶俐。[9]

（二）賴和小說

根據《賴和全集》「小說卷」，收有賴和小說二十九篇，去其重複〈善訟的人的故事〉與〈盡堪回憶的癸的年〉（與〈歸家〉雷同），實際是二十七篇。

賴和以敏銳的觀察力，抓住時代的脈搏，對於社會矛盾進行解剖、刻劃，且如實呈現，充分發揮社會寫實主義的精神。值得注意的是，小說載體是白話文，加上臺語，並且大量應用傳說、俚諺、日語與諧音（見附錄一），形塑其小說特色。

他同時運用生命禮俗與歲時節慶等民俗元素，營造其小說文本，使之成為臺灣新文學的獨特風格。這裡特以四篇作品為例，進行探索。

1、〈鬥鬧熱〉

這是賴和發表的第一篇小說，發表於一九二六年元月一日，葉石濤認為「這一篇小說之所以值得紀念，是因為這是一篇完全用西方文學的手法，反映臺灣民眾現實生活的作品。」[10] 小說的題材是迎神賽會——迎媽祖，他描寫民眾（小

9　見《臺灣新文學》，第 1 卷第 8、9 號，第 2 卷第 1 號（1936～1937）。
10　見葉石濤，〈第二章臺灣新文學運動的開展〉，《臺灣文學史綱》（高雄：春暉，1987），頁 41。

孩、大人）迎神賽會前後的歡樂，也指出貧苦民眾爲之不惜一夜浪費千元的陋習、迷信與愚昧。小說以重疊情節進行，小孩們因遊戲而吵架；大人們仗財勢欺壓弱者。通過兒戲來映襯大人們於鬥鬧熱中爭權奪利的主題意識，逐漸浮顯。作者綜攝民俗元素，特別在載體上巧妙運用俚諺，以展現小說的鄉土特色，例如：

（1）嘻嘻譁譁：嬉鬧聲。

（2）囝仔事惹起大人代：諺語，意即因小孩的事，惹成大人的糾紛。

（3）儉腸捏肚也要壓倒四福戶：諺語，意即窮人家輸人不輸陣，省吃儉用也要與富戶人家（城裡的人）爭一口氣。

（4）所以這一回，就鬧得非同小（俗謂發狂）可（俗謂狗）了：小可，諧音瘋狗。

（5）樹要樹皮，人要面皮：諺語，意即要面子。

（6）狗屎埔變作狀元地：諺語，意即沒利用價值的土地，因某種原因被炒成寸土寸金的狀元地。

（7）死鴨子的嘴巴：諺語，又作死鴨硬嘴巴，喻人固執不認輸。

顯然的，他的小說語彙大量運用俚諺，無非想藉以增加親和力，希望能「跑向民間去」，引起大眾的共鳴。

2、〈一桿「稱仔」〉

在賴和〈一桿「稱仔」〉的草稿（見附錄二）裡，我們可以很清楚地看到法朗士〈克拉格比〉的若干影子：以寫實主義的技巧將臺灣社會底層的弱者——秦得參一生慘烈地呈現。秦得參二十七歲，是日治時代臺灣鄉鎮街市賣菜人。過年前，他挑擔賣菜，碰到巡查大人前來索賄不成，以「稱仔」有問題觸

犯了〈臺灣度量衡條例〉，折斷了「稱仔」並報告上司。秦得參莫名其妙，既被罵「畜生」，又被罰款或做勞役三天，在除夕，惶恐的妻子送錢把他救了出來。他喃喃自語：「做人不像是個人」、「這是什麼世間，活著倒不如死快樂」，並且覺悟到「犧牲」。小說內容大概依照主角的生命歷程：幼年喪父，替人放牛；十八歲娶媳婦，二十歲母親過世，他又得了瘧疾，最後選擇賣菜養家；在人間煉獄他重燃起希望，卻被貪婪的巡警誣告，又威權的法官獨裁，造成冤獄；最後，他已覺悟到生命的抉擇。

小說人物包括：秦得參、母親、巡查大人、保正、法官與妻子。事件則是純樸的秦得參不懂得「規矩」，到市上做生意沒有巴結前來索賄的巡警，被「專在搜剔小民的細故來做他的成績」的巡警栽贓，任意指責「稱仔」不準，違反度量衡規則。雖有保正出面替他辯護，但法官卻自由心證地說：「什麼保正，難道巡警會比保正靠不住嗎？」顯然的，殖民地的法律與執法者都是統治者的專利品，他們可以憑個人好惡入人於罪，世間的公平正義蕩然無存，弱者的人權尊嚴宛如夢幻。人生被逼迫到盡頭，秦得參覺悟了，既不妥協也不迴避，選擇了悲劇的結局。

〈一桿「稱仔」〉的手稿，規模初具，約三千字；連載於《臺灣民報》的〈一桿「稱仔」〉則做了許多修訂，篇幅增加兩倍，擴大到六千多字。人物稍做調整，增加事件細節，作者運用心理學與民俗素材，使小說臻於成熟：事件更周密、情節更緊湊、人物更深刻、對比更強烈、主題更多元，從而內聚高潮，引爆悲劇。

基本上，修訂後的文本，使秦得參的生命歷程更加清晰，彷彿是一篇「三十歲」的傳奇。窮困的秦得參，父親早死，母

子孤苦無依，鄰人好心作媒，爲母親招贅一個夫婿，但常遭後父打罵。九歲他替人家看牛做長工，十六歲想耕作幾畝田又租不到，只好做散工。十八歲，母親完成「唯一未了的心事」，爲他娶妻。二十一歲生了一兒子，其母親展露笑容，「二十年來的勞苦」，總算有了回報，她以爲責任完成，精神爲之放鬆，病魔卻乘虛而入，臥病幾天，帶著「滿足、快樂」的笑容往生了，後父也從此互不相干。

二十二歲，他又得了一女兒。四年後，因過勞成疾，患著瘧疾，看病太貴，請不起西醫，只能煎些青草，折騰幾個月後，得了脾腫。到了年末「尾牙」，他想積蓄些新春的食糧，在打聽到鎮上生菜的販路很好後，他商量妻子回娘家想辦法；之後嫂子把一根「金花」借給她典當了幾塊錢作資本，又向鄰家借了一桿新「稱仔」。這一天的生意不錯，一擔生菜，賺了一塊多。幾天下來，生意順利，他就先糴些米，預備新春的糧食，想爲明年換一換氣象：客廳奉祀的觀音畫像、門聯要煥然一新，準備金銀紙、香燭，買糖米蒸年糕，又爲孩子的新衣裳，剪了幾尺花布回去。

然而，這好像暴風雨前的寧靜，緊跟而來的是連續的凌辱惡罵：巡警要花茉，誠實的秦得參不懂「規矩」，巡警逐惱羞成怒，挑剔「稱仔」不好，罵他「畜生」、折斷「稱仔」，並記下他的名姓、住處。秦得參遭受意外的羞辱，滿腹憤恨。有人說他不懂規矩，還沒嘗到拷打的滋味，他抗議地說：「什麼？做官的就可以任意凌辱人民嗎？」群眾中遂有人稱讚他是「硬漢」。除夕日，他大清早挑起菜擔到鎮上去，沒想到那巡警一而再罵他「畜生」，要他到衙門去。法官不管他是不是初犯，判他違反度量衡規則，科罰三塊錢，否則就要監禁三天。他想到三塊錢是何等的數目，寧願接受監禁。妻子聞訊，先是

哭，經鄰居勸說才帶著預備贖「金花」的錢，繳款救夫。秦得參清楚被釋放的真相後，快快地說：「不犯到什麼事，不至殺頭怕什麼。」在「辭年」的爆竹聲中，他拿出三塊錢要妻子贖回「金花」。

「圍過爐」，秦得參心裡浮上一種不明瞭的悲哀，他喃喃自語：「人不像個人，畜生，誰願意做。這是什麼世間，活著倒不若死了快樂。」又回憶到母親死時「快樂的容貌」，終於懷抱著最後的覺悟，與巡警玉石俱焚。

賴和熟悉臺灣的歲時節慶，對於民間習俗的體會極為深刻，從「尾牙」、「觀音畫像」、「門聯」、「金銀紙」、「香燭」、「年糕」、「新衣裳」、「除夕」、「圍爐」、「新年的爆竹聲」、「開正」，一路寫來，既營造節慶氣氛，也建構了一個強烈的對比：生／死；團圓／離散，讓小說呈現最大的戲劇張力，釋放多元的主題意識。

《老子》云：「民不畏死，奈何以死懼之？」（第74章）賴和對〈一桿「稱仔」〉悲劇主題的經營，是相當細心的，母親「二十年」的心理描述是醫學、心理學的運用；秦得參為新春除舊布新，買了「金銀紙、香燭」，巧妙的伏筆，為結局提供嚴肅的素材。依照民俗，紙錢可分為兩類：一為金紙，一為銀紙，這些紙錢均由稍具厚度的紙張組合成疊，上貼有小而薄的銀箔。製造金紙時則在錫箔塗上一層黃色顏料，以造成黃金的效果。金紙是用來祭祀神明的；銀紙的形式較金紙小，除了蓮花銀之外，大多沒有圖飾，是祭祀鬼魂用的。賴和諳熟民俗，不僅因生長於鄉土的耳濡目染，更可能源自家傳的影響——祖父賴知學弄鈸（弄鐃），父親賴天送為道士，因此，賴和對生命禮俗（生老病死）的細節知之甚詳，所以其對銀紙的安排，用意極為清楚。小說結尾的對話：

「什麼都沒有嗎？」

「只有『銀紙』備辦在，別的什麼都沒有。」

　　作者冷靜處理，讓秦得參走得從容不迫。在現世他任人宰割，一無所有；在他界可以事先安排、自己做主，從而解除「眞得慘」的魔咒。

　　至於「最後的覺悟」，是有鑒於生，「人不像個人」，還被怒斥爲「畜生」，這在人間煉獄「活著倒不如死了快樂」，加上母親「快樂」的遺容，讓他視死如歸。這些都是醞釀此一慘劇不可或缺的元素。

　　元旦，秦得參的家裡，忽譁然發生一陣叫喊、哀鳴、啼哭；同時市上盛傳一個夜巡警吏，被殺在道上。

　　這一幕悲劇不僅讓讀者引起哀憐與恐懼的情緒，也爲殖民地臺灣社會，宣示弱者的覺悟與反抗，魯迅曾說：「不在沉默中爆發，便在沉默中滅亡。對受壓迫凌辱的庶民來說，不外有兩條路，要麼等死，要麼反抗——即使付出生命。」正是秦得參抉擇的最佳註腳。[11]

3、〈善訟的人的故事〉

　　同名的小說有兩篇：一作於一九三二年十二月二十日，發表於《臺灣文藝》二卷一號（1934.12.18），收錄於李獻璋篇《臺灣民間文學集》（1936.5）；一收於葉陶發行的單行本《善訟的人的故事》（1947.1.10）。[12] 前者爲李獻璋《臺灣民間文學集》「故事篇」二十一之一，屬於彰化的地方傳說故

11　以上參考拙著，〈細讀賴和〈一桿「稱仔」〉〉，《臺灣文學國際研討會——研究現況及海外的接受》，法國波爾多第三大學，2005.10。

12　見林瑞明編著，〈小說卷〉，《賴和全集》（臺北：前衛，2000.6）。

事。賴和在故事附錄:「這故事的大概,聽講刻在一座石碑上,這石碑是立在東門外,現在城已經拆去了,石碑不知移到什麼所在,惹起問題的山場,還留有一部分做公塚。」可見他是根據地方傳說演繹成為故事;後者是上述故事的改寫,作者開宗明義云:

> 所謂善訟的人,有他一個特別的名稱,便是世俗所謂訟棍;但是訟棍是專靠訴訟來賺錢,訴訟就是職業,有點像現代的辯護士。不過被稱為訟棍的人,多不是好人,他所以愛訴訟,就是訴訟於他自己有利益,可以賺錢,不是要主張公理,或維持正義;甚至顛倒是非,混亂黑白,若於自己有益,也是在所不計。

我所要講這個故事的主人,雖然也善訟,我卻不忍稱他為訟棍,因為他不是以自己的利益為前提去興起訴訟的。

作者在「民間故事」的基礎上,稍做處理,使之成為小說。其實兩者的情節、人物、事件、場景、對白、觀點與主題都極為相似。小說的主角林先生,是地主志舍的管帳,他為被剝削欺凌的農民打抱不平,不惜辭職、向官府提告:志舍不當占有全部山地做私產、苛收窮人墓地的錢。林先生挺身為義鬥爭,但敵不過志舍金錢勢力範圍的縣吏、地主的共犯結構。他下定決心,有「捨身幹下去的覺悟」,於是從鹿港搭船到福州馬尾,上府城向道臺告狀,在他鄉異地遇上一位狀似乞食的奇人,並獲得指點,在呈子裡加進十六個字:「生人無路,死人無地,牧羊無埔,耕牛無草。」以增強力道。最後,林先生在省城打贏了官司,志舍的山場解放做公塚,造福了牧羊放牛與窮苦人家。但林先生的消息杳然,成為傳奇人物。

　　顯然的，這篇小說是民間故事的演繹，因此內含許多民間文學的元素，成為一篇耐人尋味的文本。

4、〈富戶人的歷史〉

　　這篇小說是賴和的遺稿，由林瑞明整理賴和文物時所發現，首次發表於一九九一年十二月的《文學臺灣》創刊號。林瑞明認為：「〈富戶人的歷史〉同屬民譚轉化的新文學創作，與〈善訟的人的故事〉寫作時間，相差不會太遠。」[13]

　　此小說文本頗能反映一九三〇年代臺灣的風俗、民情——民眾真實的思想與感情。情節的發展是透過兩位轎夫，載「走街先」（賴和醫生）往診，在山行道中一前一後，沿途評議幾個當時「地方上稱道的富戶人家」發財的始末。小說載體大量運用臺語、諺語，加上轎夫的「行話」——口號，展現賴和寫實風格的小說技巧，也保留了珍貴的無形文化資產。例如：

（1）毛管出汗：靠勞力賺錢；粒積：積蓄。

（2）馬無夜草不肥，人無橫財不富：諺語，指不當的所得。

（3）大富由天，小富由勤儉：諺語，喻安分守己。

（4）走街先：為醫生的謔稱。

（5）賢荷老：太稱讚了；致蔭：庇蔭。

（6）前籤：扛轎前的轎夫。

（7）查某嫺：侍女；做緣投：當小白臉。

（8）一四界：到處；厚：擬音，被。

（9）較了尾：比較衰微；那一柱：那一分支。

13　見林瑞明，〈富戶人的歷史〉，《臺灣文學與時代精神——賴和研究論集》（臺北：允晨，1993.8），頁381。

（10）「卵鳥仔」錢：靠女人得來的不義之財。

（11）紅毛塗：水泥；車盤：相互爭論。

中間穿插「爽文反」（林爽文民變）、「萬生反」（戴潮春事件）、「拼大和尚的事」（林和尚，原名林媽盛，霧峰人，任職團練局總理或兼莊總理；涉及林定邦命案與林文察復仇的一段公案），加上幾則「卵鳥仔錢」的民間故事：竹巷張姓娶妻、塗厝陳家招親，以及「尾吉當他頭家娘的意，佃戶變成頭家」，可說是一篇行走中展開的小說。有意思的是，小說裡面適時出現的轎夫「行話」——口號，注入鄉土情味，平添小說不少的聲色。例如：

前：小！鎮路，帶溜！（左轉！路有物（腳要跨過
　　去）），路滑！

后：好！小，溜！（知道了！左轉，路滑！）

前：大無地，小掛角。（右邊凹坑，左邊有樹枝或屋角
　　〔注意勿使轎頂撞及〕。）

后：好。（知道了。）

前：小！溜，大步開！（左轉！路滑。步伐加大。）

后：好，大步開。（知道了，步伐加大。）

前：好，垂手。（好，放下轎休息。）

前：交纏！（路上有藤會絆腳！）

后：好！交纏！（知道了，有藤會絆腳！）

前：小！（左轉！）

后：好，小！（知道了，左轉！）

前：踏步吞！（調整步伐，原地踏步！）

后：好！踏步吞。（知道了，原地踏步！）[14]

作者自白：「這是山行道中，和轎夫們的閒談，談話中有些可以做自家廣告，也有些可借來笑罵素所厭惡的人，所以要把牠來發表。講話的人，有前、後、走三個，前、后者就是前、后頭兩個轎夫，走者走街仔先自己也。中間有幾句扛轎人的口號，想是大家所共悉的，恕不另註。」

可見兩位轎夫是民間故事的敘述者，也是口號──行話的表出人，而走街仔先──和仔先既是參與者也是記錄人，他對民間文學的興趣與隨時隨地採集的習慣，於此可見一斑。

四、結論

賴和的新文學，特別是新詩與小說兩種文類，涵攝了心理、行為與語言的民俗元素，形塑他獨特的藝術風格，他不僅印證民俗是一切藝術的土壤，更贏得「臺灣新文學之父」的冠冕。在小說上，他開風氣之先，運用民俗元素，揭櫫臺灣小說的大方向，一時蔚為風氣，後繼者踵事增華，共同締造一個嶄新的局面，例如：

一、呂赫若〈牛車〉（1935）

二、龍瑛宗〈植有木瓜樹的小鎮〉（1937）

這兩篇深具臺灣民俗特色的小說，分別進軍日本「中央文壇」，一刊於《文學評論》，一入選《改造》，證明本島

14　以上參考呂興忠，〈賴和《富戶人的歷史》初探〉，收於林瑞明編，〈評論卷〉，《賴和全集》（臺北：前衛，2001），頁311-330。

作家的日文素養之精湛與小說美學的造詣。呂赫若（1914～1951），豐原潭子人，出身地主階級，二十二歲，以〈牛車〉闖進文壇，而後一九四二年的〈財子壽〉、〈風水〉連續獲獎，建立了其文壇的地位。這三篇都是典型的鄉土小說，涵攝許多民俗元素，例如：牛車、財子壽、耙砂、風水、拾骨等。

龍瑛宗（1911～1999），新竹北埔人，出身商人之家，二十六歲，以〈植有木瓜樹的小鎮〉榮獲徵文佳作，作者「以冷靜而詩意的筆調，描繪了一九三〇年代臺灣小知識分子處身黑暗殖民地社會之現實裡的哀傷、沒有出路以及絕望」，[15] 其中相親一節，宛如一幅民俗圖繪，至於小說場景是小鎮風光，因此沾上濃厚的鄉土色彩。

其他，如：張文環（1909～1978）〈閹雞〉（1942）、翁鬧（1910～1940）〈羅漢腳〉（1935）等，[16] 也都能靈活運用民俗元素，營造鄉土小說特色，而獨樹一幟。

透過本文的分析，當可了解賴和新文學涵攝民俗元素的真相，又能跡近臺灣新小說，一窺其文學特質，最終目的則為臺灣文學研究提供更客觀的視野。

【附錄一】

1. 文市：生意零售叫文市；批發稱武市。
2. 永過：以前、昔日。
3. 央三託四：到處拜託。（以上見〈歸家〉）
4. 札口：日語，剪票口；驛夫：日語，站務員。
5. 阿罩霧不是霸咱搶咱，家伙那會這樣大：阿罩霧，霧峰舊名，此指霧峰林家；家伙，家產。（以上見〈赴會〉）

---

15 見林瑞明，〈不為人知的龍瑛宗——以女性角色的堅持和反抗〉，《文學臺灣》（1994.10），頁12。

16 參考許俊雅，〈日治時期臺灣小說中的民俗風情〉，《見樹又見林——文字看臺灣》（臺北：國立編譯館，2005），頁121-150。

彰化學

6. 死囝仔、死囝仔栽、夭壽死囝仔：皆罵小孩的話。（見〈補大人〉）

7. 舊慣：舊習俗。

8. 便宜都合：日語，關係、方便。

9. 進衙門取調：取調，日語，即調查，審問。（以上見〈不如意的過年〉）

10. 「蜈蚣、蛤仔、蛇」稱為世界三不服：諺語。蛤仔，青蛙。

11. 愈是時行：時行，風行，受歡迎。

12. 白仁：眼白。

13. 坐著督龜：督龜，打瞌睡。

14. 王樂仔：走江湖的。

15. 罕叱：起鬨。（以上見〈蛇先生〉）

16. 彫古董：俗語，同調古董。作弄人，開玩笑。

17. 雞母皮：雞皮疙瘩。

18. 愛人荷老：荷老，誇獎。

19. 應接室：日語，客廳。（以上見〈彫古董〉）

20. 講那十三天外的話：十三天外，喻不著邊際。

21. 停有斗久仔：斗久仔，一會兒工夫。

22. 寫真師：日語，寫真，照片；寫真師即攝影師。

23. 手面趁食：謀生僅足以糊口。（以上見〈棋盤邊〉）

24. 用番仔火枝托著嘴齒：番仔火枝，火柴棒；托，剔；嘴齒，牙齒。

25. 開始鬧臺：開鑼，演戲前先敲打一陣鑼鼓叫鬧臺。（以上見〈辱？！〉）

26. 看頭：把風。

27. 鱸鰻：流氓。

28. 名刺：日語，名片。

29. 雞規先：吹牛皮。（以上見〈浪漫外紀〉）

30. 一死萬事休：諺語，一了百了。

31. 被賣做媳婦仔：媳婦，即養女、童養媳。

32. 受債：勤儉；所費，開支、費用。

33. 出勤：日語，上班。

34. 檢束：日語，逮捕、拘留。

35. 配當：日語，分紅。

36. 啥貨：什麼。（以上見〈豐作〉）

37. 拍狗也須看著主人：諺語，打狗須看主人面。

38. 黴倖：不幸；加講話：多話。（以上見〈惹事〉）

39 批信：信；郵便：日語，郵件；配達夫，日語，郵差。

40. 量約：隨便。

41. 女給：日語，女服務生。

42. 嘴鬚鬍鬍無合臺：諺語，不合時。

43. 不可跋倒滿身塗：跋倒，跌倒。塗，泥土。

44. 寄附：日語，樂捐。

45. 細膩：小心；故嫌：謙虛。（以上見〈一個同志的批信〉）

【附錄二】賴和手稿

（以上手稿由賴和文教基金會提供）

先知的獨白
──賴和散文論

陳建忠

一、前言：臺灣現代散文傳統與諸問題

　　臺灣現代散文的研究顯然並不缺乏，但研究史中等待挖掘、深探的問題，卻可能不比已經研究過的議題少。例如本文所要處理的「賴和（1894～1943）散文」此一個案，就是臺灣現代散文研究必須處理，卻至今尚未進入研究者視域中的顯例。

　　雖然本文並未涉及臺灣散文傳統之討論，但從一個文類傳統的角度看，把臺灣現代散文之源流，迨以中國古典散文或「文學革命」以來之現代散文來描述，這樣的散文史觀似乎有需要補充之處。[1] 因為，無論就時代背景與文學影響的來源言，古典散文與五四散文的影響固然不應忽略，但，臺灣現代散文之出現，更直接相關的是其特殊的時代與文學語境。也就是說，臺灣現代散文乃出現於日本殖民時期，有其具備獨特風貌的散文傳統，無論戰後此一傳統是否斷裂或質變，這階段的散文發展及其影響，都顯然早該重新加以梳理、評價。

　　如果由臺灣傳統文壇的脈絡來看，賴和寫過的「古文」如

1　持此說者，可參見楊牧，《中國近代散文選》（臺北：洪範，1981）之〈前言〉；及李豐楙，《中國現代散文選析》（臺北：長安，1992）之〈緒論〉。

〈小逸堂記〉、〈伯母莊氏柔娘苦節事略〉，與他後來寫作的白話散文相比，可明顯看出，賴和在追求文類的現代意義上，的確和時代思想的現代性進展是同步的。也就是說，賴和在接受新思想的同時，也一併接收了足以表現此一思想的現代散文形式，而此一轉變無疑還是受到西方文學或中國、日本現代文學的影響。

而當然，中國的現代散文理論與實踐也受到西方很大的影響。郁達夫在《中國新文學大系·散文二集》導言（1935）中曾說，中國現代散文的定義、規範未必和西洋一致，但他還是指出中國散文與西方定義下的對應關係：「我們的散文，只能約略地說，是 Prose 的譯名，和 Essays 有些相似，係除小說、戲劇之外的一種文體」。[2]中國的古文自有其傳統，引進西方的 Prose 或 Essay 之後更有改造以符合現代論述、抒情的需要，這在當時的理論脈絡中都不難看出，尤其中國也透過日本引進許多西方關於散文、隨筆的觀念，像周作人翻譯廚川白村《出了象牙之塔》就是一例。

處於各方影響下的二十世紀初葉，在臺灣現代文學之發展中，關於「散文」一詞，在日治時期其實已有人使用。楊雲萍在一九四〇年談到賴和的〈無題〉時，就曾說此文是：「一篇可紀念的散文」，[3]不過並不多見。

「隨筆」一詞倒是較多人使用，一九三〇年代的《南音》雜誌中，天南（黃春成）的〈天南隨筆〉就直接標明為隨筆：

2　引文見現代散文研究小組編，《中國現代散文理論》（臺北：蘭亭書店，1986.10.31），頁 399-400。

3　楊雲萍，〈臺灣新文學運動的回顧〉，《臺灣文化》創刊號（1946.9.15），頁12。另外在 1954 年的一場座談會中，楊雲萍也同樣做此表示說：「賴和曾發表了一篇很好的散文叫做〈無題〉，這在臺灣的新文學運動史上是最值得紀念，最有價值的作品」，原文見〈北部新文學、新劇運動座談會〉，《臺北文物》第 3 卷第 2 期（1954.8.20），今引自李南衡編，《日據下臺灣新文學明集 5·文獻資料選集》（臺北：明潭，1979.3.15），頁 259。

而《先發部隊》也有以「隨筆」為名的專欄，和「新詩壇」並列其中。有時沒有設題，乾脆就以「隨筆」名之，像賴和、告白、陳虛谷都各有一篇名為〈隨筆〉的文字。

至於「小品文」，以此為名來稱其文章的人似乎較少，其中徐坤泉在寫《暗礁》的自序（寫於 1937 年）中，以「小品文」來稱他所寫的〈島都拾零〉、〈東寧碎錦〉等「零零碎碎」的文章，他並引胡適之語強調小品文是「用平淡的談話，包藏著深刻的意味」，用錢謙吾之言強調小品文可以「洞見作者是怎樣的一個人」。[4] 這之中，洪炎秋受到中國的影響較大，在一九三九到一九四○年以「芸蘇」筆名發表的文章如〈偷書〉、〈健忘禮讚〉、〈貌美論〉，許達然就認為他的散文和許多中國大陸小品作家一樣，古今中外，廣徵博引，再參雜自身經驗，輕鬆詼諧，但有時為了製造幽默效果，「玩弄文字、文白交錯」。[5]

目前，關於日治時期臺灣散文的研究，最早有黃得時在〈臺灣文學運動概觀〉[6]（1954～1955）當中曾有分類討論，可說是少數涉及此時期散文的論者。但如說到專論，仍然要以許達然〈日據時期臺灣散文〉[7]一文為最重要，這篇在一九九四年，「賴和及其同時代的作家：日據時期臺灣文學國際學術會議」中發表的論文，首次針對臺灣日治時期的散文作品進行分類與研究，本文關於臺灣散文的討論便是在上述研究基礎上展開。

許達然認為，日治時期存在許多探討社會、政治、思想

4　阿Q之弟，〈自序〉，《暗礁》（臺北：文帥，1988.2.1），頁 5-6。
5　許達然，〈日據時期臺灣散文〉，「賴和及其同時代的作家：日據時期臺灣文學國際學術會議」論文（1994.11.25～11.27），頁 17。
6　黃得時，〈臺灣文學運動概觀〉，《臺北文物》第 3 卷第 2 期（1954.8.20）、第 3 卷第 3 期（1954.12.10）、第 4 卷第 2 期（1955.8.20）。
7　許達然，前揭文。

等基本問題的散文，他引用巴赫金的理論說明，這些散文是爲了否定外來的殖民，以及本地的守舊權威論述（authoritarian discourse），而發展出來的內涵說服論述（internally persuasive discourse），因此許達然把它們稱爲「問題散文」（"problematic prose"）。[8] 如果以較明顯的例子來說，《臺灣民報》系列的「社說」或類似的論述應該就是問題散文，但這類我稱爲「論述散文」（"discursive prose"）的「散文」，似乎是偏重在思想與政治、社會問題上的，文學似非所重。雖說好的論述推理自有其「藝術」在焉，但我仍傾向將之放在「論述」一類來討論較爲恰如其分。

不過這類問題散文如果把它視之爲白話文運動過程中，一種接近散文文學的演練，則許多以思考時代問題，不出之以論述的形式，又不乏文學技巧的散文，就可以用「知性散文」（"intellectual prose"）來做描述，當中，像蔣渭水描寫「治警事件」的〈入獄日記〉[9]就是。知性散文的作品，還有蔣渭水的〈北署遊記〉。至於林獻堂的〈環球遊記〉，由內容來看屬於遊記散文，但寫景記事同時，還是在對比歐美與臺灣的差異，以資借鑒，黃得時也認爲本文「文字淺白、描寫生動、看法正確」，並爲臺灣帶來很多歐美最新的見聞，知性的味道強烈，是一篇很好的散文。[10]

臺灣散文的較大開創應該還是「抒情傳統」的建立，因爲小說與新詩在反殖民的旗幟下都有偏知性的傾向，習慣關於反殖民議題的「大敘述」書寫（雖然臺灣論述基本上是被壓抑

8　同上註，頁4。
9　蔣渭水，〈入獄日記〉，《臺灣民報》第2卷第6、7、9、10、11期（1924.4.11）。
10　黃得時，〈臺灣文學運動概觀〉，《臺北文物》第3卷第2期（1954.8.20），引自李南衡編，《日據下臺灣新文學明集5・文獻資料選集》（臺北：明潭，1979.3.15），頁295-296。

彰化學

的）；散文則因為較為「個人化」且具有「隨意性」，故無形中可以看到作者較為抒情、私密的一面，如此「小我」書寫反倒豐富臺灣新文學的面貌，所以偏於抒情感懷的「抒情散文」（"lyric core motive prose"）就成為另一類重要散文。當然，「知性散文」當中未必沒有個人感懷，但作者的重點卻沒有放在經營描寫感情一面；就像抒情散文未必沒有個人的知性思考，但其表現方式則又不是在經營說理。抒情散文當中，賴和的〈無題〉寫戀情、吳新榮的〈亡妻記〉寫妻子過世後的哀痛心情，都是相當著名的篇章，吳氏的〈亡妻記〉就直教黃得時聯想到《浮生六記》，讀之令人「欲哭無淚」。[11]

當然，有許多散文並無法遽然以知性或抒情來分類，它們在篇幅上都顯得較為短小，感性知性並包，實際上較屬於「雜感」、「雜文」、「隨筆」。周定山的〈一吼居談屑〉（1931）共十五則，正是名副其實地寫些身邊瑣事，有讀書心得、時事批判、生活感想。周氏另有〈也是隨筆〉，許達然並認為其之隨筆「筆鋒尖銳」，「是隨筆最強有力的一位」。[12]另外像芥舟（郭秋生）的〈社會寫真〉，「均以輕鬆而雋永的筆致，描寫大稻埕街頭巷尾所看見、所聽見的瑣屑事件」，[13]許達然也稱他是「寫農村都市大街小巷的第一能手」，[14]除此之外，他還以臺灣話文寫散文，像〈選舉風景〉、〈遺產〉、〈好額一時間〉、〈賊呵〉，算是臺灣話文散文的開創者之一。

---

11 黃得時，〈輓近臺灣文學運動史〉，《臺灣文學》第 2 卷第 4 期（1942.10），引文見葉石濤編譯，《臺灣文學集 2》（高雄：春暉，1999.2），頁 107。
12 許達然，前揭文，頁 17。
13 黃得時，〈臺灣文學運動概觀〉（二），《臺北文物》第 3 卷第 2 期（1954.8.20）。引自李南衡編，《日據下臺灣新文學明集 5．文獻資料選集》（臺北：明潭，1979.3.15），頁 296。
14 許達然，前揭文，頁 23。

上述許多的類型散文，可以說是挑戰了傳統古文的典律，除了在形式上取法西方隨筆散文的自由特點外，也更具有現代意識與感性。有學者就以這個特點認為，中國散文是文學革命以來最具有文學經典價值的文類，而臺灣的散文內容與思維雖與中國散文有所差異，但似乎也同樣是在翻轉古文典律這點上具有類似的意義。金宏宇在〈「五四」新文學經典構成〉中說：

> 從文體看，「五四」最具有文學經典價值的是散文，散文是新文學中唯一的「存活的古典」。這種積累深厚的文體借取了英國 Essay 的雍容幽默風格、俄羅斯散文的沉鬱深摯情懷等因素後，真正復興了中國文章。[15]

散文的長處不似小說以故事情節取勝，也不像新詩重在尋求象徵與意象，散文特別注重情境與情志的烘托、描繪。賴和的現代散文書寫，可以說是一開始就樹立了卓越的成績，雖不像他的啟蒙或反殖民小說那樣獲人稱賞，但我認為，賴和實際上是頗能利用散文的特點，來抒發他心靈的另外一面，雖然談的往往還是脫不了時代制約的議題，但實際上是「另一個」賴和以「另一種」聲音在說話，故他的散文在日治時期散文史中，仍具有鮮明的風格與地位。

賴和的散文創作雖一直沒有被正視，但在小說與新詩這兩種文類外，賴和的散文應當也必須從臺灣文學史的角度，對之做出適當評價。在我看來，賴和散文在文學史上的意義，應該可以由幾個方面觀察：

（一）賴和散文具有獨特的風格及主題，他的散文顯示殖

---

15 金宏宇，〈「五四」新文學經典構成〉，《江漢論壇》第 241 期（2000.7），頁91。

民下的臺灣現代散文所具有的時代感。

（二）賴和散文的美學表現，與臺灣現代散文傳統之肇始關聯密切。他的散文〈前進！〉，不僅是最早的幾篇散文作品之一，同時也爲散文此一文類創造出某些新形式，是兼具「反抗」與「美學」的文學作品。

（三）從散文與作者的「最小距離」之特質來看，臺灣知識分子的精神史也不難透過賴和散文有更深刻的理解。

本文正是以上述三方面的視角來探討賴和散文，並且由此探討，我們認爲，賴和散文在美學與思想上的意義，乃是在對臺灣人做所謂「先知的獨白」：一方面這些散文提出的問題、賴和對散文藝術的提升，以及知識分子的心靈紀錄，都是同時代作家的先行者，而他的看法有許多在日後都一一實現（如現代性的危機），這是其散文的「先知」視野；但另一方面，他對歷史的憂思感懷又表明這種看法之「實現」，其實是存在著對反殖民運動的悲觀或懷疑，當中不得不有「孤身」的感覺，所以其散文又是「獨白」。以下我們將由賴和散文的幾類主題出發，進一步探討賴和所發展的散文藝術與思想。

二、歷史的喟嘆：賴和散文的抒情性格與知性特質

殖民地下的知識分子，其抒懷很少是個人性的，至少在賴和文學中的確如此。也就是說，即使他抒發了個人的喟嘆，似也還是與大時代相連的歷史喟嘆，這就使得賴和的抒情散文，也同時具有近乎靈魂的凌遲這般知性特質。在敏銳的殖民地思索下，賴和的回憶卻也充滿了少有的感性，那是一種先行者才有的孤寂與清明。如果依此抒情性格與知性特質來觀察，我們將他爲數不多的散文略加分類爲：

彰化學

‧個人抒情散文：〈無題〉
‧歷史抒情散文：〈忘不了的過年〉、〈無聊的回憶〉、〈隨筆〉、〈我們地方的故事〉、〈前進！〉
‧寫人散文：〈高木友枝先生〉、〈我的祖父〉、〈紀念一個值得紀念的朋友〉、〈輓李耀燈君〉

　　上述散文，僅是寫小我情懷的〈無題〉（1925），藉婚禮舉行時引起的內心波動來悼念逝去之愛，楊雲萍曾說此文是：「臺灣新文學運動以來，頭一篇可紀念的散文，其形式清新，文字優婉」，[16] 這篇由內容與形式來看都是賴和散文中的僅有之作。看來賴和還沒有將私密心情寫進作品的習慣，這方面或許也和他處理感情問題一樣低調。[17]

　　相較之下，賴和其餘的散文作品幾乎都由歷史回憶與人物回憶出發，以一個殖民時代為背景，進一步思索其中的時代意涵。賴和這種散文和所謂「美文」、「隨筆」、「小品文」、「雜文」之名的散文顯然極不搭調，而是雜揉著「抒情」與「知性」，這樣的美學與思想特質在日治時期散文看來（甚至是戰後不曾接續其影響的散文傳統），著實是極為罕見的。[18]

16　楊雲萍，〈臺灣新文學運動的回顧〉，《臺灣文化》創刊號（1946.9.15），頁12。

17　賴和絕少在作品中提及自己的感情問題，但據堂媳劉素蘭（賴通堯之妻）的說法，賴和在廈門時期似與一護士相熱，並說：「他當初似乎也有一個要好的日本女友，以前我們整理他的信，曾見過這日本女人在接到他的匯款後寫來的回信。這女人好像一個護士的樣子，所以我常暗自替他難過，在婚姻上完全不能如意，那種心情一定很難過。」劉氏且提及賴和在一次酒後，曾唱起他最喜歡的日本歌「失戀的歌」，這些敘述或許能幫助我們多了解理性的啟蒙者，較為幽微的感情層面。劉素蘭的說法見郭月媚訪談，〈從關係人追憶生前賴和〉，《彰化縣口述歷史（3）》（彰化：彰化縣立文化中心，1998.6），頁143-144。

18　論及魯迅散文時，楊澤也提到中國新散文在美學上仍不脫過去文人「情景交融」、「心與物游」的美典，但魯迅的散文與雜文卻顛覆了閒適沖淡的散文傳統。賴和之例與魯迅不盡相同，但他們在美學與思想上對散文藝術的突破，卻有可相比擬之處。楊澤的意見請參見〈恨世者魯迅〉，《魯迅散文選》（臺北：洪範，1995.10），頁3-4。

　　有個值得注意的現象是，在每年的第一天（有時因出刊限制延至第 2 天），賴和有多次都曾發表作品，有時甚至還論述、散文、新詩、小說多箭齊發，[19] 這多少說明賴和在當時文壇的重要地位。像〈忘不了的過年〉（1927）這篇有關「過年」的散文，可以分兩個重點來看，一個是從人類「曆法」的差別，引出關於時間、文化的差異問題，足以看出賴和對異文化遭遇時的思索；另一個則是比較兒童與成人時代，對過年的不同感受，特別是「金錢」，賴和在這裡抒發他成長的感懷，可說是較個人性的抒情。

　　過年會使賴和特別有感懷，和「天年」改變頗有關聯。這「新曆法」取代「舊曆年」的「過年」，在賴和〈不如意的過年〉（1928）這篇同樣發表在新曆年頭一日的小說中也提到：「同化政策，經過一番批評以後，人為的同化，生活形式的括一，以前雖曾假借官威，來獎勵干涉過，現在已經遲緩了，不復有先前的熱烈。所以雖是元旦，市上做生意的人，還保持舊慣，不隨著過年，依然熙來攘往，沒有休息的勞動。」（前衛版 1，頁 82-83）[20]

　　不過，賴和在散文中卻別有所指地表示，「番仔」（指西

────────────

19　賴和在西曆新年頭一天發表的作品計有：〈鬥鬧熱〉，《臺灣民報》第 86 號（1926.1.1）；〈答覆臺灣民報設問〉，《臺灣民報》第 86 號（1926.1.1）；〈不如意的過年〉，《臺灣民報》第 189 號（1928.1.1）；〈蛇先生〉，《臺灣民報》第 294 ～ 296 號（1930.1.1 ～ 1930.1.18）；〈農民謠〉，《臺灣新民報》第 345 號（1931.1.1）；〈辱？！〉，《臺灣新民報》第 345 號（1931.1.1）；〈歸家〉，《南音》創刊號（1932.1.1）；〈紀念一個值得紀念的朋友〉，《臺灣新民報》第 396 號（1932.1.1）；〈相思歌〉，《臺灣新民報》第 396 號（1932.1.1）；〈豐作〉，《臺灣新民報》第 396 ～ 397 號（1932.1.1 ～ 1932.1.9）；〈赴了春宴回来〉（係楊守愚代作），《東亞新報》新年號（1936.1）；〈隨筆〉，《臺灣新民報》第 345 號（1931.1.1）。

20　本文以下所引賴和作品中的文字，皆據林瑞明編，《賴和全集》（共 6 冊）（臺北：前衛，2000.6）。為使行文順暢，若非必要不一一做註，還於引文後標明頁數。文中一概以「前衛版」稱呼《賴和全集》，以區別於「明潭版」的《賴和先生全集》。

彰化學

洋人）所發明的新曆竟取代中國的舊曆法在殖民地運行起來，
頗有抗議的意味，由這裡，個人對「年」的感懷，轉入一個關
於人類文化差異的歷史感懷上去了：

> 「光陰如矢」，這一句千古名言，我近來才漸漸覺
> 得它的意義，因為番仔過年看看又要到了，可恨可咒詛的
> 世界人類，尤其是那隆鼻碧瞳的紅毛番，美惡竟不會分
> 別，有最古的文明，禮義之邦的中國，自很古就有完美的
> 曆法，他們偏不採用，反採用那四季不調和，日月不相望
> 的什麼新曆法，使得我們也不能不跟他多一次麻煩。但這
> 是所謂大勢，說是沒有法子的事，除廢掉舊曆，奉行正
> 朔，和他們做新過年。唉！這是多麼傷心的事啊！（前衛
> 版 2，頁 222-223）

在賴和的敘述裡，我們看到臺灣人過年時的情景，孩童、
手面趁吃的人、做事業的人、農民、文人韻事都忙成一片，這
一日的到來竟引起眾人心情與行為的改變，賴和從這裡看到臺
灣人因過年產生出來的本土文化，被換以新曆的背景後所具有
的文化差異問題。他藉世界各地不同的曆法，特別是「住在山
內那些我們的地主」的曆法來比較，無疑就進一步強調了文化
的特殊性：

> 但現在的曆法，在我的知識程度裡，曉得有回、
> 中、西三種，尚有住在山內那些我們的地主，也有他們一
> 種曆，這說是野蠻的慣習，人們不欲承認，在他們的社會
> 裡，卻自奉行唯謹。（前衛版 2，頁 224）

時間標準何在呢？這不僅是個科學問題，同時更是個文化乃至政治問題，帝國的時間取代了本土的時間，對此賴和雖沒有提出尖銳的批判，但他的質疑與提問，卻直指殖民地時間問題具有的文化暴力，[21] 由這個觀點來看賴和的感嘆，當不難看出他散文的主題：

> 在幾千年前，當科白尼還未出世，大家猶信奉天圓地方，日月星辰是天空的附屬物的時代，日頭是自東徂西，自然不曉得地球是遵著軌道，在環繞太陽運轉，那時代的一年，以什麼為標準？天體的現象嗎？用什麼做根據？唉！這指定一個日子為過年，和由無量數的人類中，教幾個人去做官一樣，終是不可解的疑問。（前衛版2，頁218）

而〈無聊的回憶〉（1928）在我看來，應是賴和散文中最成熟的一篇，和另一篇常被稱許的〈前進！〉不一樣的是，〈無聊的回憶〉有相對清晰的敘述，而非以意象來塑造氣氛，因此，自然整篇散文圍繞主題──「教育」，有相當縝密的論說，也不乏個人情感的抒發。這篇成熟的作品呈現了，賴和對殖民地教育與舊式教育的觀察深入程度，可說是一篇值得探討與品味的散文。

這篇關於教育經驗的回憶性散文，比較了在書房與公學校的兩種經驗，一樣是指出兩種教育文化的差異。賴和形容書房像「監獄」，而喜歡公學校較有時間嬉戲，除了認為「打就是教育的根本原理」（前衛版2，頁236）外，書房在賴和的形

---

21 關於殖民地下「時間問題」的文化探討，可參見呂紹理，《水螺響起──日治時期臺灣社會的生活作息》（臺北：遠流，1998.3）。

容中就是：

> 書房在我是不願去，我比喻牠做監獄，恐怕有人要
> 責罵我。……後來上學校去，每天就有半日的自由，在當
> 時，人們視漢文猶較重要，對於讀日本書不大關心，甚且
> 有些厭惡，以爲阻礙漢文的教育，我呢？正與他們相反。
> 卻不是歡喜學校的功課，因爲到那兒有讓我們自由嬉戲的
> 時間，無奈學校只有半日的授業，下午又不能不到書房
> 去，這事使我每常不平。家裡的人爲什麼定要我去受苦，
> 什麼緣故漢文要緊？爲什麼不讀不行？家裡的人，書房裡
> 的先生終不能使我明白，也似沒有感到須使我們明白的必
> 要，只是強制我們讀，結果轉使我們厭恨它，每要終日留
> 在學校。（前衛版2，頁238-239）

　　但公學校這種殖民教育體制所帶給賴和的思考與影響，
卻不一定是以另一種肯定的方式進行，因爲賴和意識到，「知
識」也具有階級性（有錢人才能讀）和種族性（不是日本人讀
了沒用），而賴和對「法律」的認識也類此。因此當賴和發現
殖民教育對殖民者的限制後，他認爲：「到我畢業的時候，學
校已經大發展了，新生的募集，不須再像以前那樣鼓舞勸誘。
雖然如現時對於學齡兒童，也施行選拔試驗，實在是當時的
人，意想不到的事。有著這樣事實，愈使我對於『讀書是做人
頂要緊』的定理的懷疑，更添一些確信。因爲學校也在拒絕一
部分兒童的讀書」（前衛版2，頁241）他不能不發出「教育
意味時代進步，但『進步』與『幸福』卻無法相容」的感嘆：

> 時代説進步了，的確！我也信牠很進步了，但時代

進步怎地轉會使人陷到不幸的境地裡去？啊！時代的進步和人們的幸福原來是兩件事，不能放在一處並論的喲。（前衛版2，頁243）

當然，賴和的教育回憶之旅還不僅此，從他自己的經驗出發，賴和更描述自己雖學會日語，卻猶被日本警察視為「沒有說話能力」的臺灣人的那種屈辱，他真實地描繪那種殖民地知識分子的哀愁：

> 我走回家裡，感到很大煩悶苦痛，自己覺得沒有希望而頹喪了，在先對家庭所懷抱的不滿反抗，一切消失，受過教育的自責，使我慚愧，學校畢業的資格，添上我的恥辱，使我對讀書生起疑問、對學問失去信仰、對知識放棄信賴。（前衛版2，頁246）

在這個抒情段落後，賴和一轉而提出一個嚴肅的問題：如果說教育不只是關乎識字做人，而且還與殖民、被殖民的問題難捨難分的時候，有多少人能回答「教育」帶給臺灣人的究竟是什麼？

> 六個年間受過學校教育的薰陶，到現沒有一些影響留在我的腦中，所謂教育的恩惠，那是什麼？是不是一等國民的誇耀就胚胎在學校裡？絕對服從的品行是受自教育？（前衛版2，頁247）

教育給人帶來的是什麼？這樣的問題是不是使知識分子自誇精英？或者其實是馴養服從的品行？如果回到書房教育的體

制會比較好嗎？賴和自然是沒有答案的，賴和僅是寄予渺茫的
希望，這篇散文因此結束於這樣富於矛盾意味的話語：

> 給孩子去讀書，也覺得於他沒有什麼幸福，轉怕他
> 得到不幸。不給他讀書呢？於我於他也沒有什麼壞處，不
> 知何故心中總是不安。送他到學校去嗎？牠已把失望給
> 我，送到書房去嗎？這更使我不安。……所以我所認識的
> 範圍裡，實在尋不出可以寄託孩子的書房，沒有方法，也
> 只得送他來進學校。（前衛版 2，頁 248）

賴和散文由歷史回憶出發，以歷史的喟嘆同時表現他的抒
情性與知性，這一點前文已經提及，然而每篇的主題卻各有不
同。〈隨筆〉（1931）這篇新年作品中，賴和一樣是憶起他曾
被捕的「治警事件」（1924），「這一日是向平靜的人海中，
擲下巨石，使波浪洶湧沸騰的一日，這一日曾使我一家老幼男
女，驚嚎駭哭並累及親戚朋友，憂懼不安的一日，這一日是我
初曉得法的威嚴？公正？的一日」（前衛版 2，頁 261）。在
偕友人往悼吳清波的墓地時，其看到一座特異墓碑，從此引出
臺灣人的民族性格問題：

> 覺得我們島人，真有一個被評定的共通性，受到強
> 權者的凌虐，總不忍屏棄這弱小的生命，正正堂堂，和他
> 對抗，所謂文人者，藉了文字，發表一點牢騷，就已滿
> 足，一般的人士，不能藉文字來洩憤，只在暗地裡咒詛，
> 也就舒暢，天大的怨憤，海樣的冤恨，是這樣容易消亡。
> 「受勢壓李公」的子孫，也只是這種的表現，這反足增大
> 弱小者的羞恥，讀到這樣的碑文，誰會替你不平，去過責

彰化學

壓迫者的不是？（前衛版 2，頁 260-261）

　　雖然賴和說自己於「治警事件」後沒有參加更多的運動，以至於像個局外人：「因為以後所出現的，那些有意義的一日，我們皆在場，而且未來所要出現的，我們現在也已失去了參加的勇氣。我們已經是過去的人物了，所以過去了的這一日，還夠使我們留戀。啊！這不值得紀念的回憶，總常在我們心裡縈迴」（前衛版 2，頁 262）。不過就像他在文章後半部對自己的「清算」，都顯現賴和一向的自我批判精神，因為知識分子若和一般臺灣人一樣，只是隱忍或用文字來發洩就夠了，那將是宣告殖民者的勝利與被殖民者的挫敗。〈隨筆〉在一年的開始，回顧自己參與的治警事件，藉此反省臺灣人的國民性與自我的立場軟化，使這篇散文格外具有新年期待的意味。

　　前述的幾篇歷史抒情散文，分別觸及了諸如殖民教育、治警事件、過年（時間曆法）等問題，賴和另一篇散文〈我們地方的故事〉（1932），則是以他所生長的彰化城歷史為言，企圖藉四周城牆的興毀，敘述關於時代變化中的個人感懷，這又顯示散文往往是寫周遭事物的文類特性。

　　文中敘述到在太極山（應指八卦山）腳下有一公園，公園口過去曾樹立一座城樓，但歷經數代，一直到機器文明的時代入侵，因擋住南北要道也就被拆毀。在賴和看來，這或許就是做為古蹟的精神文明不敵機器文明的證明：

　　　　這城樓，我無讀過縣誌，不知經過多少年代，但我曾看過牠的塌仄，也曾看過牠的重新，不過新又要保存著古的尊貴，所以還是塌仄的時候多，因為內部的腐朽，不

是表面的塗飾，就會得除掉。及至現代的機器文明，乘著它勝利的威勢，侵入到無抵抗力的我這精神文明的中心地（這是受人稱頌過的榮譽）來，這城樓最後的運命便被決定。（前衛版2，頁273）

　　雖然城樓已不見，但相關於城樓與城牆的歷史卻足堪回憶。賴和以一種略帶嘲諷的語氣，對過往基於風水之說而起的事情、對「我們的地方」有所回憶與批判。首先因爲過往臨城的太極山上常成爲反亂戰事的地區，故百姓希望城能造到山頂去，無奈當時的縣太爺卻不願意，賴和就據此猜測，統治者定是想到這城占有如此險要的地形，若被好作亂的人占去，「做官的不就爲難了嗎？」（前衛版2，頁275）但從另一方面來講，民風好亂之說，也有縣官認爲是「山無主峰，民故好亂」，當時他就在官衙的假山上建一高閣，以爲鎮壓之意；最近幾年，此閣被移建到太極山上，竟眞的發生效應，賴和說：「直到今日，我們地方就眞正安寧，人民也眞正同化，雖有一次金字事件（案：原稱「王字事件」），究竟也消滅在電影風跡中」（前衛版2，頁275），此言自然是在諷刺今日臺灣人之易於被馴化，而造成如此易於被馴化的原因，賴和還是扣緊風水之說，因故老認爲山脈平無主峰，故本地不會有傑出人物。沒有眾望所歸的賢者，這由另一角度諷刺了臺灣人的自立爲王、不知團結的慣習，賴和寫道：

　　　　少有見識的個人都自以爲自己是了不得的人才，不肯下人，就是小可事，也各爭爲頭老，不，只會在小的利益上相爭奪，這是近來愈覺明顯的事實。（前衛版2，頁276）

　　因此，〈我們地方的故事〉述說我們地方由過往至現在的故事，除了藉以留下對彰化四城門的紀錄，更不時在敘述中加入賴和對城之興廢所衍生出來的、關於臺灣人的思想與性格問題。賴和的散文在這一點上，充分展現了他對歷史的感性與知性，這就使得他的歷史抒情散文，由是而別有一種深沉的韻味，他的散文是個人性的觀察，卻也同時是對一個時代、一個民族發出的一聲喟歎。

三、黑暗之光：賴和詩化散文〈前進！〉的時代感

　　一九二八年賴和在《臺灣大眾時報》創刊號（東京）發表了〈前進！〉，這篇形式特殊又反映臺灣反殖戰線分裂歷史的散文，具有日治時期臺灣散文史上的重要地位，故在這一小節中專予討論。

（一）〈前進！〉的歷史與文學脈絡

　　一九二〇年代初，在二戰後世界性的民族自決思潮衝擊下，臺灣人利用日本「大正民主」時期，由林獻堂為首，與留學生在東京成立啟發會，再於一九二〇年一月發展為新民會，一九二〇年七月則有《臺灣青年》創刊，再到一九二一年十月十七日臺灣文化協會的成立，讓臺灣的反殖民運動，真正進入一個全島性聯合陣線的文化抗爭時期。

　　但殖民資本主義的剝削日甚一日，民族主義立場的文協採取的體制內抗爭，並無法有效解決臺灣廣大無產階級迫切的生存問題，於是文協內部，社會主義者路線的提出就顯得有其時代必然性。一九二七年一月，以連溫卿為首的左翼勢力實際占有文協領導權，文協分裂後，當右翼的人士退出文協，賴和的

名字赫然出現在一月三日下午，文協臨時總會選出的三十名臨時中央委員名單中。會後雖然又有蔡培火、洪元煌、蔣渭水等人相繼退席，但賴和卻一直留在新文協中，並擔任代表員（評議員）。

另一方面，舊文協派以林獻堂爲首，欲成立臺灣第一個政治結社的「臺灣民黨」，一九二七年五月二十九日當天，在臺中市聚英樓舉行發會式，賴和則被邀出席並被選爲臨時委員。[22] 雖然臺灣民黨旋即被總督府禁止，但七月十日，同一批人在修正部分遭總督府忌諱的綱領文句後，成立「臺灣民眾黨」，賴和亦隸屬其中。一九二七年八月十八日，彰化礦溪會邀請各黨派在彰化座談舉行「社會改造問題大講演會」，賴和與邱德金就是以同屬新文協與民眾黨的身分出席。[23]

林瑞明曾歸納賴和的政治觀，認爲他和王敏川、邱德金、蔣渭水皆熟識，而三人皆被總督府視爲「急進派」，亦即「同屬民族自決主義者，而帶有社會主義的傾向」，[24] 不過，賴和同時橫跨左右兩個陣營，在總督府分化的策略下，其實也扮演了調和的作用。[25] 這個觀察，基本上是奠基在翔實的考證資料上，頗爲準確地掌握到賴和在反殖戰線中的政治立場。不過可以再加注意的是，另一方面，雖《臺灣民報》形同臺灣民眾黨的機關報（在分裂後又屬於臺灣地區自治同盟之時），但於一九二七年七月十六日，總督府竟允許其在臺灣島內印行。後來賴和在〈希望我們的喇叭手吹奏激勵民眾的進行曲〉（1930）一文中的論點，明顯可以看到他對總督府分化政策的

22　〈臺灣唯一的政治結社臺灣民黨〉、《臺灣民報》第 161 號（1927.6.12），頁 4-6。
23　連溫卿，《臺灣政治運動史》，張炎憲、翁佳音編校（臺北：稻鄉，1988.10），頁 178。
24　林瑞明，〈賴和與臺灣文化協會〉，《臺灣文學與時代精神——賴和研究論集》（臺北：允晨，1993.8），頁 199。
25　同上註，頁 200-201。

洞見，也暗示臺灣人切莫太過樂觀，而他的立場顯然也不可能趨近於體制內的柔性訴求，而無疑會較傾向於具批判性的激進左翼陣營（前衛版 2，頁 255-256）。

這也可以回過頭來看，賴和為何在《臺灣民報》當初獲准回臺發行後，即於一九二八年三月，加入創立新文協的「株式會社大眾時報社」，並且擔任監察役（監事）。五月七日發行《臺灣大眾時報》創刊號發行時，賴和除了是囑託（特約）記者外，更在當中發表了一篇隱喻左右兩翼分裂的詩化散文〈前進！〉，足見他在反殖戰線分裂中，於左翼「新文協」一方介入的程度。

賴和的〈前進！〉就是架構在這樣的歷史與文學脈絡上，成為日治時期臺灣散文中，少數既反映著反殖的歷史事件，又是藝術上極其成功的「詩化散文」（"poetic prose"），我們一方面要在〈前進〉當中看到它的時代感，同時也要看他如何呈現這種殖民地反殖戰線的分裂歷史。

也因此，〈前進！〉在日治時期的散文創作中具有重要地位的原因也就在於，它是第一篇以詩化散文的手法、類型，來描繪殖民地臺灣的時代氛圍與文協分裂事件，「反抗」與「美學」已被結合得相當成功。許達然就斷然地說〈前進！〉是「臺灣最好的散文的一篇」，[26] 能達到雷蒙・威廉斯所謂抓住一個時代的「感覺結構」：「在語言和思想的前進中，貼切建造『感覺結構』（"stuctures of feeling"）：『人民所感到的思想和所想到的感覺』。」[27]

---

26 中國大陸的學者朱雙一，也稱賴和此作代表臺灣日治時期散文創作進入成熟期，其主要特徵是「出現了具有美文意義的抒情性散文」。朱氏觀點見其〈魯迅對日據時期臺灣新文學散文創作的影響〉，《魯迅研究月刊》1991 年第 3 期（1991.3.20），頁 29。

27 許達然，〈日據時期臺灣散文〉，「賴和及其同時代的作家：日據時期臺灣文學國際學術會議」論文（1994.11.25 ～ 1994.11.27），頁 33。

（二）黑暗的時代：〈前進！〉中的三個象徵意象

　　在一個晚上，是黑暗的晚上，暗黑的氣氛，濃濃密密把空間充塞著，不讓星星的光明，漏射到地上；那黑暗雖在幾百層的地底，也是經驗不到，是未曾有過駭人的黑暗。（前衛版2，頁249）

　　這是〈前進！〉開頭的一段描寫，用黑暗、夜晚這「黑色的時空」來指陳的情境，除了是連一絲星光都不會漏射進來，就連幾百層的地底也沒有像這樣的暗黑，賴和無疑地是這樣來認識殖民地社會的，而這個開場也把所有殖民主義的壓迫、統治給象徵化。正是以如此的象徵化語言，賴和試圖描繪臺灣人在反殖戰線上同殖民者鬥爭的歷程。

　　因而，當無邊暗黑中有人物出場時，其實也正代表臺灣人試圖走出暗黑籠罩的企圖，雖然他們很可能是時代的棄兒，而無論是母親（中國）或後母（日本）的暗喻或意象，賴和散文所形容的臺灣人處境與身分，都是十足的「孤兒意識」，於此我們不難看到吳濁流繼承的賴和以來的臺灣自我認同：

　　　　在這被黑暗所充塞的地上，有兩個被時代母親所遺棄的孩童。他倆的來歷有些不明，不曉得是追慕不返母親的慈愛，自己走出家來；也是不受後母教訓，被逐的前人之子。（前衛版2，頁249）

　　除了「黑暗」意象的時代象徵、「孤兒」意象的臺灣人象徵外，賴和在〈前進！〉中另一個重要的意象就是「前進」，他寫時代的棄兒們（文協左右兩翼）雖然置身於一片殖民世界的暗黑中，卻直覺地感到必須「前進」！賴和如此強調：

　　他倆感到有一種，不許他們永久立在同一位置的勢力，他倆便也攜手，堅固地、信賴地互相提攜；由本能的衝動，向面的所向、那不知去處的前途，移動自己的腳步。前進！盲目地前進！無目的地前進！自然忘記他們行程的遠近，只是前進，互相信賴、互相提攜，爲著前進而前進。（前衛版2，頁250）

前進的目的在於未知之處，並且不免是盲目的，這雖然多少顯示賴和對反殖民運動的結果並無信心，亦可以看出反殖民運動面對的惡劣條件，但只有前進才有出路則是一定的。於是乎賴和不斷地重複「前進」這一動態的意象，鼓舞著暗黑中的時代棄兒：

　　他倆沒有尋求光明之路的意識，也沒有走到自由之路的欲望，只是往面的所向而行。礙步的石頭、刺腳的棘、陷人的泥濘、溺人的水窪，所有一切前進的阻礙和危險，在這黑暗統治之下，一切被黑暗所同化；他倆也就不感到阻礙的難難，不懷著危險的恐懼，相忘於黑暗之中；前進！

……

　　他倆自始就無有要遵著「人類曾行過之跡」的念頭。在這黑暗之中，竟也沒有行不前進的事，雖遇有些顛蹶，也不能阻擋他倆的前進。前進！忘了一切危險而前進。（前衛版2，頁250）

（三）光的所在：〈前進！〉裡的夢之國

　　臺灣人即使不想休息地前進，但這「發達未完成的肉體」

暗喻著臺灣人反殖力量之薄弱,而由此產生的疲倦卻不是意志力可以克制,於是乎竟有倒下的一刻,但他們仍舊想像著「夢之國」——這裡賴和所指的應當是解放的國度罷!。

在〈前進!〉的第二部分,賴和著重描寫的,正是反殖民戰線內部在分裂後的情景,這時依舊在前進的是「他倆人中的一人,不知是兄哥或小弟,身高雖然較高,筋肉比較瘦弱的,似是受到較多的勞苦的一人」(前衛2,頁252),當中勞動者的形象,說明賴和這裡所指的是新文協左翼一派,當他繼續前進時,卻驀然發覺只剩孤身的自己在前行:

> 他不自禁地踴躍地向前去,忘記他的伴侶,走過了一段里程,想因為腳有些疲軟,也因為地面的崎嶇,忽然地顛躓,險些兒跌倒。此刻,他才感覺到自己是在孤獨地前進,失了以前互相扶倚的伴侶,忽惶回顧,看見映在地上自己的影,以為是他的同伴跟在後頭,他就發出歡喜的呼喊,趕快!光明已在前頭,跟來!趕快!(前衛版2,頁253)

只是,光明的所在雖恍惚看見,同伴卻已難喚回。賴和雖在文協分裂後依舊和左右兩翼保持密切關聯,也參與兩方的活動,但面對反殖戰線分裂的結局,時局似更黑暗險惡,賴和也只能鼓舞新文協的同志在失去伴侶的情況下,繼續前進:

> 這幾聲呼喊,揭破死一般的重幕,音響的餘波,放射到地平線以外,掀動了靜止暗黑的氣氛,風雨又調和著節奏,奏起悲壯的進行曲。他的伴侶,猶在戀著夢之國的快樂,讓他獨自一個,行向不知終極的道上。暗黑的氣

氛，被風的歌唱所鼓勵，又復濃濃密密屯集起來，眩眼一
縷的光明，漸被遮蔽，空間又再恢復到前一樣的暗黑，而
且有漸次濃厚的預示。

　　失了伴侶的他，孤獨地在黑暗中繼續著前進。

　　前進！向著那不知到著處的道上。……（前衛版2，
頁253）

　　賴和對左右分裂的看法如何，從〈前進！〉來看，他是站
在新文協的立場來肯定其覺醒、前進的精神，不過賴和顯然也
沒有批判分裂的另一方，因為分裂後的新文協今後只能是孤獨
地前進。陳芳明從新文協「因為腳有些疲軟，也因為地面的崎
嶇，忽然地顛躓，險些兒跌倒」，企圖指出這是失去伴侶的結
果，用此來說明賴和其實是希望藉本文讓他們再團結。[28]

　　不過，正如林瑞明所指出的那樣，賴和在〈前進！〉中
云：「向著那不知到著處的道上。……」，「僅是烏托邦的
理想，是奮鬥的必然過程，並沒有預示著任何『天堂』的遠
景」，[29] 賴和在〈前進！〉這篇詩化散文裡顯然沒有提供任何
反殖民的方案，也未嘗表現出，他對新文協未來的前進會通往
「夢之國」的樂觀情緒，他的態度無疑是黯淡卻並不絕望的。
在那個「光明與黑暗混和」的世界裡，賴和的〈前進！〉指出
了前進的必要、新文協繼續運動的必要，而那「夢之國」還在
不知到著處的未來，正是在這裡，我們看到嚴酷的殖民主義

28　陳芳明，〈賴和隨筆與獄中日記〉，《種子落地──臺灣散文專題》（彰化：
　　財團法人賴和文教基金會，1999.8.31），頁18-19。
29　林瑞明，〈賴和與臺灣文化協會〉，《臺灣文學與時代精神──賴和研究論集》
　　（臺北：允晨，1993.8），頁91。

下，臺灣知識分子的心靈暗影。[30] 就像楊雲萍所說的，賴和本人就如同一首「哀歌」：「誰能再忍聽此沉痛悲壯的『哀歌』啊！這『哀歌』已不僅是『臺灣人』的『哀歌』，而是『人類』的『哀歌』！」[31]

　　整體來看，賴和的〈前進！〉作爲一篇詩化散文，他以許多接近詩的意象撐起一個關於反殖民戰線左右分裂的時代象徵。如同前文所論，黑暗的意象、孤兒的意象、前進的意象，是賴和企圖展現時代感的散文美學。賴和的〈前進！〉因此除了昭告臺灣反殖戰線的分裂，並予以再現外，也是昭告了日治時期，臺灣散文發展在藝術成就上的重大進展。

四、賴和的寫人散文

　　至於以「人物回憶」爲主題的散文，也是賴和散文中一個重要的部分。賴和寫這些人物時，最可注意的除了是他對這些人物特徵、行事的掌握外，更重要的是賴和都將這些人物與他自己、時代賦予某種關聯，從而得出一種殖民地脈絡下的人物圖像，這種既是個人感懷，又有時代感的散文風格，一樣兼容「知性」與「感性」，的確是與上述散文有別而值得注目的作品。

　　〈我的祖父〉中，他寫祖父時就說他青年時曾遇「萬生

30　關於這種黯淡並不絕望的心理，曾有中國大陸的研究者朱雙一，據以指出賴和散文與魯迅的《野草》在精神上的相似性，因爲魯迅創作《野草》時正是他對五四運動的前途感到徬徨之時，而在〈過客〉中同樣也表現向前走的執著精神，關於賴和〈前進！〉與魯迅《野草》的相關探討是值得深入挖掘的課題。朱文說法見其〈魯迅對日據時期臺灣新文學散文創作的影響〉，《魯迅研究月刊》1991 年第 3 期（1991.3.20），頁 29。
31　楊雲萍，〈賴和〉，《臺灣史上的人物》（臺北：成文，1981.5）。

反」，[32]家道因此中落（不知是否參加「反亂」？），但祖父仍好博奕，賭到連祖母都典當衣裙。可怪的是，祖父在「即到歲時」突然翻然一改，因本學有拳法，於是改學弄鈸（道士），遂以成家。這樣的祖父確有幾番豪氣，但賴和一轉寫，說祖父爲人另有溫厚平淡的一面：

> 祖父當技藝時行時，若有同藝者的地，多辭不往，有鬥藝時，也多不使對手有難堪處，有特長之技，多略不演。後年老，到遠多坐轎，但是往返在街外落手，罕有坐到宅門前者。（前衛版2，頁248）

由萬生反時中彈的青年到溫厚平淡的長者，賴和筆下的祖父顯然具有某種與時代關聯的部分，也有賴和日後被人稱道的「遺傳」自祖父的性格，這樣兼具有時代感與個人感懷的書寫風格，無疑是賴和散文共通的特點。

〈紀念一個值得紀念的朋友〉（1932），這篇散文說要紀念一個朋友，但賴和卻說不是因爲有何深厚友情而紀念，而是「我想要紀念的時，忽然被記憶起來」，因而說值得紀念。結尾處賴和說及與這位朋友最後一次握手分別，「一握之後，他已不是我的朋友了，以後的他也不值得紀念了，關於他的公家的紀錄，大概不會燒掉罷」（前衛版2，頁271）似乎這位朋友是一位被殖民政府「點名做記號」的「不良」人物。我們面對這樣一位被描繪成面目不清、關係不明的「朋友」，不免

---

32 「戴潮春事件」是清代臺灣三大民變之一，又稱「戴萬生反」、「戴萬生之亂」，以統治者立場來說，則稱主事者爲「戴逆」。這場民變發生於清朝同治元年（1862），前後歷時3年，是臺灣的民變中持續最久的一次。「戴潮春事件」始末可參考連橫，〈戴潮春列傳〉，《臺灣通史》（臺北：臺灣省文獻委員會，1992.3.31），頁983-994。

會對賴和的筆法感到迷惑，不過不管賴和出於何種原因，將一位交情不深的朋友如此形塑，賴和眞正要說的，應當還是「紀念」這位朋友具有的某種「精神」罷，而這卻已超越個人形象的描繪。

賴和在文中說這朋友和他在同一學校念書，朋友且小他一級，平常交情淡漠，甚至有時還有敵意。那時正當中國革命成功，學生們受到影響也積極討論時勢，並有人發表秋瑾的遺詩「國破方知人種賤」。賴和一個相好的朋友由於要抄寫這句詩，被誤會爲想打小報告，賴和爲朋友仗義執言時，這值得紀念的朋友是立在對面的怨敵。不過，某個暑假賴和又和這朋友不期而遇，當賴和說起自己祖先的田產和如今所剩的財產，這值得紀念的朋友竟說：「我們臺灣人，都有和你一樣的心理，常要提起那已往的不可再來的歷史，來誇耀別人，來滿足自己，所以才淪做落伍的民族，不能長進，我這話對你很失禮，但這是事實。」（前衛版2，頁269）

賴和接著寫這次難堪的經驗後，卻在一次機會裡聽見塾師（黃倬其）和另一位秀才談論那位朋友，賴和遂藉這次對談試圖點出這篇散文的主旨，在形式上，這種旁觀的、以對話來呈現論點的技巧，正是賴和一貫自我批判的角度所致；另外，賴和又再一次提出「國民性」的問題。這位值得紀念的朋友，具有的其實是臺灣人少有的某種性格。

塾師認爲：「我這時覺得我的教育錯了，我以前都是以『在社會爲模範青年，在家庭爲善良子姪』爲目標，現在我才發見著有另外像那一種人物的必要」（前衛版2，頁270），但秀才卻說做模範青年、善良子姪有何不好，至少也是安分的百姓、守成的子弟，這時塾師的話語是頗堪玩味的，他說：

　　那只是駕車的馬，拖犁的牛。規規矩矩不敢跨出遵
行的路痕一步。你還不了解，難怪人講秀才的頭腦冬烘，
現在實有另一種人物的必要。（前衛版2，頁270）

　　由於有這種對話，於是賴和寫到：「有死天下之心，方
能成天下之事」。這是兩人最後一次見面時，賴和用王陽明信
札來相互明志的一段話。這位值得紀念的朋友縱使面目模糊，
但像朋友一樣，能「死天下」的「另一種」臺灣人的出現，應
是賴和所期盼的。我們不難注意到，賴和多次探討臺灣人的國
民性問題，並說過臺灣人「愛名貪利又驚死」（前衛版3，頁
112），這其實也是他時常對自己性格進行的批判。在另一篇
散文遺稿〈客車裡〉，賴和就提及在火車中被人占去座位，但
卻沒有據理力爭反而吞忍下去，他自我反省後道出：

　　我一時心裡很憤怒，想責罵他幾句，但再想一下也
就忍耐下去，怕費了口舌爭不到什麼，便一切讓他。自己
走去坐在西邊的椅上，這時候突然被我想起無抵抗主義
者，是不是和我有同樣的心情，是卑怯？是大度？我自己
竟也判斷不清。（前衛版2，頁292）

　　這樣在心靈上的自我鞭笞，說明的絕不是賴和有多勇敢
而無畏暴力，反而是一個弱者面對強權時的心靈寫照。賴和對
「無抵抗主義」的懷疑是意識到自己的無能，但這又何嘗不是
一種理性的關照，並不能僅由怯懦的角度來評價。對同時代的
知識分子乃至臺灣人來說，這一反思依然是具有現實意義的。
　　散文〈高木友枝先生〉（遺稿）是另一篇寫人的重要作
品。賴和在醫學校時期的校長高木友枝，在一九〇二年三月接

替山口秀高擔任第二任校長，他並且身兼臺灣總督府臺北醫院院長、日本赤十字社臺灣支部部長、總督府衛生課長數職，因此有「衛生總督」之稱。[33] 賴和對高木友枝的印象極其深刻，〈高木友枝先生〉就是記錄這位自稱沒有內臺成見的校長。由這篇提及醫學校時期生活片斷的散文中，我們可以看到，賴和寫人散文的特點就像他所自言的：「只是記錄他印象在我心目中的，一些不關緊要而感我特深的小事情而已。」（前衛版2，頁285），全文由所謂的「小事情」出發，但一方面勾勒出高木友枝的性格與形象，卻也在寥寥數語中帶出許多深刻的問題。

像文中提到後藤新平對臺灣人的歧視、高木友枝校長處理像苗栗事件（羅福星事件）或同化會等，攸關民族問題時的做法，或者他對人格教育的重視。賴和對類似開明的師長，並未因日本殖民而有所偏見，這其實也是他對長井公學校長所做的稱頌：「主張育英排眾議，不知謗毀已叢生」（前衛版5，頁331）；或者像〈環翠樓送別〉所詠的：「日臺差別吟中撤，汝我猜疑飲次消。肆口未聞清虜罵，闊肩不似國民驕」（前衛版5，頁374）。但這也並不代表賴和的想法是要以此文來歌頌高木，其實他還點出了一些殖民者與被殖民者無法跨越的鴻溝：那就是做為殖民統治階級的同路人，要由被殖民者的角度來思考問題畢竟還是有困難的。文中提到一件令賴和感到愛護學生的高木友枝校長，也許和自己的種族有著無可彌補的位階的事實，是一次高木友枝的談話，文中寫道：

　　　　當苗栗事件發生時，連累者中，有一醫學校的退學

33 莊永明，《臺灣醫療史》（臺北：遠流，1998.6.20），頁 251-252。

生在內，先生曾對我們說，他到總督府時，被同僚們嘲笑，說，受過我教育的人，也會做壞事，我回答他說：「那是退學生，未受到我完全的教化，那才會那樣。」我此時感到「才會那樣」的一句，另有一點餘味。（前衛版2，頁288-289）

　　是的，賴和的筆法含蓄到了極點，也許是顧念高木友枝畢竟是對待臺灣人還算不錯的日本師長，但賴和對高木友枝所謂未受「完全的教化」，所以「才會那樣」的體會，已分明顯現出賴和認為身為統治階級一分子的高木友枝的說詞，事實上是站在文明／高等的一方，向野蠻／低等的一方發出的評價。身為被殖民者的賴和，即使還記得高木在卒業式上，「要做醫生之前，必須先做成了人，沒有完成的人格，不能盡醫生的責務」（前衛版2，頁290）的訓詞，甚至在東京時還曾探望他（前衛版2，頁290），但那種基於種族優劣的觀念，而導致的殖民者對被殖民者的輕蔑與歧視，在這篇散文中藉素描高木友枝校長的幾點言行，淡淡幾筆而所論無不深刻尖銳。

　　值得注意的是，賴和這篇寫日本師長的〈高木友枝先生〉，和魯迅寫其留日時代，仙臺醫專的老師藤野嚴九郎的〈藤野先生〉，具有相當類似之處。兩篇都是寫日本人師長，並且也都從較正面的角度描繪了日本人，由這點來看，兩位民族意識強烈的作家，卻不囿於民族畛域，而能客觀地接納進步的觀點，這應該能加強我們對其啟蒙思想一面的理解。

五、結語

　　散文裡的賴和的確是與新詩、小說中的賴和有相當程度的

差別，這不同之處不在思想的變化，而是藝術形式與個人情志另一番的「化學變化」。我認爲賴和散文，顯示出一個先行於一代人的知識分子「獨白」，之所以爲「獨白」，乃因爲散文這種書寫形式是偏向個人的、抒情的，同時也是眾人不一定所能知願聞的。

　　無論寫教育、過年、城門、治警事件、文協分裂，甚或是寫人，賴和散文始終扣緊生活中的人事物，卻又時時顯露他身爲殖民地知識分子的文化思考。因此，他也就從這些人、事、物中，反轉出許多值得思索的問題：教育與馴化的問題、現代性與文化差異、殖民地人民的弱者心態、進步的日本老師卻同時也是殖民者一員等等。日後，隨著反抗運動的日益消減、日文世代作家出場、殖民現代性的日益深入、皇民化運動的改造，賴和散文中許多基於抒情的喟嘆、基於知性的批判，似乎都抵擋不住殖民地社會的演變，但，這無疑也顯示了作家先行於眾人的先知視野。

　　本文曾多次強調，賴和在散文中，寫出他參與啓蒙與反殖民運動過程裡，較爲抒情、個人的一面，更指出他開啓臺灣「現代散文」此一現代文類的美感經驗與形式。因此，必須藉由賴和散文，以研究進一步思考的議題是，如果從中國現代美文、小品文的角度來評價臺灣現代散文，特別是賴和以降的散文傳統，相信不足以提供足夠的理論資源，能對此一傳統下的散文創作有相應理解。美學與政治的結合，是臺灣文學史中的一支重要傳統，現代散文亦是。因此，如何脫出舊有散文史觀的籠罩，對臺灣現代散文提出新的詮釋框架，相信是未來散文研究值得開拓的議題。

我生不幸為俘囚，豈關種族他人優
——由歷史的差異性看賴和不同於魯迅的啓蒙立場

游勝冠

　　賴和與魯迅的比較研究是臺灣文學研究的一個重要主題，這個問題意識的開發與探討，基於兩人的「共通之處」實多於「差異之處」，這種研究偏向，當然是因爲兩人雖有學醫的背景，卻投入文學運動的共同歷程，或者各被兩地的學者公認爲新文學之父等，這些可資實證的因素，但之所以形成這種主要取向，與研究者受制於將臺灣文學視爲中國文學支流的中國意識型態，有相當大的關係。這是無視日治下臺灣與中國在各自的歷史軌道發展的虛假意識，無視做爲日本殖民地的臺灣，根本不是中國的一部分，在直接迎受日本殖民統治這個不同於中國的歷史條件下，有它自己要面對、處理的時代問題。這種將日治下的臺灣文學，也視爲中國文學支流之一的研究視角，便在中國文學與臺灣文學之間加上一種「因果關係」，主流的中國文學有什麼動作，作爲末梢神經支流的臺灣文學必然就有什麼回應。這種以既定意識型態框架爲模子，壓印出「共通之處」的比較詮釋，勢必犧牲了臺灣文學的主體性，而導致論述嚴重地去歷史化的弊病。

　　賴和與魯迅的比較研究，向來就是這種研究框架底下的產物。譬如所謂的「國民性」，就常是被用來論證兩人共通性的視角，魯迅在《阿Q正傳》批判中國國民性，做爲一種典

範，其價值取向，理所當然地會在景仰魯迅的賴和作品中看到。類似的論述就按照這種因果邏輯推論，對日治下做爲日本國民的賴和來說，所謂「國民」的「國」，絕非中國，而是日本，甚者，也無視日本殖民論述，以臺灣人缺乏「國民性」，將臺灣人價值貶抑在文明日本對立面之野蠻位置的這些歷史事實。即使是「次等」的，因被殖民統治已經成爲日本國民之一的賴和，如果也呼應殖民論述，高唱「國民性」改革的話，那他這種論調絕對會是對日本殖民國家的一種認同，並且是一種殖民化的文化態度。然而，就因爲受制於這種不能因應臺灣自己的歷史條件而有所調整的詮釋框架，如〈鬥鬧熱〉、〈蛇先生〉等，這些原本就是對抗日本以「國民性」爲區分殖民與被殖民等級爲標準的殖民論述作品，卻在這種因過度膨脹的民族主義主導下，而形成的因果邏輯誤解中。魯迅的《阿Q正傳》反封建，賴和的〈鬥鬧熱〉、〈蛇先生〉因爲也涉及臺灣傳統，其主題意識便也只會是反封建的結論，就被任意地得出。

事實上，〈鬥鬧熱〉、〈蛇先生〉這兩篇作品的主題，非但不是承認自己是文化劣敗者的反封建作品，甚者還起而爲受到殖民者價值貶抑的「封建」傳統辯護。日本殖民主義一直運用文明／非文明的二元對立框架，區分殖民的日本與被殖民的臺灣之間的文化等級，被分類爲非文明的臺灣人，其所遭受的價值貶抑，其實就來自於臺灣人缺乏殖民者用理性、科學給予正面評價的「日本國民性」。這種價值貶抑的壓力，迎受西方帝國主義半殖民化壓力的中國的魯迅也有，但兩者歷史條件的迥然不同，卻決定了兩人回應立場的差異。由於中國相對日本殖民地的臺灣來說，還是一個獨立國家的範疇，經由西方現代性改革中國的「國民性」，是可以由此脫胎換骨，成爲足以與

西方對抗的新中國,即使難免西化,卻能在這種辯證性的改變中,擺脫被殖民化的威脅,而保有其「主體性」。

日治下的臺灣則不然,直接置於日本殖民統治下的,特殊歷史處境中的賴和,是考慮到所謂「國民性」改造之所以啓動的社會進化論邏輯,同時也被用來合理化日本殖民統治臺灣的正當性,殖民論述所宣稱之進步的「國民性」,都染有殖民支配的陰影。賴和意識到這個問題,在其作品也揭露過「國民性」改造,與「殖民化」的共謀關係,對被日本殖民主義排除爲非歷史存在的「封建傳統」,他看待的眼光因此大大不同於魯迅。這種差異性,也可以在兩人於這個時代,所共同要面對的現代性啓蒙這個問題點上看到;因此,比較兩人迎對的態度之不同,並澄清賴和的態度所以不同於魯迅,實根源於臺灣被直接殖民統治的這個歷史特殊性,或許有助於證明,以中國文學支流視角對臺灣文學的研究與探討,都可能只是透過中國之眼再現的臺灣他者,並無法探觸到做爲殖民地文學的、臺灣文學的歷史實體與精神內涵。

日本學者伊藤虎丸在《魯迅與日本人》一書中,爲說明魯迅回應殖民主義,不同於中日啓蒙知識分子的獨特位置,將於二十世紀之交,隨著西方帝國主義而傳入的社會進化論思想,區分爲斯賓賽「進化的倫理」和赫胥黎「倫理的進化」兩種。斯賓賽的進化論是西方殖民主義的運作邏輯,因爲他把人類社會視爲一個有機的整體,由他的一元論世界觀來看,同自然界一樣,人類社會也一元化地受生存競爭、自然淘汰的進化公理所支配。日本的明治維新,接受的就是這種進化倫理觀,因此,當日本變成強者、適者之後,便搖身一變成爲帝國主義,忠實地實踐起弱肉強食的邏輯。

相反的,將進化論與倫理學關聯在一起的赫胥黎,則在二

元論的基礎上，把自然界和人類社會區別開來，並且把無情的適者生存法則所支配的自然「宇宙過程」，和只有人才特有的「倫理化過程」對立起來。他雖然承認人也是受「宇宙過程」支配的自然的一部分，但卻力圖在人所參與的「倫理化過程」——並不只是被動地順應自然，而是克服祖先承傳下來的猴子、老虎般的弱肉強食的獸性，能動地改造自然環境——中，找到人的特質。[1] 伊藤虎丸由此把握面對西方殖民化壓力時，魯迅對進化論的獨特接受立場說：

> 　　魯迅並不贊成那種爲擺脫危機，必須富國強兵，以成爲強者和適者的救國主張，並且在留學以後逐漸擺脫了嚴復的影響。成爲強者，必然要假定有新的弱者出現。魯迅雖然後來才提出「奴隸與奴隸主相同」的命題，但他的進化論，從這一時期開始，就已經具有了以下認識：奴隸成爲奴隸主，弱者上升爲強者，只是過去歷史的重複，人類社會不僅沒有新的發展，反倒因此而倒退。[2]

　　儘管魯迅對進化論的掌握，不同於一般的啓蒙知識分子，但他終究還是接受了殖民主義對於現代與封建所任意設定的等級關係，並以「現代性」做爲他改造國民性的根據。作爲殖民地知識分子的賴和，也有類似魯迅「奴隸成爲奴隸主，弱者上升爲強者，只是過去歷史的重複，人類社會不僅沒有新的發展，反倒因此而倒退」的認知，不願複製這種殖民地社會內、外部的等級關係。但賴和作爲被殖民者，因爲是進化論所合理

1　伊藤虎丸，李冬木譯，《魯迅與日本人——亞洲的近代與「個」的思想》（中國河北教育，2001.5），頁76。
2　前揭書，頁77。

化之殖民論述更直接的建構對象，因而在殖民者、日本、文明／被殖民者、臺灣、非文明的對立等級關係中，承受比魯迅更爲深重的殖民化壓力。對於這種線性史觀，賴和因此根本地給予否定，沒有像其他啓蒙知識分子一樣接受了斯賓賽的「進化的倫理」；即使魯迅所認同的是赫胥黎的「倫理的進化」，但賴和也因爲它仍然是建基於價值等級分類的假設之上，故未予接受。

　　魯迅或日、中、臺三地啓蒙知識分子對於進化論、啓蒙主義的接受，容或有接受，或反對弱肉強食邏輯的差異，但他們共同接受以西方現代性爲典範所進行的「啓蒙主義」，實際上也是帝國主義爲合理化其殖民擴張，給自己同時也提供被殖民者，思考殖民地與帝國主義、殖民主義相關問題的邏輯；主張啓蒙，其實就已經是透過壓迫者的「帝國之眼」自我凝視，接受西方現代性被殖民者任意假定的進步性，承認了自己就如殖民論述所說的，是因爲文化落後才淪爲被壓迫的劣敗者。魯迅所提出「奴隸與奴隸主相同」的命題，雖然否定強食與弱肉的關係邏輯，得到伊騰虎丸的高度評價，但這個命題終逃不出文明／非文明二分對立的框架，爲什麼呢？這與魯迅所在的中國，雖面臨帝國主義殖民化的威脅，但終究還是個可以維持相當獨立的國家有絕對關係。也就是說，還維持相當獨立性的中國，當時還有一定的餘裕，讓自己設想經由現代化的改造成爲強者的可能；然而，對作爲日本殖民地的臺灣，及直接面對國民待遇的臺灣人來說，卻沒有太多這種餘裕與空間，做出臺灣有一天成爲強食者之後應該如何、如何，這種對被殖民者來說是奢侈了一點的思考。

　　由這種歷史的差異性來看，我們才能確實掌握，賴和爲什麼不同於魯迅，進而能更徹底地擺脫進化論思考邏輯的制約。

王詩琅在〈賴懶雲論〉一文說：賴和的反殖民立場不來自「近代意識型態」，而是「人道主義精神的自然流露」，[3]正印證了上文的這個假設。所謂「人道主義精神的自然流露」，應該從賴和對殖民地現實的直接反應來看，相對來看，也就是說賴何不接受殖民論述，亦不從它所提供的以西方現代性爲優位的啓蒙主義（亦即近代意識型態）視角，來考察殖民地問題。漢娜‧鄂蘭說：「由一個民族實行征服」，尤其是帶著「『高等人』對『低等種類』的優越感」君臨殖民地，自然「就會導致被征服的人民的民族意識完全覺醒，接著就會導致被征服的人民的反抗征服」，[4]做爲被殖民者的賴和，其反殖民意識的覺醒與反抗立場的確立，是不必藉助帶著文化等級偏見如啓蒙主義，這種「近代意識型態」的啓發，或「資本主義科技及由之帶動的新世界觀」，[5]這種隱含著殖民化疑慮的現代化影響，光從自己被貶抑爲次等人種的被殖民屈辱經驗中就能萌生。

　　所以，賴和是徹底否定了進化論帶著文化等級偏見的假設，這種立場，在〈飲酒〉一詩表現得最突出，他說：

> 我生不幸爲俘囚，豈關種族他人優。
> 弱肉久矣恣強食，至使兩間平等失。[6]

　　在這首詩中，賴和是從殖民主義的兩相爲用層面，來辯證思考殖民地問題的。如臺灣之所以淪爲殖民地的問題，一層是

3　王詩琅，〈賴懶雲論〉，原載《臺灣時報》第 201 號（1936.8）。收於李南衡編，《賴和先生全集》（臺北：明潭，1979.3），頁 400。
4　參見漢娜‧鄂蘭（Hannah Arendt），林驤華譯，《集權主義的起源》（臺北：時報，1995.4），頁 208、214。
5　施淑，〈稱子與稱錘〉，原載《臺灣文藝》80 期（1983.1）。收於張恆豪編，《臺灣作家全集：賴和集》（臺北：前衛，1991.2），頁 278。
6　〈飲酒〉，收於李南衡編，《賴和先生全集》（臺北：明潭，1979.3），頁 381。

殖民主義的實質──「弱肉強食」，另一層則是用以美化「弱肉強食」的殘酷、不正義的「文明進化」觀。

由這首詩來看，賴和面對殖民地問題的立場，是從中國「久矣」的積弱不振，與日本的強盛關係而來，而不是因為殖民主義所假設的文化等級。他直指殖民地問題的核心說是「強食」，並突出殖民地的現實，正是文明進化論所掩蓋的弱肉強食，這個殘酷事實而已。因此，王詩琅所謂「人道主義精神的自然流露」，其實突顯出的，正是賴和不從意識型態的僵硬架構，尤其是帶有支配企圖的進步主義、理性主義邏輯，思考殖民地的政治、社會、文化問題。沒有理論邏輯、意識型態的僵化視角來模糊殖民支配的現實焦點，他當然便能看到殖民地最真實、最殘酷的本質──沒有別的，就是不義的弱肉強食而已。

因為飽受被殖民支配的屈辱，賴和因而能一直緊捉住「弱肉強食」這個視角來看殖民地問題，也是接受現代性洗禮的賴和，能不隨殖民主義的進化邏輯起舞，對殖民地臺灣的政治、社會、文化問題的觀察，始終保持其批判性立場的主因。詹穆罕默德與洛伊德在〈走向少數話語（論述）的理論：我們應該做什麼？〉一文中說：「那些被支配的人會明白到被濫用的權力之破壞性影響，他們處於較佳的位置去處理及分析支配的關係，如何可以毀滅犧牲者的『人類』潛力。」[7] 指出的正是早已經是被支配者、被殖民者的賴和，與還有餘裕思考奴隸變成奴隸主之後的問題的魯迅之間，極為不同的歷史位置。賴和不就是因為處於直接被日本殖民支配的臺灣這樣「較佳的位

7　詹穆罕默德與洛伊德（Abdul JanMohamed and David Lloyd），〈走向少數話語（論述）的理論：我們應該做什麼？〉，收於羅鋼、劉象愚主編，《後殖民主義文化理論》（北京：中國社會科學，1999.1），頁 324。

置」，而不像魯迅位處還只是面臨殖民化威脅的中國，他才能比魯迅更透澈地「明白到被濫用的權力之破壞性影響」，因此也才能比魯迅更徹底地否決了進化論公理及其「可以毀滅犧牲者的『人類』潛力」的文化等級假說嗎？

　　因為虛假的中國意識作祟，我們與真實的賴和錯身而過已大半個世紀了，我想，只有釐清臺灣不同於中國的這種最為根本的歷史特殊性，確實掌握臺灣文學發展的歷史基礎，我們才能準確地闡釋賴和的文學，及其作為被支配者的獨特精神，而也唯有對這種基於「差異之處」，而突顯出來之賴和文學的臺灣主體性有所掌握，我們才能由此進一步，經過這樣的不同比較、辨析臺灣的賴和與中國的魯迅，兩位新文學之父之間的「共通之處」。

介入·自省·自嘲
──論賴和與楊逵小說中的知識分子形象

楊翠

一、前言

　　一九三〇年代的臺灣作家筆下，不乏各種知識分子形象，無論是傳統型知識分子，抑或是現代型知識分子，他們對臺灣現實處境的對應態度，以及自身的角色扮演，都各有選擇，其中有積極介入的、奮起抵抗的、議論批判的、蒼白憂鬱的、徬徨困惑的、冷眼旁觀的、現實功利的……，這些作家筆下的知識分子形象，共構成一幅繁複的日治時期臺灣知識分子的精神圖譜。

　　賴和（1894～1943）與楊逵（1906～1985）筆下，也充斥著各種知識分子角色。兩位作家相差十二歲，恰好分別代表兩個不同世代，他們小說中的知識分子形象，既彰顯出不同的世代感，同時也與一九二〇年代臺灣社會運動的發展線圖，有著高度的互文互涉性。

　　統整觀之，賴和小說中的知識分子，有幾種比較鮮明的典型值得探論，其一，「介入型」：積極介入的實踐者，如〈新時代青年的一面〉（寫作日期不明）、〈善訟的人的故事〉（1934）、〈阿四〉（寫作日期不明）等；其二，「中介型」：介於旁觀者、聆聽者、記錄者、參與者之間的

角色，如〈僧寮閒話〉（1923）、〈不幸之賣油炸檜的〉（1923）、〈歸家〉（1932）、〈赴會〉（寫作日期不明，可能 1926）、〈彫古董〉（1930）、〈棋盤邊〉（1930）、〈辱！？〉（1930）、〈惹事〉（1932）、〈富戶人的歷史〉（寫作日期不明）等都是；其三、自嘲的、無力的知識分子，如〈一個同志的批信〉（1935）、〈赴了春宴回來〉（1936）等。

衡諸賴和小說，三者之中，以第二種居最大量，此種介於多重位置之間的知識分子形象，也同時映襯了身為作者的賴和自身的觀察、反省、批判和實踐位置的多重挪移。相較於賴和在政治、社會、文化運動的長期多方參與涉入，其小說中的知識分子，卻大多以一種相對抽離的視角來觀察殖民體制、社會運動者，並且彰顯民眾對殖民者與運動者的觀感，甚至藉此抽身易位，觀察運動中的自身，而形成獨特的內／外批判視角。

賴和小說中以「中介型」知識分子為多，與他本身的世代性有關。賴和是所謂「二世文人」世代，[1] 出生於清廷割臺之前，成長於日本領臺初期，既受傳統漢文教育，亦受殖民現代教育，可謂處身兩個時代的裂縫（邊界）之間，而他筆下的知識分子，也經常彰顯出游移於兩個時代的多重性格，展現出在傳統性／現代性、介入／抽離、自省／自嘲之間的複雜性與多重性。如〈善訟的人的故事〉中為人民爭取權益的傳統型知識分子林先生；〈歸家〉中的返鄉青年、〈惹事〉中的憤怒青年，他們身為現代知識分子，對於傳統與現代的文化性格，保持雙向的批判態度，從而彰顯出自身複雜的思想矛盾與內在對話；〈辱！？〉中對「做文化的」知識分子的嘲諷，以及〈赴

---

1 指出生於日本領臺前後，曾受漢文教育，但以日文教育為主的世代，參見林莊生，《懷樹又懷人》（臺北：自立晚報，1992.8），頁238。

了春宴回來〉、〈一個同志的批信〉中充滿虛無感與自嘲的知識分子形象,更是賴和在知識分子書寫中的重要典型。

除了複雜與游離的性格之外,賴和小說中的知識分子,還具有「成長型運動青年」的特質,如〈新時代青年的一面〉與〈阿四〉中,青年展現出從迷惘、覺悟到實踐的思辨過程,此一過程與日治時期臺灣新文化與社會運動的發展軌跡,有程度的疊合性,與賴和自身「二世文人」的思想發展歷程,也有高度對話性。整體觀之,賴和小說所刻劃的知識分子形象,著重於彰顯出一個社會實踐者的外/內在辯證,實踐主體經常維持一種自我分裂、自我矛盾、自我辯證、自我成長的動態精神圖景。

至於楊逵小說中的知識分子,則以受現代日文教育者為主,首先,與賴和相同,「成長型運動青年」是楊逵小說中知識分子的重要類型,甚至比賴和小說中占有更高比例。另一方面,楊逵著力於刻劃各種不同「權力位置」中的知識分子,並且強調主體的自我選擇,強調組織化、集體性、知識力的重要性。他筆下的知識分子,大抵包含三種:(一)選擇與權力者靠攏的知識分子,如〈送報伕〉(1932)中當警察的哥哥、〈死〉(1935)中的陳清波;(二)「脫出強勢國族/階級位置者」:出身地主、資產階產,或者日本人身分,然而,基於自身經驗與普世的公平正義理念,他選擇斷裂自身階級/國族位置,立身弱勢者的處境,如〈送報伕〉中的日本人田中與伊藤、〈模範村〉(1937手稿)中的阮新民、〈鵝媽媽出嫁〉(1942)中的林文欽;(三)「複合式的知識分子」形象:小說中的敘事者我,經常具有多重身分,集勞動者、行動者、寫作者於一身(以楊逵自身為範型),出身無產階級,選擇以勞動營生(農民、工人),在小說情節發展中,經常以一個正在

閱讀、學習、寫作的知識分子／勞動者形象現身；這一群是楊逵筆下最鮮明、最大群的人物角色，如〈送報伕〉中的楊君、〈模範村〉中的陳文治、〈鵝媽媽出嫁〉中的花農、〈難產〉（1934）中的「我」、〈死〉中的寬意等等。

整體觀之，楊逵與賴和相同，他們筆下的知識分子，都與他們自身的世代感，以及臺灣社會運動的發展進程密切扣合。賴和已如前述，屬於世代交替時期的跨世代臺灣知識分子，是「臺灣文化協會」初創時期的理事，參與早期的「臺灣議會請願運動」，堪稱日治時期第一批組織化行動的創始者與參與者。賴和是基於對殖民統治的反思與對弱者的關懷而投入運動，可視爲「樸素的左派」，而非某種思想體系的奉行者；他小說中的角色亦然，他們是首批新時代的運動青年，經由迷惘、學習、自省，從而選擇行動，但由於組織化實踐方當初創，不免時而奮勇，時而游移。

相較於賴和的「二世文人」身世，出生於日本領臺之後，與賴和相差十二歲的楊逵，未曾受過傳統漢學教育，屬於完全接受日本殖民現代教育的世代。楊逵之所以未受書房教育，一方面是因爲時代較晚，二方面是由於他的工人家庭階級身分。[2] 留日時期，接受馬克思主義之後，他的覺醒，是通過對於馬克思主義的系統性研讀，以及左翼青年的組織化行動而來，[3] 他甚至曾經翻譯社會主義相關的思想論述。[4] 至於他之所以返臺參與文化運動與農民運動，則是受到臺灣島內運動同志

2　楊逵自述出身錫匠工人家庭，父母都是文盲。參見楊逵〈我的回憶〉，收於彭小妍主編，《楊逵全集第十四卷・資料卷》（臺南：國立文化資產保存研究中心籌備處，2001.12），頁 50。

3　楊逵留日時期，1927 年加入留日臺灣學生所組成的「社會科學研究部」，爲重要成員。參見河原功、黃惠禎編，〈年表〉，收於彭小妍主編，〈楊逵全集第十四卷・資料卷〉，頁 372。

4　楊逵曾翻譯《馬克思主義經濟學》，見〈楊逵作品目錄〉，收於彭小妍主編，《楊逵全集第十四卷・資料卷》，頁 446。

的號召，如此看來，晚賴和整整一輪的楊逵，是臺灣社會運動組織化趨於穩健、蓬勃的世代。他不是初創者，但他返臺的一九二七年，正是臺灣各種組織化社會運動的高峰期，因此，楊逵本人之所以強調組織化、集體性、知識力的重要性，亦有其時代因緣。楊逵本人的世代感與臺灣社會運動發展時程的特殊性，也具現在他的作品中，其小說中的知識分子的共通性，是具有行動力、高度內省性、向外批判性。

　　整體來看，賴和與楊逵小說中，都有各種「介入型」知識分子，亦有不少「成長型的青年運動者」塑像；同時，賴和的多重「中介型」、楊逵的多重「複合型」知識分子，也很值得參照討論；再者，賴和筆下自我嘲諷、自我矛盾的知識分子，以及楊逵筆下在經濟上貧窮、在知識上豐富、在行動上介入，也同樣不斷自我嘲諷、自我調侃的知識分子，異同互現，形成有趣的參照性與對話性，本論文將進一步交叉析論；最後，賴和與楊逵小說都擅用「議論」的說話策略，有趣的是，賴和小說著力於蒐覽採錄庶民大眾的議論，而出身無產階級，也在經濟位置上具有無產階級身分的楊逵，小說中卻一再彰顯出「無產階級／知識分子／運動者」三重身分的議論，兩個作者的文本，若結合來看，則是日治時期社會運動場域的運動者／庶民大眾之間關係的具現，此亦是本論文的論述焦點。

二、積極介入的運動青年

（一）賴和：「成長型運動青年」的剪影與列傳

　　賴和對於介入型實踐者的刻劃，著重於展現出「成長型運動青年」的成長敘事。〈新時代青年的一面〉以對話體的敘事策略，將劇情切片化，通過「雄辯」的對話現場，敘說

青年的思想基底與行動理念，青年則如「剪影」一般，線條勾勒簡單，形象卻鮮明突出。不同於〈新時代青年的一面〉以「剪影」般的斷面，鋪陳介入者的行動理念，另一篇小說〈阿四〉，則操演類線性的、如列傳般的敘事手法，演義了一名叫「阿四」的知識分子的成長史、覺醒史與運動參與史，可以視爲一則「運動青年成長史」的文本。兩部作品，一是斷面，一是線性；一是介入者現身對談實錄，一是以客觀化的敘事視角，展演運動青年的微電影小傳；兩部小說並置，正好可以彰顯出介入型運動青年的多重面貌。

〈新時代青年的一面〉中，分兩段對話體開展故事，前一段是兩個青年的對話，後一段是青年與警察的對話，通過這些對話與議論，故事逐漸鋪展開來。留學三年返臺的大學青年，執行了一場刺殺警察的行動，賴和著重於彰顯出兩個課題：其一，證成「行動的意義」——論述青年採取「殺警」此一爆破性、觸法性的行動，其背後的思考與意義；其二，反思「法律的意義」——通過青年的敘述，彰顯出「法律」淪爲強權工具的不公不義。

〈新時代青年的一面〉的創作日期不明，據林瑞明指出，因其與〈一桿「稱仔」〉寫在同一本稿本，推測應是一九二五、一九二六年之間，[5] 兩部作品都觸及「殺警」、「法律」這個主題，特別是後者，成爲賴和小說的核心母題；再者，兩部作品的主角，一是知識青年，一是底層佃農，也具有高度的意義，佃農因爲基本的生命尊嚴而殺警，知識青年則有著明確的行動理念，兩者結和，成爲被殖民者與弱勢階級「反抗行動」的完整圖像。文本中這一段，「雄辯青年」的理

5　賴和，〈新時代青年的一面〉，收於林瑞明編，《賴和全集（一）小說卷》（臺北：前衛，2006.6），頁61。

念清晰，句句觸及「法律」、「暴力」背後的深沉思考：

> 「我不是要暴力撲滅他們，是要把鮮血來淘洗他呢！」
>
> ⋯⋯
>
> 「我認定他的罪惡，⋯⋯用我的一滴血，洗去多麼大的罪惡，不是很光榮嗎？」
>
> ⋯⋯
>
> 「現在汝們所謂法不是汝們做的保護汝們一部分的人的嗎，所謂神聖這樣若是能無私地公正執行也還說得過去，汝們在法的後面，不是還受到一種力的支配嗎？汝們敢立誓嗎？汝們能無污了司法的神聖嗎？簡直在服務罪惡的底下。」[6]

小說中的青年，是以行動介入社會與政治的典型，他的肉身實踐及雄辯話語，體現出三個層面的意義，首先，行動者是「無畏的」：他不畏懼流血犧牲，也不畏懼法律的罪名指控；其次，行動並非「暴力的」：他對行動的「暴力」指控，進行了一番詮釋，將「暴力」與「淘洗」連結；其三，行動是在揭露當權者對於「法」的操控性：正因如此，前述的行動介入、「把鮮血來淘洗他」的革命理想，就有其必要性與價值支撐。

〈阿四〉一文，則可視爲「新時代青年」的前傳，藉以觀察〈新時代青年的一面〉中的青年是如何成爲實踐的、雄辯的青年，這一段「運動青年成長史」，不僅是阿四的史記，也可以視爲一九二〇年代臺灣運動青年的集體臉譜。阿四是懷抱著

6　同註5，頁61。

浪漫純真夢想，其後成為醫師的青年：

> 阿四是一個熱情的青年，他抱有遠大的志向，無窮的希望，很奮勵地向著那可以實現他的志望的道上，用著他所有生的能力前進著。[7]

阿四成長的第一階段，懷抱著純粹的理想，如同有著絕對音感，無法忍受、亦無法見容於現實雜音。在大醫院裡行醫，他感到醫院不尊重醫生，返鄉開業之後，又不斷面對各種壓迫性的法律，更必須與警吏周旋，於此，他深切感到不平。小說發展至此，鋪衍了阿四成長史即將邁入第二階段的契機：

> 臺灣雖被隔絕在太平洋的一角，思想的波流，卻不能海洋所隔斷，大部分的青年，也被時潮所激動，由沉昏的夢裡覺醒起來。
>
> 且又有海外的留學生，臺灣解放運動的先覺，輸進來世界的思潮，恰應付著社會的需求，迄今平靜沉悶的臺灣海上，便翻動著第一次風波。[8]

小說將阿四的覺醒，置於世界性的、臺灣全島性的風潮中，以青年阿四的成長與覺醒，隱喻了整座島嶼的成長與覺醒，扣合了一九二〇年代臺灣的幾個關鍵詞：世界、臺灣、青年；在這樣的時代語境中，阿四感知到世界裂變，而他選擇處身其間，奮起參與：

> 今日聽到朋友的啟示，他的歡喜有似科侖布的發美

7　賴和，〈阿四〉，收於林瑞明編，《賴和全集（一）小說卷》，頁265。
8　同註7，頁268-269。

洲（按：疑漏一字「現」），也似溺在深淵，將失去自浮力的時候，忽遇到救命艇。因爲他所抱的不平、所經驗的痛苦、所鬱積的憤恨，一旦曉得其所以然，心胸頓覺寬闊許多。[9]

阿四此後便成爲一個熱心的社會運動者、文化講演者，也常看見他在講壇上比手畫腳，也曾得到民眾熱烈拍手的歡迎。阿四這時候才覺得他前所意想的事業盡屬虛妄，只有爲大眾服務，才是正當的事業、光榮的事業。[10]

從文本中可以觀察到，阿四的覺醒與行動，非僅緣於外在的時潮激盪，而是因爲了解自身痛苦與憤恨的問題根由，並非他個人的問題，而是社會集體的問題，從而找到投身社會、解決問題的方法。賴和通過青年阿四，將個人生活的苦悶「問題化」，並將這些問題「社會化」，同時將解決問題的方法「集體化」、「行動化」，這正符合了所有社會運動的核心論述：個人所遭遇的問題與生存困境，經常並非緣於個人，而是社會體制與統治政策出現問題，必須通過集體的社會行動，改變體制與政策，才可能真正解決每個「個人」所遭遇的難題。

賴和筆下的介入型知識分子，有如〈阿四〉這種成長型的參與者，從最初的純眞夢想，其後稍見怯懦游移，到最後受到啟發，終而成爲積極的運動者，體現出自我辯證的歷程，敘說了「運動青年的成長史」的集體形象。而〈善訟的人的故事〉中的林先生，則是另一種具有高度自覺性的典型，也是賴和小說中少見的英雄型人物。

小說中的林先生本來受雇於志舍家，幫他管帳，然而志

9　同註7，頁270。
10　同註7，頁270。

舍壓迫農民的行徑讓林先生無法忍受，他先是暗中幫忙農民，其後向志舍據理力爭，最後則決定捨棄餬口工作，不願出賣靈魂。其更選擇替人民撰寫狀紙告官討公道，從縣城告到府城，只為幫農民爭取生存權、土地權，以及來世的安居權。林先生替人民向官府提告所書寫的狀紙內容，表達出亙古以來人與土地的關係，以及現代社會的公平性理念：

> 人是不能離開土地，離去土地，人就不能生存……
> 志舍這人，沒有一點理由，占有那樣廣闊的山野田地，任其荒蕪墟廢，使很多的人，失去生之幸福的基礎，已是不該，況且對於不幸的死人，又徵取墳地的錢，再使窮苦的人棄屍溝渠，更為無理。[11]

府城告官之舉，人民獲勝，但林先生卻從此杳無音息，小說指出，這紙狀紙日後傳頌多時，成為一則經典。林先生的英雄型角色，固然與這則故事採自民間傳說有關，然而，從他出生原住民、天生義氣、巧遇指點迷津給予十六字者、告官勝利等小說所鋪展的元素觀之，林先生作為賴和小說中的介入型參與者典型，其角色具有雙重性，既是英雄型人物（挺身而出），卻非神話式英雄，而是覺醒型人物，同時，那位神祕的指點迷津者（啟蒙者），沒有姓名，從未正式現身，也破除了「運動英雄」、「運動造神」的迷思，具有歷史的、時代的、普世的多重深刻隱喻，如林瑞明所言：

> 小說結尾的地方，林先生為窮人打贏官司之後下落

---

11 賴和，〈善訟的人的故事〉，收於林瑞明編，《賴和全集（一）小說卷》，頁217-218。

不明，那位為林先生出主意寫訟書的茶客，更是一個無名無姓的人。賴和筆意大有這類正義的化身，正是散布於廣大的群眾中。不突出個人的英雄色彩，也是賴和一生行為事跡之所以感人的地方。[12]

（二）楊逵：「無產階級·知識分子」的運動青年典型

與賴和相同，楊逵小說中也經常出現「成長型運動青年」，但兩人的根本差異在於小說中青年的「經濟階級性」，從而使得他們筆下的知識分子形象異同互現。賴和小說中的青年，如〈新時代青年的一面〉中的留學生、〈阿四〉中的醫生、〈善訟的人的故事〉中的林先生，他們的實踐動力，大都並非緣於自己的生存危機，即使阿四是因受法律與警吏之迫，但與〈一桿「稱仔」〉中的秦得參，仍然有很大不同。

簡單來說，賴和筆下的知識分子，在生活上都還有一些餘裕，或者至少不是經濟上的受迫害者，然而，楊逵小說中的介入型知識青年，則幾乎清一色同時也是體力勞動者、經濟受迫害者、勞力受剝削者。楊逵小說中的「運動者原型」，最大的特點即在於此，他既是弱勢的受害者，同時也是運動的啟蒙者、被（自我）啟蒙者、實踐者，亦即，他是一個弱勢階級中的「自覺自救者」。

楊逵小說中的介入型運動青年，本來就是勞苦大眾的一員，他與大家一起勞動，一起受苦，然後一起挺身而出。因此，我們可以觀察到幾個特色，其一，他們出身貧苦；其二，他們通過知識、通過學習、通過組織，而具備了思想與行動的能量；其三，這些青年並未、也不想透過「知識」，翻轉其自

---

12 林瑞明，〈賴和的文學及其精神〉，收於氏著《臺灣文學與時代精神——賴和研究論集》（臺北：允晨，1993.8），頁335。

身在經濟上的「階級位置」。這些特質的觀察非常重要，因為一般的論述，大都從「社會階層流動」的觀點，來審視無產階級出身者，與知識分子之間的身分轉換與階層流動現象。然而，在楊逵小說中，你無法這樣論述，因為這名知識青年並未藉由其「知識」的文化資本，而翻轉其經濟上的位置──他還是一名勞動者；再者，楊逵小說中一再衍繹「知識」之必要，但很顯然的，在故事的脈絡中，「知識」不是用來翻轉自身的階級位置的工具，而是一個運動實踐者藉以自省與思考的依據。

也因此，楊逵小說中有啟蒙者，但沒有「救世主型」的運動領袖，而啟蒙者與群眾之間，也是同一群人，他們通過議論的方式，言說受苦內容、討論具體的行動策略與意義，而非僅止於情緒與口號。因此楊逵小說中的「運動者原型」，簡單來說，是普羅階級、學習型、思辨型、議論型，最後是行動型，而且，楊逵小說中的介入型知識分子，他的介入行動，都處於「進行式」的狀態。

如前所述，楊逵小說中，此種複合了經濟階級上的「普羅大眾」與社會階層上的「知識分子」的「社會運動者」很多，然而，若是單純從這個角度來看，此種運動者形象，並非楊逵所獨有，楊逵筆下「運動者原型」最獨特之處在於，這兩者自始至終都是身分疊合的，他的小說中的「敘事者我」，特別體現出知識分子與勞動者的身份疊合，從頭到尾都二體合一，沒有「階級翻轉」的問題，一直是並存的。這類小說中，大體有一組知識分子典型──啟蒙者與召喚者／成長者與覺醒者，試舉〈自由勞動者的生活剖面〉（1927）〈送報伕〉（1932）為例。

此種「運動者原型」，在楊逵一九二七年發表的生平第

一部小說〈自由勞動者的生活剖面〉中即已出現，小說中的敘事者，一出場就是「勞動的知識分子」形象，他以當砂石工營生，每日必須挑一百多公斤的砂石上坡，來回好幾趟，然而即使如此努力，仍然無法填飽肚子，餓了幾日之後，爲了換一餐飽食，他決定賣書換錢：

> 　　我無限惋惜地交上老友饋贈的列寧著的《帝國主義和民族問題》，可是掌櫃根本不想接過書來看，似乎盡在打量我的身體。接著他從我的頭頂直看到腳尖……這本書還沒看過呢，所以覺得可惜。被這麼瞧不起，還賣它幹嘛？——我這樣想，但一發覺肚子在餓，就默默看著外頭，那兒排著一堆我想看的書。[13]
>
> 　　接下來由於賭氣和飢餓，我一看見舊書店就走進去。這樣反覆了十四次，眼看著好不容易第十五次才得到的三十錢，我苦笑了。[14]

　　這一段小說情節，有三個部分值得深論，其一，印證前述楊逵小說敘事者的「知識分子與勞動者」複合型身分；其二，「知識分子與勞動者」複合型身分，使其個人在文化資本的豐厚，與經濟資本的匱乏之間，產生極大的內／外衝突。小說中，敘事者窮到無物可當，只能賣「書」，然而，「書」這種具有高度文化資本的物件，卻幾乎完全不具備經濟資本，老闆連看都不想看一眼，它還不及一條冬被、一件冬衣有價值；反過來說，舊書店整排的書籍，「那兒排著一堆我想看的書」，

---

13 楊逵，〈自由勞動者的生活剖面〉，收於彭小妍主編，《楊逵全集第四卷·小說卷（一）》（臺南：國立文化資產保存研究中心籌備處，2001.12），頁12-13。
14 同前註，頁13。

但敘事者我因爲不具備經濟資本，以至於無法換取文化資本。
這種矛盾，從一開始就並存在楊逵小說的主要人物中；其三，
如前述，楊逵小說中，「知識」做爲文化資本，並非拿來翻轉
階級位置，而是用以育成社會運動、社會改革能量的，因此，
「書」頂多只能拿來典賣，不是拿來換取社會地位，而小說中
敘事者拿出的是一本列寧的《帝國主義和民族問題》，這既是
小說中的現實，同時也具有「知識能量與社會改革」的隱喻。

　　此外，幾乎是從〈自由勞動者的生活剖面〉開始，小說
中的「敘事者我」這個角色，經常是一個既介入又旁觀的角
色，通過他，召喚出小說中對理念眞正支持的角色，而「敘事
者我」通常是一名被感召者。〈自由勞動者的生活剖面〉中的
敘事者，是勞動者、學習者、被啓蒙者，他與同志們的運動理
念與意志，都是受到名叫「金子」的勞動者同伴的召喚。「金
子」正是楊逵筆下「自覺自救者」的典型，他不是自我形象鮮
明的「運動領袖」，也不是天縱英明的「救世主」，相反的，
他是一個「平常總是鬱鬱不樂」[15] 的勞動者，與勞動工作夥伴
相同，受盡壓迫與剝削，因此，當他壓抑到最後，在一片飢
餓、鬱悶、垂死的呻吟之聲中叫喊起來，同伴們（包括敘事者
在內）都吃了一驚：

　　　　大家正消沉的時候，突然聽到這樣的叫聲，聲音熱
　　情而有力，是無法抑制的、拚命的叫喊聲，就像低氣壓達
　　到極限時，暴風雨必然來襲一樣。

　　　　風暴就快發生了！而且是大風暴！就像是暴風雨的
　　前兆似的，這個叫聲驚動了所有的人……[16]

15　同註13，頁15。
16　同註13，頁15。

蒼白憂鬱的金子的發聲，不是某個「英雄」的吼聲，而是象徵所有弱勢者的覺醒之聲，從集體的垂死般的呻吟之中醒來，將要掀起一場階級自救的「大風暴」。如果運動將有一個、兩個或更多個「先覺者」，這些「先覺者」並非外在於勞動團體的「知識分子」，而是內在於勞動團體的「勞動者」，因爲他們本身就是受苦者；而當前的問題，不是一個人、兩個人挨餓的問題，是「大家都在餓著」：

> 「對，大家都在餓哪！」我再也沉默不住，這樣叫喊起來。稍稍靜下來後，金子君冷靜地説了：「是的，是大家的事，所以非得大家好好商量不可。而且無論幹什麼，非大家一起幹不可。……一個勞動者的力量是微不足道的，可是，許多勞動者的力量就有那麼大了。……用我們集體的力量衝擊資本家看看！你想那些傢伙會悶聲不響嗎？」[17]

金子的一番發言，有幾個可討論焦點，首先是將問題與行動都訴諸於「集體性」——將個人處境「問題化」，而將問題「集體化」；再者，金子的此種運動者形象，當然具有啓蒙者的色彩，小說中，他是社會問題的揭露者與詮釋者，也是理念的傳達者、行動的召喚者，然而，金子也是勞動者的一員，這些勞動與剝削體驗，都是他自身的切膚經驗。這正是楊逵小說中介入型知識分子的最大特質，如果有「啓蒙者」、「先覺者」，也是來自無產階級自身，甚至自己可以成爲自己的啓蒙者，而不需假借一位外來的、天縱的、超越的、英雄式的救世

---

17 同註13，頁16。

主。

　　相同的角色，也在〈送報伕〉中也出現。〈送報伕〉可以視為〈自由勞動者的生活剖面〉的衍生作與擴充版，其中楊君的角色，與〈自由勞動者的生活剖面〉中的敘事者高度疊合，是一個遠來東京半工半讀的臺灣人，具有「知識分子與勞動者」複合身分。值得一提的是，小說中的田中與伊藤，也可視為從「金子」化變而來的角色，田中與楊君，同是學習者、勞動者，田中對楊君的照顧，體現了楊逵除了信奉弱勢階級的「自覺自救」之外，更信奉弱勢者之間的團結互助。

　　如前所述，楊逵的小說很少建構英雄式的運動者形象，很少見到一呼百應、萬人擁護的英雄式場面，即使〈送報伕〉中的伊藤，從文脈觀察，應該是社會運動組織的幹部，但他在小說中出現時間很短，也不強調其英雄式、明星式運動帶領風格，突顯的是他對問題的揭露——無產階級的痛苦，是超越國族的。與〈自由勞動者的生活剖面〉相同，〈送報伕〉強調弱勢者必須跨越國族疆界，面對共同問題，攜手戰鬥，包括在日本的臺灣人與日本人勞動者，以及在故鄉面臨土地被強迫徵收、家園被毀棄的臺灣同胞：「好，我們攜手罷！使你們吃苦也使我們吃苦的是同一種類的人！（我們有共同的敵人！）」[18]

三、中介型／跨界型知識分子

（一）賴和：「民族誌型」的知識分子類型

　　賴和小說中最大宗的人物，是介於旁觀者、聆聽者、記錄

---

18 楊逵，〈送報伕〉，收於彭小妍主編，《楊逵全集第四卷‧小說卷（一）》，頁100。

者、參與者之間的知識分子，若以「參與性」的強度來看，他們又可區分爲不同的參與層次，如〈赴會〉、〈僧寮閒話〉、〈不幸之賣油炸檜的〉、〈棋盤邊〉、〈彫古董〉、〈富戶人的歷史〉等，敘事者通常也具有隱藏性的「運動者」身分，但這並不表示小說是以運動者的視角發聲。至於〈歸家〉、〈辱！？〉、〈惹事〉三部小說，則是以歸鄉青年的視角，無論是內視（觀看自身），或者外視（觀看故鄉與村民），都在聆聽者、記錄者、參與者之間的，交互移動替置，形成多重對話性的敘事效果。

〈僧寮閒話〉是目前所見賴和第一部以「對話體」、「議論式」的書寫策略所撰寫的小說，開啓了賴和小說的重要敘事風格，其後，「對話體」、「議論式」無疑是賴和小說手法的主體風格，細究之下，又可區分爲「座談會」形式與「街談巷議」形式。此外，小說中的隱藏作者，如前所述，既是記錄者，又介於旁觀者、聆聽者、參與者之間，扮演著既介入又刻意疏離的「中介者」角色，我們或可稱之爲「民族誌型」的知識分子，在故事現場進行著「民族誌」般的參與式觀察。[19]

〈僧寮閒話〉透過我、朋友、和尚的對話，討論惡霸強權嘴臉、懲惡與救苦的意義、服從與抵抗的差異、法律向權力者傾斜等議題，短短幾頁，已經融入賴和最核心的思想母體，其中，透過「朋友」之口，更確認了社會運動的價值：

朋：實在目下社會心理，已大變化了。只如我自己，看那報上的不逞之徒、不良分子，就認他們是個性覺醒之人、是先覺者，替多數之人謀幸福的，很暗地祝他成

---

19 David M. Fettermsn 著，賴文福譯，《民族誌學》（臺北：弘智，2000.4），頁67-70。

功。[20]

〈僧寮閒話〉是典型的「座談會」形式，以旁觀者（兼記錄者）的視角，通過議論的形式，揭露強權之惡與抵抗之必要；小說以三人鼎談的形式展開，因此，三人都是議論者，但也都是聆聽者，這種多音交響、互爲主體的敘事策略，在賴和寫在稿本中的第一部小說即已顯現，意義重大。〈赴會〉更是一部眾聲喧譁的佳作，小說中，知識青年欲北上參加會議，[21]一路上，車行之間，青年成爲一場議論的「收音者」、「記錄者」。他所觀察記錄的面向，大抵有四，其一是紳士（日本人與臺灣人）的議論；其二是勞動大眾的議論；其三是社會運動組織的內部會議與派系矛盾；其四則是對青年自身的運動者身分的自曝與自省。所以這些，都涉及對社會運動者——「講文化的」、「講農組的」——的評價；如日本及臺灣人士紳如此討論「××協會」（指「臺灣文化協會」）：

> 「聽說是要求做人的正當權利！」
>
> ……
>
> 「那麼臺灣人應該有多數的參加者，我想知識階級必定全部加入。」那日本人又問。
>
> 「卻不見得是這樣，有些人還以爲是無理取鬧，在厭惡他們，迴避他們。」[22]
>
> ……

---

20 賴和，〈僧寮閒話〉，收於林瑞明編，《賴和全集（一）小說卷》，頁3。
21 〈赴會〉寫作時間不明，據林瑞明考證，內容「可能是在描述1926年5月15、16日，文化協會於霧峰召開理事會的情形。」參見賴和，〈赴會〉文末「編按」，收於林瑞明編，《賴和全集（一）小說卷》，頁67。
22 賴和，〈赴會〉，收於林瑞明編，《賴和全集（一）小說卷》，頁66。

　　「那些中心分子，多是日本留學生，有產的知識階級，不過是被時代的潮流所激盪起來的，不見得有十分覺悟，自然不能積極地鬥爭，只見三不五時開一個演講會而已。」[23]

　　臺灣士紳對於「臺灣文化協會」的認識論，就是「有產的知識階級」的時潮遊戲。至於三等車廂中勞動大眾的對話，則又是另一番景觀，人們談著「土地拂下」的問題，其世代墾居的土地竟成為違法開墾，面臨被強制搶奪，低價給退職官員承購的命運，民眾們有人就提起是否去問那些「講文化的」、「講農組的」來解決：

　　　　「講文化的？若是搶到他們，大概就會拍拚也無定著。」[24]
　　　　「他們不是講要替臺灣人謀幸福嗎？」
　　　　「講好聽？」
　　　　「阿罩霧不是霸咱搶咱，家伙那會這大。」
　　　　「不要講全臺灣的幸福，若只對他們的佃農，勿再那樣橫逆，也就好了。」[25]

　　這兩段議論場景，彰顯出士紳的嘲諷與庶民的嘲諷，既站在不同認識論的基點，也立身不同的知識背景與認識系統，反映出不同層次的問題。〈赴會〉的旁觀性與參與性並置，形成非常奇特的觀察與發聲位置，特別是結尾處，敘事者又成為會

23　同前註，頁 67。
24　同註 22，頁 68。
25　同註 22，頁 69。

議的「記錄者」，記下第二日會議中兩派的分裂端倪：

> 次日的會議，顯然現出了二派的爭執，似有不能相
> 妥協的形勢，一派以社會科學做基礎，主張階級利益爲前
> 提；一派以民族意識做根據，力圖團結全民眾爲目的。[26]

　　小說在一開始面對那些南下的香客時，敘事者曾針對迷信
問題發揮議論，然而，身爲「講文化的」一員，面對士紳與大
眾對於運動者的評論，敘事者卻反而一直採持旁觀、聆聽的態
度，從頭到尾未曾介入討論，〈赴會〉因而得以鮮活地彰顯出
更多元的「社會運動的認識論」。然而，若說〈赴會〉中作者
不曾涉入其判斷與觀點，又並非如此，小說中透過庶民議論：
「阿罩霧不是霸咱搶咱，家伙那會這大」，並扣合結尾的兩派
爭執，時值文協分裂前夕的風雨欲來，賴和挪用他者的評論，
不僅更見犀利，同時也清楚地彰顯出他的意識型態站位。對照
於一九二七年「臺灣文化協會」分裂後，賴和相對比較靠近左
翼，由此更可理解這部小說，爲何選擇透過士紳與庶民的雙口
雙聲，齊聲批判「有產知識階級」，小說的這最後這一筆，微
妙地揭露出賴和的思想底細。
　　與前述的開放性「廣場空間性」、街談巷議性不同，〈棋
盤邊〉的議論者是一群鴉片吸食者、地方士紳，議論空間則是
一間精緻客廳，用來休憩、逸樂、交遊的封閉場所，他們議論
著關於民意、幸福、社會運動、鴉片特許等話題：

> 那文化會的人年年所做的把戲，什麼請願運動，蓋

26　同註 22，頁 70。

印署的也不過是千餘人，就講是民意，難道三萬多人的願望，就不成民意嗎？[27]

〈棋盤邊〉是一種反筆、一種逆寫，嘲諷這些士紳所自認的「民意」，其實是精緻密室中的自我陶醉。至於〈富戶人的歷史〉中，走街仙同樣扮演著「民族誌」中聆聽者、採集者、記錄者的角色，轎夫們則是歷史的傳述者、現實的批判者，他們除了談說當地阮家的興榮過程之外，也談及姓張的所長將要娶富戶女兒一事：

> 後：「他現在只看見錢，什麼情誼他勿記得了，什麼名譽他也顧不到了。哦，他不是也曾和文化的出來講演？啊！人真……」
>
> 前：「聽講他去日本留學，全是爲著這層事去研究法律的。」
>
> 我聽見他們這樣議論，實在也替現代青年過意不去，內心也自己慚愧起來，想把他們的話拖向別位去。[28]

「文化的」也有各式各樣的人物，庶民對於「文化的」認識論，有的一針見血，有的穿鑿附會，有的放縱想像，但作者賴和就如〈富戶人的歷史〉中的走街仙一般，維持冷靜的聆聽距離，不直接涉入議論之中，此種「民族誌」式的觀察筆記，構成歷史的穿透力與庶民的多元發聲場域。林瑞明指出這部小說：「值得注意的是透過勞苦大眾對富有人家發跡過程之批

---

27 賴和，〈棋盤邊〉，收於林瑞明編，《賴和全集（一）小說卷》，頁119。
28 賴和，〈富戶人的歷史〉，收於林瑞明編，《賴和全集（一）小說卷》，頁300。

彰化學

評，帶有濃厚的庶民性。」[29]

賴和採取此種「民族誌」式的書寫策略，使他小說中的知識青年，維持著一種「中介」的位置，介於局內／局外之間。在〈歸家〉、〈惹事〉這兩部從歸鄉青年的視角切入的小說中，也是如此。青年出外讀書多年，與故鄉有著難以言說的疏離感與陌生感，然而，也因此，青年反而得以找到一個非局外人、亦非局內人的處於「間隙」的觀看與聆聽位置，而得以收納更多街頭議論。〈歸家〉即是其中的佳作，小說中的敘事者，從學校畢業後，懷抱著害怕被遺棄的心情，很不安地回到故鄉，而後其雖感受到與故鄉的疏離感、故鄉舊友的不似往日，但也因此，他反而暫時可以從一個既介入又抽離的獨特位置觀看故鄉：

> 我歸來了這幾日，被我發現著一個使我自己寬心的事實——雖然使家裡的人失望——就是這故鄉，還沒有用我的機會，合用不合用便不成問題，懷抱著那被遺棄的恐懼，也自然消釋，所以也就有到外面的勇氣。[30]

他以一個畢業學子的身分，在街巷間聽著賣圓仔湯與賣麥牙羹的，在談論著進學校讀書一事的好壞，因他們的議論中，知識分子被視為「無能者」，故知識青年忍不住參與討論：

> 「我隔壁姓楊的兒子，是學校的畢業生，去幾處店鋪學生理，都被辭回來，聽講字目算，而且常常自己

29 林瑞明，〈《富戶人的歷史》導言〉，收於氏著，《臺灣文學與時代精神——賴和研究論集》，頁382。
30 賴和，〈歸家〉，收於林瑞明編，《賴和全集（一）小說卷》，頁24。

抬起身分，不願去做粗重的工作，現在每日只在數街路石。」[31]

「學校不是單單學聽講話、識字，也要涵養國民性，……」

「巡查！」不知由什麼人發出這一聲警告，他兩人把擔子挑起來就走，談話也自然終結。[32]

這一段情節中，小販所代表的是庶民大眾對於「讀書人」的觀點：驕傲、無用、擺身段；而青年的言論，則是一種反串，他化身國家的視角，說明日語和「殖民教育」的目的，以此形成對比張力，彰顯出論辯的效果。賴和擅長在小說尾端，翻轉全文的敘事語境，或者對眾聲喧譁的各種觀點，以節制的、戲劇性的手法，做出他自己的明確價值評斷。正當〈歸家〉中青年講著「涵養國民性」時，「巡查」的叫嚷聲出現，兩者產生極大對比性，形成荒謬感，藉此暴露出賴和對於殖民教育的批判，以及「涵養國民性」背後殖民強權的粗暴本質。

另一篇小說〈惹事〉，以兩條敘事軸線發展：其一，二十幾歲的返鄉青年，因為釣魚而與人發生衝突；其二，警察的雞跑到中年寡婦的餐桌上，警察硬要指控她偷竊，青年挺身而出為她奔走，卻被指責犯了一串罪狀：「公務執行妨害、侮辱官吏、搧動、毀損名譽。」[33]最後青年決定離家前往臺北。〈惹事〉的結構緊密，層層推進，評論者皆評為佳作，呂正惠認為是賴和以日本警察為題的小說中最成功的一部，[34]而小說中自

---

31 同註30，頁27。
32 同註30，頁29。
33 賴和，〈惹事〉，收於林瑞明編，《賴和全集（一）小說卷》，頁205。
34 呂正惠，〈賴和三篇小說析論——兼論賴和作品的社會性格〉，「日據時期臺灣文學國際研討會」宣讀論文（新竹：清華大學，1994.11）。

始至終一直處於憤怒情緒的青年，最後的離去，也代表著一種不妥協的覺悟。

（二）楊逵：「跨界型」知識分子與強勢者的自省

　　如前所述，楊逵小說最獨特之處，在於小說中的人物在向美好世界前進之際，同時並進著「弱勢者的覺醒」與「強勢者的自省」。他不僅關注弱勢者的自覺自救，也關注強勢者的自我反思；唯有強勢者願意改變、甚至放棄他對權力與財富操控的欲望，世界才可能真正被改變，弱勢者的自覺自救也才有真正的未來性，而不致流於無止盡的戰鬥工程，猶如薛西佛斯的行旅，而兩種不同的社會階級，也才能在「公平正義」的基礎上，彼此和解共處，這正是社會運動的真諦。

　　而這也是積極投身社運的作者，楊逵的終極理想。因此，有趣而值得討論的是，與賴和小說中的階級對話策略不同，出身無產階級、在經濟生活上也歸屬於無產階級、積極從事無產階級運動的楊逵，小說中的社會階級關係，卻並非以「質疑地主與資產階級的壓迫」來彰顯階級矛盾，反倒是以「演義地主與資產階級的自省」，來詮釋社會不同階級和解的可能，這是很值得深論的敘事觀點。同時，我們必須注意的是，此種不強調對立，而強調和解的敘事策略，有一個關鍵，即是強勢者必須自省，主動放棄自己的強權，成為營造「和解」的一方，而非要求弱者去「寬恕與和解」。

　　楊逵對於強勢者自省形象的勾勒，國族部分已如前所述，至於階級部分，〈死〉（1935）、〈模範村〉（1937 手稿）、〈鵝媽媽出嫁〉（1942）是三部經典之作。〈死〉中青年寬意所展現的，是一個「地主階級的共犯者」的自省與覺悟。寬意受雇於陳寶，雖陳寶是臺灣十大富豪、評議會員，擁

有土地千餘甲、十幾個會社社長，然而，這些資產卻是以剝削如阿達叔這樣的貧農而獲取，而寬意則因必須代表地主前往收帳，心中充滿矛盾。阿達叔是永遠在勞動卻難以溫飽的貧農，受到陳寶的壓迫，即使再如何勤勞努力，也無法擺脫貧苦悲運。小說賦予阿達叔如此形象：

> 一身所穿是破了又補幾十重的衫褲、青黑色而消瘦的營養不良的身軀……這樣的衣食與其通風過奢的破厝，像是人類世界最大淒慘的標本。[35]

「像是人類世界最大淒慘的標本」一語，既道盡阿達叔的悲情，也將阿達叔的命運「非個體化」，指涉爲人類世界所共有。阿達叔終而走上自殺絕路，而寬意因爲自己作爲剝削者的代理人，故對於阿達叔之死，內心感到萬分愧疚：

> 寬意對陳寶家（富之誤）豪的痛恨愈深，也感覺自己的責任不淺。阿達叔會去想死，明明是因我去催迫了他太厲害的。我會去催迫他，總受了頭家強迫的……
>
> 寬意愈深想，竟要討厭自己就的這種職務起來（向來他常以自誇的當富豪的雜差）……

〈死〉中寬意做爲一名「自省者」與「覺醒者」，與前述楊逵幾部作品中的介入型運動者不同。後者是從自身的勞動經驗中覺醒起來，有了「勞動者意識」的自覺；而寬意則是從「共犯者意識」中覺醒起來，該角色在楊逵作品中具有關鍵性

---

35 楊逵，〈死〉，收於彭小妍主編，《楊逵全集第四卷·小說卷（一）》，頁262。

的意義即在於此。楊逵小說中有弱者的自覺、強者的自省，也有介於其間的如寬意這種角色——既是勞動者，也是共犯者——的覺醒，如此三層並進，方得以走向眞正的百花齊放新樂園。除了寬意的自省，小說並加上同學明徹的啓發：

> 「我們貧農們群結爲一體……這就是唯一的可以阻止這樣悲慘的辦法！」明徹的口氣好像充滿著自信，而且是決斷的。
>
> 「抵抗他？……」
>
> 「是！要求他不可升租，要求他不可起耕，要求他不可將我們做牛馬看待！」[36]

明徹的角色，一如前述金子與田中、佐藤，同樣是從無產階級中覺醒起來的「先覺者」、「啓蒙者」，強調「集體性」、組織化對抗行動的重要性。同時，明徹對「知識能量」的強調，也是楊逵小說中的一貫觀點，他也讓寬意覺知到，要對抗威權強者，弱勢者除了團結之外，還必須具備足夠的知識能量。寬意後來決定赴東京留學：「我已有點決心，想要往東京去苦學，粉骨碎身，期望穿錦衣歸鄉，來救農民們。」[37]寬意這個角色與賴和的〈善訟的人的故事〉中的林先生類似，皆是由於覺知到自己是介於剝削者／被剝削者之間的「共犯者」，從而產生自我角色扮演衝突，並立志揚棄做爲「剝削者末稍神經」的身分，強化自己的知識能量，以期對問題的分析、了解與掌握更精確，對於行動策略的運用能更有效。

至於〈模範村〉與〈鵝媽媽出嫁〉這兩部小說，也有異曲

---

36 同前註，頁312。
37 同註35，頁314。

同工之妙。首先，小說中的強權者都建構了一個虛幻的美麗假象，如〈模範村〉中的「公路」、「模範村落」，〈鵝媽媽出嫁〉中的「共存共榮」、「大東亞共榮圈」；其次，小說都以反諷的手法，揭露美麗虛象背後的黑暗本質，然後再以新的敘事，改寫／逆寫強權的虛假敘事，如村落青年自力救濟建構了真正的「模範村」，而〈鵝媽媽出嫁〉中的知識青年林文欽，以生命最後餘力寫了一部迥異於統治者的「共榮經濟理論」；其三，小說中都有「脫出強勢階級位置」的知識分子，即〈模範村〉中的阮新民、〈鵝媽媽出嫁〉中的林文欽；其四，兩部小說都信任知識的力量具有「社會運動」的效能，而將「知識」做為文化資本，在楊逵筆下，它所翻轉的不是角色自身的階級位置，而是整體社會的階級關係。

〈模範村〉中的阮新民，父親是當地財主富豪，對鄉里小民極盡壓榨剝削；然而兒子阮新民卻是完全相反的人物，他同情弱勢者，聆聽受苦者的傷痛，並且信奉不同的價值，決定走出新的道路：

> 關於他父親差不多每年都要向佃戶收回土地，轉租給糖業公司的事，他回鄉時早已有所聞。……有這麼多農民遭到如此不人道的待遇，想到了這些事實，使他更充分的理解和證實了在東京時，於社會科學研究會所學得的新的思想理論。這些理論鼓舞著他，這回他才熱切地理解到，為什麼許多同志從理論走上實踐的路。他不知不覺地感受到這股巨大的力量，使他再也不能苟安於目前的生活。[38]

---

38 楊逵，〈模範村〉，收於彭小妍主編，《楊逵全集第五卷·小說卷（二）》，頁117。

　　此處有一個關鍵情節，即阮新民之所以能夠異於父親阮固，與兩件事有關，首先是他接觸了社會科學相關思想理論，其次是他返鄉後對具體的農民生存困境的了解；對現實的理解，驗證了理論與思想的意涵，從而凝聚出行動的力量。〈鵝媽媽出嫁〉中的林文欽，也是類似的人物，不同於阮新民的是，林文欽從父輩開始，即選擇放棄自己的階級利益，實踐共榮共利的思想；林父是夙有聲望的漢學家，相信「不患寡而患不均，不患貧而患不安」，與兒子的「共榮經濟」有異曲同工之妙。此處即彰顯楊逵思想的另一個特質，不僅國族與階級不是永遠二元對立的，傳統與現代亦然，林父從傳統漢學中所獲取的思想，與兒子從新思潮中所堅持的理念，是互涉相通的，都指向人類社會的普世價值。然而，因為相同的經濟理念，林家之後被欺騙盜奪，傾家蕩產，父子命運相同：

　　　　正如林文欽包辦了我的學雜費一樣，他的父親是包辦了更多貧家子弟的學費的。鄉裡有人病了無法醫治，死了無法出喪時，他也給他們包辦了一切。抗日風起，民族文化與要求民主自由的民眾運動開展，而文化運動者需要用錢時，他更是有求必應，連那唯一收入之源的佃租，他也從不逼繳，欠的也不追究。因此超越時代的作風，千餘石的美田甚至家宅都變成了債務抵押，整個被握在一家公司的手裡了。破產宣告的危機就操在那家公司的王專務的一念了。[39]

　　這個社會並不友善，林父貧病而死，林文欽歸農之後，也

39　同註38，頁407。

同樣貧病而死。林文欽死時，景況淒涼，雙手如竹片，唇邊還留著一絲血跡，然而，他卻孜孜不倦地撰寫著〈共榮經濟的理念〉，以他的肉身枯萎，換得思想的新生：

> 在他腳邊桌子上發現了一疊厚厚的原稿。題目是〈共榮經濟的理念〉。好像他一直到昨天還在這裡工作著似的，桌子上沒有一點塵埃。[40]

林文欽之死、〈共榮經濟的理念〉之生，隱喻著個人之死，換取了新社會到來的可能，這是小說中敘事者的理念，也是楊逵自身的終極理想。正因為寬意、阮新民、林文欽這些跨越階級出身、跨越既有思想框架的知識分子，有強勢者的自省、有共犯者的自悟、有弱勢者的自覺，社會運動才能有達成之日，這也是研究者皆觀察到的，楊逵小說經常以「希望」結尾的主要原因。

四、無力的運動者，自嘲的寫作者

賴和與楊逵都通過小說中的介入型知識分子的成長、啟蒙、行動，彰顯出一九二〇年代，臺灣知識分子的精神構圖與實踐光譜，並且具現了臺灣社會運動的發展進路。然而，無論是賴和或楊逵，儘管勾勒理想願景，身為寫作者，卻也不能無視於現實中的諸多窒礙與困頓，並將此反映在他們的作品之中。事實上，賴和與楊逵的小說中，都有大批無力的、行動不遂的知識分子，面對外在環境的困窘以及自身的無力感，這些

---

40 同註38，頁410。

知識分子只能自嘲自況，藉此維持生命的清醒。

（一）賴和：無力的、自嘲的知識分子

　　賴和小說中的角色慣於自嘲，與前述「中介型」知識分子的內／外，既介入又疏離的視角有關，如寫於一九三〇年的〈辱！？〉，即已出現「自嘲」的風格。小說中，眾攤販聚在一起議論，談及警察不斷取締，小攤販一再被舉報的窘況，也提及了「文化的」的無力，指其自顧不暇，軟弱無力，無法相助；說著說著，話鋒一轉，甚至把附近醫館的醫生也嘲諷一番：

>　　「文化的也有去抗議。」
>　　「抗議了多倒害，這幾日不是更大展威風？」
>　　「文化的也是一款，他們的演講被中止，或者被他們拿去，也不敢○○一下看。」
>　　……
>　　「連文化的也有人怕他，縮腳起來。」[41]
>　　「那醫生本也是文化的一派，也曾在演講臺上講過自由平等正義人道；現時不常見他再上講臺，想是縮腳中的一個。」[42]

　　賴和小說中，民眾總是不相信「文化的」，身為「臺灣文化協會」理事的醫生作家賴和，其小說中的敘事者，則既非應和民眾意見，也無意為「文化的」爭辯，而是通過此種具有反差性的故事場景，拋擲出關於「社會運動」與群眾的相關課

41　賴和，〈辱！？〉，收於林瑞明編，《賴和全集（一）小說卷》，頁 128。
42　同前註，頁 130。

題。〈辱！？〉中的醫師，可視爲賴和的化身，通過小攤販的雜語喧譁，化身作者的醫生，也把化身醫師的運動者，一起放到檢驗臺上，通過外界話語所映照出來的自省性，少了幾分自說自語，多了一層對話性。

　　時序到了一九三〇年代中期前後，皇民化前夕，時局窘迫，賴和小說中的知識分子，無力感與自嘲性格更見鮮明，如〈一個同志的批信〉，敘事者的舊同志從獄中來信，言其身染重病無錢治療，敘事者心裡困擾著是否要寄錢給他？由此拉開一段躊躇心路。小說以兩個場景的荒謬感，來營造昔日運動者的崩毀與自嘲。其一是敘事者既不願寄錢，又憂心同志，鬱悶難眠，出門去逛「樂園」（酒店），結果把已準備好的那筆錢花掉了；其二則是小說結尾，他被公部門強制募款，又費去一筆錢，終於再也無錢寄給同志：

　　　　我躊躇了一下，就把預備要寄去給那同志的款項移用了。這是做爲國民應當盡的義務。那個同志呢？非意識地又提起那張信來，抽出信箋，……這張信的郵費，是罄盡了我最後的所有，我不願就這樣死去，你若憐憫我，不甘我這樣草草死掉，希求你寄些錢給我，來向死神贖取我這不可知的生命，我也曉得你困難，但是除你以外，我要向什麼人去哀求？……
　　　　啊！同志！這是你的運命啊！[43]

　　小說在此戛然結束。這兩個場景的荒謬性，即在於他雖已準備好了錢，但不甘心直接寄過去，又不忍心看昔日同志落

43　賴和，〈一個同志的批信〉，收於林瑞明編，《賴和全集（一）小說卷》，頁260。

入黑暗苦境，信件躺在抽屜裡，時時提醒著他，日復一日，然而錢卻消失在「樂園」與「公部門」中，營造出具反差性的荒謬感。小說的精彩之處，是刻劃敘事者一再躊躇，既不甘又自責，不斷給自己找藉口，又不斷安撫自己的複雜心理：

> 啊！對不住，同志！煩你再等幾日。
>
> 過了幾日，又想起那個同志的批信，算一算這幾日的收入，尚可供應暫時的欠用。但是過午了，送金怕不辦理，等待明日，大概不要緊。若會死已經聞也爛了，新聞尚無看見發表。[44]

〈一個同志的批信〉中的知識分子，自嘲失去戰鬥力、對抗心，昔日鬥士今日老，錢固然不是沒有，躊躇的原因也不全然是吝嗇，而是憂鬱、恐懼、無力感、無價值感，小說通過敘事者的自嘲，表達出對即將全面到來的皇民化運動，以及殖民政府對殖民地的全面動員的一種反諷式抗議之聲。一九三六年的〈赴了春宴回來〉，亦嘲諷昔日「聖徒」，今日與眾人在脂粉堆中，與酒色財氣相濡以沫：

> 一下子，我突然又想起自己來：是，自己不是被稱為聖人之徒麼？結局，一被激進咖啡館，在肉香、酒香，還有女人的柔情、媚態的包圍中，一次、二次……心也活啦。不是麼？吃過了晚飯，總覺得失掉了什麼似的，心裡頭空空虛虛的，只是悶，就一直等到喝下酒，嗅嗅女給們

---

44 同前註，頁259。

的脂粉味，才算把空虛填平。[45]

　　關於〈赴了春宴回來〉一文，楊守愚在其日記中指出，此篇是他以賴和名義代筆所寫，[46]但由於林瑞明仍將其編入《賴和全集》中，此處雖非將之視爲賴和作品，但由於該文內容與〈一個同志的批信〉有相似之處，或藉由小說角色的「背棄同志之嫌」，或以「墮落的聖徒」自嘲，嘆問：昔日風雲湧動的政治社會文化運動，於今安在？從〈一個同志的批信〉中可以觀見，即使自嘲，賴和筆下的知識分子，仍然維持著節制的觀察與反思距離，彷彿自身分裂爲二：我正在寫「我」，我觀看著「我」，反思性與批判性的力道，就從「敘事者我」的雙重身分間隙中穿透而入。

（二）楊逵：運動者的淪落史——前鬥士、普羅作家、生活失敗者「自嘲」

　　前文述及，楊逵小說中最鮮明的知識分子形象，其實是以他自身爲模本變造而成的，他們的具體形象或有變動，但是在小說中，他們都是一名勞動者、閱讀者、書寫者、行動者、好發議論者的複合式知識分子形象，有時兼有其二、三，有時全部具備。如前述兩部作品〈自由勞動者的生活剖面〉中的敘事者我、〈送報伕〉中的楊君，皆是同時具備勞動者、閱讀者、行動者三者；這兩部作品可視爲同一系列在日本求學時的經驗具現。

　　至於其後以臺灣的生活現場爲時空舞臺的小說，小說

45　賴和，〈赴了春宴回來〉，收於林瑞明編，《賴和全集（一）小說卷》，頁314。
46　楊守愚，《楊守愚日記》（彰化：彰化縣立文化中心，1998），頁55。

中的主要角色（通常是敘事者我）的共通點，是具有「寫作者」的身分；如〈難產〉（1934）中的敘事者我、〈無醫村〉（1942）中的「預防醫生」、〈泥娃娃〉（1942）中的敘事者我（父親）、〈鵝媽媽出嫁〉（1942）的敘事者我（花農）、〈萌芽〉（1942）中的丈夫、《紳士軼事》（1942）中的敘事者我、〈增產之背後〉（1944）中的敘事者我、〈不笑的小伙計〉（1944）中的敘事者我等。

這些小說中的知識分子形象，除了寫作者之外，大都也是勞動者，除了〈難產〉是手工業者（童衣縫製者）、〈無醫村〉是醫生之外，其餘都是農業勞動者。當中除了〈無醫村〉的醫生外，其他角色幾乎都靠勞動營生，日常生活中喜歡閱讀，好發議論，雖然都懷抱著文學創作的理想，但幾乎無法、也不願意靠媚俗文學吃飯。他們以「勞動者／寫作者」的雙重身分現身；「勞動者」是勤苦工作的無產階級，而「寫作者」則是充滿無力感的貧弱作者。

「寫作者的自嘲」是這幾部小說的共同特色，小說中的主角，都一邊正在進行寫作，一邊面對生活／藝術的雙重無力感，他們都是運動舞臺失落、經濟生活窮困、作品乏人問津的「多重失敗者」。如果不能先掌握楊逵小說中知識分子的複合式身分，以及他們的「多重失敗者」形象，就無法精確解讀楊逵小說結尾的「希望敘事」的真正意涵。

寫於一九三四年的〈難產〉，是「多重失敗者」自嘲的經典之作。小說中的主角，是失去運動舞臺的前鬥士，如今成為正在寫著普羅小說的小手工業勞動者。首先，小說刻劃他是嚴重的「生活戰線上的失敗者」，分期付款買了一架縫紉機，一直不斷地踩踏著以製造童衣，再由妻子負責拿到外面去賣，然而，成本既小、規模不大、生意極差，總是賺不了錢，貧窮

到連下一餐都沒有；其次，小說賦予他「失落無聞的寫作者」形象，雖然好不容易收到一封邀稿信，然而卻餓得頭昏眼花，無力寫作，想做飯吃以蓄養精力，卻擔心今日飽食，明日就缺糧，小說鮮活地營造出這樣一個場景，讓敘事者的寫作欲望與肚腹欲望相互衝突；其三，敘事者終於成為在運動上、生活上、藝術上都落空的「多重失敗者」：

> 我曾看過，也經驗過勞動者不顧死活的工作，還有農民艱苦的生活。我親眼看見，也深刻體會到其中險惡愈來愈猖獗。這些如今都成為我要表達的全部藝術的素材。在生活戰線如此無力的我，連自己的生活都維持不了，如今還想為將來留下什麼，這種想法本身，簡直是形同瘋人，我是格外感同身受的。
>
> 幾年前要生孩子時，手頭只有七錢，由於醫生和助產士都請不了，妻子難產了。而如今我身無分文，為藝術的難產而疲憊不堪。[47]
>
> 無論怎麼艱苦也不應該拋棄筆桿，這種想法太荒唐無稽。拿著筆鍥而不捨，可是我到底寫出了什麼！
>
> ××雜誌已經上市了，我不是又掉隊了嗎！照這樣下去，不用說生不了生龍活虎的孩子，不是連自己本身都要餓斃在路旁嗎！[48]

這一段情節的自我嘲諷性極強，生活難產、藝術難產，敘

---

47 楊逵，〈難產〉，收於彭小妍主編，《楊逵全集第四卷・小說卷（一）》，頁233。
48 同前註，頁239。

事者體會到自己是一個永遠無法飽足的飢餓者與失敗者，從而陷入自暴自棄的情境，甚至否定理想的意義。然而，楊逵小說中的力量，也就經由此種自嘲中辯證出來。小說的第一層辯證是，若非生活陷入極地，理論就無法具實化；敘事者我，是個馬克思主義者，他從生活中體會到了馬克思主義的真義。當妻子訴說著小本經營者與大工廠競爭之不可能時，他的馬克思主義信仰，擺脫想像的虛幻感，而具有現實的參照，他體認到當生活從平地跌落谷底時，思想反而可能從雲端著落到地面：

> 但我念過一些馬克斯，曾在讀書會和研究會講授過馬克思的 ABC，這個道理是耳熟能詳的常識，可是現在我被逼到這步田地，幾乎把這個常識忘了。但現在自己一嘗到苦頭，就算理論並沒有什麼改變，卻讓我另有一番感受。
>
> 聽著妻的話，我體會到一個真理。那就是在高度發展的資本主義社會裡，手工業者的慘狀。讀馬克斯時，每句話都覺得很有道理，但那時的理解是沒有根據的，並沒有切膚之感，可是自己一嘗到苦頭，就感到這個真理有可怕的吸引力。……腦袋中的理論和由體驗學到的理論，就吸引力和震撼力而言，簡直不可同日語。武田氏好像說過，這種事是主觀幼稚的，不錯，幼稚是幼稚，但我卻從這裡掌握到一些踏實的東西。[49]

然而，小說很快又進入第二層的辯證：理論獲得實證，但「實證」卻無法付諸「實踐」，因此依舊「失敗」；知識青年

---

49 同註 47，頁 246-247。

因在知識上有所領悟而喜，但是「實證」的媒介卻是自己的失敗生活，而在運動舞臺失落、想寫出社會不公的普羅作家，被生活暴風雨一再摧折，連衣服被子都已當掉，還是沒飯吃，並且全家受寒。最終，小說鋪展出第三層辯證：敘事者面臨「生活／理想」的抉擇，是要揚棄手工業的生存條件（縫紉機），抑或是揚棄編造理想的稿紙？最後他選擇了「理想」，把日以繼夜親手縫製的童服拿去典當，借得十二元，其中兩元贖回被子，十元給兒子看病。這位前鬥士、生活失敗者，因為體認到終究必須捨棄其一，在苦楚的生存語境中，拾回稿紙，文思泉湧。雖然小說結尾，小孩受診斷因營養不良而罹患眼疾，且難產許久才終於產出的小說〈收穫〉也一再被退稿，但是，〈收穫〉雖然賣不了錢，卻經由敘事者在勞動場的講述，獲得很多迴響：

> 〈收穫〉結果哪裡都不肯刊載。只是在勞動者間口傳，得到若干反應，雖然微不足道，但至少令人欣慰，因為星星之火如果活絡地散播，也可以燎原的。[50]

這一段極有意義，小說中敘事者自嘲是全面的失敗者，但是，他放棄發展自己的童衣事業，在受僱於西服店之後，向其他勞動者講述〈收穫〉，而後故事被口耳相傳，在庶民大眾間播衍力量；如果以此觀察，小說最後，雖以「道歉啓事」的形式，說明〈難產〉三部曲仍然難產未完，卻仍可視為具有積極性意義：

---

50 同註47，頁259。

我本來打算把〈難產〉寫成三部曲，第一部是〈新
社會的難產〉，第二部是〈新藝術的難產〉，第三部是
〈新底人的難產〉。[51]

儘管新社會、新藝術、新人類都還「難產」中，但〈收
穫〉開始流傳在庶民之間，畢竟社會運動非一蹴可成，庶民的
野生力量仍然具有高度希望；由此可見，楊逵依舊信賴勞動階
層高於知識社群，或者應該這麼說，他信賴知識、信賴知識分
子的主體自覺，但對於知識分子社群的社群文化，則抱持懷
疑。而庶民之間的聲音傳遞，也是〈難產〉中的敘事者，在一
敗塗地之後的希望所寄。

失去運動舞臺的前鬥士、連自己的生活都無以為繼的無
力創作者，此種知識分子形象，也同樣出現在〈無醫村〉中。
小說中的敘事者也是一個「多重失敗者」，做為一個醫生，
是一個「打死蚊蟲的數目比醫治病人還要多的所謂『預防醫
生』」，[52] 生意慘淡，收入拮据；做為一個寫作者，他是一個
不受歡迎的普羅文學寫作者：「學生時代曾寫過不太高明的小
說和詩，既沒受人讚賞，……」[53] 無論對於行醫或寫作，敘事
者我都感到自己極度不合時宜：

> 我的腦海裡，如蒙上夕雲般地沉悶，連一點新鮮活
> 潑的氣氛也沒有，想要寫稿子，這完全是過於鬱悶時的一
> 種輕率反應罷了。與其寫稿，不如追打在診療室裡嗡嗡地

---

51 同註 47，前揭書，頁 258。
52 楊逵，〈無醫村〉，收於彭小妍主編，《楊逵全集第四卷·小說卷（一）》，
　　頁 294。
53 同前註，頁 293。

飛著的蚊蟲還比較對得起社會。[54]

這部小說表面上是自嘲自諷,實際上是嘲諷現代醫療體制與醫療文化,以及嘲諷文壇對「普羅文學」的輕視。正是這樣的自嘲產生了自省的力量,因此,醫師作家通過一次外診的經驗與體認,讓他有了創作的靈感:

> 窮人是要證明書才叫醫生的。
>
> 我現在已經不是診療醫生,也不是預防醫生,完全成了個驗屍人了。我進了診療室時,燒剩的稿紙還在微微地冒煙,我把灰吹掉,拿了新的稿紙,以新的感觸寫著與平時不同的詩。
>
> 然而,雖然詩已寫好,卻一點也不覺得喜悅,一種激烈的悲哀隨著襲來。[55]

預防醫生無錢可賺,但普羅作家卻有文可寫,只是藝術完成後並沒有喜悅,因爲這藝術是通過窮人之死而達成的;這也是一種自嘲,一種帶著人道主義精神的、悲憫底蘊的、具有深沉反省力量的自嘲。這種「寫作者的自嘲」,從楊逵開始較大量寫作的一九三四年開始,就成爲楊逵小說的基調;到了一九四〇年代,文本中的暗影顯得較淡,小說中的敘事者,生活困境仍然存在,但本質上是保持樂觀的。這時期的作者亦然,對知識、藝術、社會運動、勞動生活,都因積極投入而能夠抱持著信念,在苦悶掙扎之後,大多總會回返陽光未來,楊逵做爲作者,與他的作品,有著高度互涉互文性。而小說的自

---

54 同註 52,頁 293-294。
55 同註 52,頁 299-300。

嘲底蘊雖不變，但其自嘲成爲幽自己一默，以增添一些溫暖的色調。如〈泥娃娃〉中的敘事者，是一個正在寫作的、「以種花維生」、爲工作營生疲於奔命、小孩整天吵鬧、想寫稿卻沒時間的農業勞動者，然而，結尾卻透顯出一些希望之光：

> 不管我那些娃娃兵勇士們如何勇敢戰鬥，像富岡這種人卻跟在後頭，若無其事地坐享其成，這算什麼嘛！？
> 如果不根除人的這種劣根性，人類怎麼可能會有光明和幸福的一天！我眞巴不得讀者能早一天把我寫的作品當成非寫實性的故事，就像讀《西遊記》那樣，在孩子們的爆笑中讀過去。但願這天能早日到來。[56]

〈不笑的小伙計〉中的敘事者我，同樣也是窮苦農民兼無名作家，因父母之死，拖欠地租，耕地被收回，負債愈來愈多，債主整天摧逼，但他還是夢想著當一個好農民、好作家；小說中一段夫妻關於新花種與純文學的對話，彰顯出楊逵認爲農作勞動／藝術勞動具有一致的意義：

> ——可是，那種研究室裡的東西……就像你的純文學一樣呀，不能賺錢嘛。
> ——妳小看了呐。即使是我的純文學，對大眾……
> ——得啦，你的純文學不是盡虧本了嗎？[57]

身爲作者的楊逵一直面對生活貧困、三餐不繼的窘境，而

---

56 楊逵，〈泥娃娃〉，收於彭小妍主編，《楊逵全集第四卷·小說卷（一）》，頁346。
57 楊逵，〈不笑的小伙計〉，收於彭小妍主編，《楊逵全集第八卷·小說卷（五）》，頁125。

小說中的敘事者，也不斷思辨金錢、勞動、理想之間的關係；身爲作者的楊逵一直思索著文學的意義，而小說中的敘事者，也同樣思辨著文學的價值。最終，身爲作者的楊逵，其運動者的失落、寫作者的虛無，都被勞動者的勤奮所救贖，而他小說中的主角亦然。

楊逵小說中，「勞動」通常都是主角的終極救贖，此種救贖顯現爲「進行式」，而非「完成式」。而小說中「勞動」之所以能夠達致救贖，是緣自三層因素，其一，楊逵將「勞動」從「賺錢」的目的中解放出來，賦予「勞動」獨立的意涵；其二，小說中的主角通常兼具三者身分，因此，他可以從自體內在，進行自我辯證與自我療癒；簡單地說，他做爲勞動者的「實踐主體」，可以療癒他做爲運動者和寫作者的無力感，因爲「勞動」憑靠的是自我的身體；其三，小說中的「勞動」意旨，既指涉個體的身體勞動，也指涉「勞動」之原初價值。據此，對楊逵小說中的知識分子而言，救贖，有時來自勞動的進行式，有時也來自樸素的勞動者初心：如〈增產之背後〉（1944）中的勞動文盲老張，是敘事者從事普羅藝術實踐的導師與檢驗者，激勵他不斷自省：

　　　老張是個傭工，居無定所，兩年前起在我的農園工作，幫了我的忙達一年多之久。斗大的字雖然一個不識，憑他的敏銳感性與豐富的經驗，經常提供我很多小說的題材。我這邊也每次寫了點什麼便唸給他聽聽，只要他說一聲「沒趣味」，我便毫不吝惜地塞進灶孔裡。這人近半年以來不曉得跑到哪兒去了，因此我成了個跛腳鴨。園裡雜

草叢生，小說也沒有了鑑賞者，再也寫不下去了。[58]

　　他不光是我的小說的上好鑑賞家，還是我為人處世的痛切批判家。真確的語言，絕不因為出自一個傭工或礦工之口，而絲毫減損其價值。他拂拭了我的膽小，給我元氣，並以日常的生活，告訴我鋼鐵經鍛冶而益堅的道理。他不折不扣是我的良師。我還想到，過去我們這些所謂的知識階級，憑蔑視這一類人，而厚顏地呈露出自己的傖俗，實在是要不得的。現在，正是重新繫緊腰帶的時候了。[59]

　　一段敘事者的自述，清楚地彰顯出楊逵對勞動者／知識階級的觀點，如前所述，他信任勞動的價值，信任個別勞動者與知識分子主體的覺醒，但對於「知識階層」則是有所保留並且批判的。同樣的勞動救贖觀，也在〈萌芽〉中體現。〈萌芽〉所使用的是書信體、手記體的書寫策略，寫信說話者是一位女性，曾經歷十多年酒家女生涯，婚後，因丈夫病弱住進療養院，她以妻子身分書寫；信中，她傳達出歸農種植之後，體會到勞動的愉悅感、充滿生命力，並決心以勞動為價值，打造新家園與夢想，等候丈夫歸家。小說的收信者，是一直未正式出場的男性知識分子，他住在療養院中，而病弱的身體正被打敗。〈萌芽〉的結尾很有意思：

　　我懷著最大的喜悅，期待著他日能在這個園子裡，

58　楊逵，〈增產之背後〉，收於彭小妍主編，《楊逵全集第八卷・小說卷（五）》，頁53-54。
59　同前註，頁72。

創造出勞動者精湛的戲劇，把我夢中的感動傳達給勞動的
人們。

　　請趕快恢復健康，回家來。然後努力實現我們的夢
想吧。我等你回來。[60]

　　楊逵小說中自嘲的全方位失敗者，在〈萌芽〉中撤退到了
療養院，而妻子則成爲勞動者與治療者。這部小說將勞動、階
級、性別扣合，弱勢階級的女性，通過勞動建造家園，而病弱
的男性知識分份子，將要回歸健壯的女性勞動者爲他所闢建的
家園；從〈難產〉到〈萌芽〉，小說的暗影與自嘲淡去，勞動
的價值更見明確：奉行勞動價值的全方位失敗、失能者，就有
了療癒的可能。

五、兩種議論風格

　　賴和與楊逵小說中，都使用了「議論式」的書寫策略，但
兩者風格不同，賴和小說中的知識分子敘事者或主角，經常化
身聆聽者，採錄庶民的街談巷議；而楊逵小說中的勞動者兼知
識分子，則經常議論著社會主義思想與運動理念。此種分野十
分有趣，表面看來似乎賴和比楊逵更關切庶民階層的聲音，然
而，究其根由，則是緣於楊逵小說中的知識分子，本身即是勞
苦大眾的一員，故庶民之音，不假外求。

　　首先討論賴和小說中相關人物（知識分子）的出場方式，
以及小說情節編排的特殊性，還有此種特殊的出場方式，又如
何與他筆下的知識分子形象緊密扣合，產生豐富多向度的對話

---

60 楊逵，〈萌芽〉，收於彭小妍主編，《楊逵全集第五卷‧小說卷（二）》，頁
　451。

性。觀諸賴和的小說，運用了非常大量的對話性、議論性書寫策略，就此，陳建忠有很精彩的論述，他以「對話性敘事」（narrative of dialogism）稱之：

> 把「人物」對話當成小說構成的重要形式，他讓群眾發聲，使精英以及殖民者的敘事聲音反而位居陪襯地位。這種設計無疑也是反殖民文學書寫的展現，……[61]

陳建忠認為賴和此種「對話性敘事」，一方面建構了賴和個人的文學風格，另一方面則彰顯出臺灣新文學殖民時期的特殊性。[62]回返賴和小說，這些對話與議論，主要是庶民大眾的「街談巷議」，以及特定對象之間的議論與對談，如〈僧寮閒話〉（1923）中，我、友人、和尚的對話；〈不幸之賣油炸檜的〉中，我、孩子、警察的對話；〈歸家〉中的街頭議論，〈鬥鬧熱〉中的看熱鬧者的議論；〈新時代青年的一面〉中的兩段對話；〈赴會〉中，紳士們與勞苦大眾們的兩段議論；〈棋盤邊〉客廳中，各方的議論對話；〈辱！？〉中的攤販群聚議論；〈富戶人的歷史〉中，轎夫和走街仙的對話等等。

由此可見，「議論」確實是賴和小說情節編排的特殊手法，通過不同議論場景的布局安排，小說人物的出場方式與舞臺站位也各異其趣，此種藝術手法所造成的美學效果，容待日後進一步深入探析，此處所要強調的是以下幾點：其一，「街談巷議」所發生的公共論述空間，包括廟埕、市場、商店、街頭、車站、車廂等等，這些空間本身即具有庶民性、開放性、聚集性、發散性等特質，不同於主流敘事空間的封閉性與唯一

---

61 陳建忠，《書寫臺灣・臺灣書寫：賴和的文學與思想研究》（高雄：春暉，2004.1），頁 222。
62 同前註，頁 222。

彰化學

性。

其次,小說中的議論內容,大致朝向幾個面向:在地歷史掌故、八卦傳聞、現實事件的評價、社會運動的評價、法律正當性與威權性的討論等等,就內容而言,小說中庶民的議論,幾乎都與主流的敘事站在對立面,開展出一個樸素的公共論述平臺。陳建忠援用巴赫金(Bakhtin)的「廣場因素」,以此詮釋賴和小說中的「眾聲喧嘩」如何讓被殖民者發聲,並以此激盪出批判性與反思性,[63] 在這個脈絡底下,庶民階層得以發聲是很明確的,本論文則希望援借這個觀察,扣緊知識分子的幾種典型,觀察他們在「廣場因素」與「對話性敘事」,究竟扮演了什麼角色。

其三,承接上前述,賴和小說中的知識分子,尤其是第二項知識分子典型,在「街談巷議」中,大都立身「觀察者」與「聆聽者」的角色,而非「言說者」、「論述者」,當然更非「啟蒙者」。小說中許多對於社會運動參與者的評價,都是透過他者(特別是庶民)之口傳達,這種書寫策略,使得賴和這位作者站在相對抽離的、冷靜的、反思的敘事位置。

至於楊逵小說的議論風格,筆者以「社會主義文論」兼「運動宣言式」風格稱之。正如前述,楊逵小說的知識分子與勞動者身分是相互疊合的,因此,議論者既是知識分子,也是勞動者,議論內容以關於「運動」、「理念」的議論為主,而用以揭露問題的情節,經常是問題的議論過程,有如一冊社會主義文論。如〈自由勞動者的生活剖面〉中,金子的議論就占了近三頁;這也體現出楊逵對「知識能量」的信賴,他相信知識能夠讓農民、工人、被壓迫者具有反省與思考能力,一方面

63 同註61,頁223。

不會被強勢者愚弄，二方面能夠援以自救。

相同的議論，在〈送報伕〉、〈模範村〉、〈死〉、〈難產〉、〈鵝媽媽出〉等作品中，都不斷出現。此外，在楊逵小說中，運動者通常必須兼備二者——現實理解與思想基底，因此，他的小說中，主要角色經常都在閱讀著，從第一部小說〈自由勞動者的生活剖面〉開始，「書冊名稱」就經常出現在他的作品中。如〈自由勞動者的生活剖面〉中，敘事者拿著列寧的《帝國主義和民族問題》去舊書店典賣；而〈模範村〉的結尾，是阮新民離開村落、前往他方之際，他將一堆書籍，送給漢學老師陳文治和青年們做禮物，希望他們好好閱讀，以對將來運動發揮效用：

> 「這些書是他能送我們的唯一的禮物，叫我好好讀了，教給你們……」盡是些政治學、經濟學、社會學一類難懂的書，忽然出現一疊日本農民組合的機關報《土地和自由》。這是什麼呢？陳文治一張張翻著，裡面有一段文章寫著「××農民對於收回耕地的鬥爭」。他聚精會神地讀了一遍，興奮地用臺灣話翻譯給他們聽。[64]

> 他們從來沒有讀過報紙，迫切地希望從這些舊報紙中了解世間的種種。翻出了一本《報紙的讀法》，又翻出了一本《農村更生策》。就這樣的，青年們以行將熄滅的煤油燈爲中心，臉頰紅通通的，頭湊頭興奮地讀著，忘記了夜深。當陳文治正拿起一本《農民組合的理論與實際》

---

64 楊逵，〈模範村〉，收於彭小妍主編，《楊逵全集第五卷・小說卷（二）》，頁 143。

時，煤油終於乾了。⁶⁵

此處出現好多書本名稱，《土地和自由》、《報紙的讀法》、《農村更生策》、《農民組合的理論與實際》，顯示楊逵相信知識的力量，將知識視爲社會運動的一部分，認爲人民的思想的進步與改造，才是社會運動的永久之策。做爲閱讀者與寫作者的楊逵，除了相信知識的閱讀與學習，更相信知識的創造；〈鵝媽媽出嫁〉中的林文欽，一生固然短暫貧苦，但他相信以自己的思想結晶，創寫一部「共榮經濟計畫」，是他此生最重要的功課：

> 他也相信，「一人積著巨富萬人飢」的個人主義經濟學，在理論上已非其時，又因青年們共同的正義感，他早就希求其結束。因此，他以全體利益爲目標，考察出一個共榮經濟的理想，從各方面找資料來設計一個龐大的經濟計畫。對於原始人的經濟生活研究盡詳的他，總以爲「要是資本家都取回了良心，回到原始人一般的『樸實與純眞』，共榮經濟計畫的切實實施一定可以避免血腥的階級鬥爭」。⁶⁶

林文欽一直寫到生命的終了，最後留下原稿，題爲〈共榮經濟的理念〉：

> 這是一部將近二十萬字的著作，雖然前面的稿紙都變黃了，最後幾十張的墨跡卻很新，而且有點點血痕，可

65　同註64，頁144。
66　同註64，頁406-407。

以看出這是他在咯血中勉強寫出來的。我再緊握他那竹片似的手哭泣了。[67]

〈模範村〉中的阮新民，與〈鵝媽媽出嫁〉的林文欽，都是專業知識的引介者，通過他們，向民眾引介具有改革能量的知識系統，差異的是，〈模範村〉中的阮新民是傳述者，他傳遞給陳文治和青年的書本，是經典之書；而〈鵝媽媽出嫁〉的林文欽則是著述者，他以自己的心力建構一個理想的社會，著作、創作、新理念，形成新希望與新可能：

> 林文欽為求通徹於〈共榮經濟的理念〉而夭逝了。我卻串演了虛偽的「共存共榮」而生存……良心的苛責，叫我非常難受。
>
> 我決心要繼承林文欽君的遺著，把〈共榮經濟的理念〉完成。為了彌補自己的罪過，這是不可不做的。缺乏經濟知識的我，這也許是不太容易的事情，但是除非如此，美麗的明天就無可希求。[68]

六、結論

本論文以賴和和楊逵小說中的知識分子形象為討論對象。整體觀之，賴和小說中的知識分子形象，最鮮明者大抵有三種典型：積極介入型、旁觀者／聆聽者／參與者的複合型、自嘲自省型。他筆下的運動青年成長史，彰顯出一九二〇年代臺灣青年的覺醒與實踐歷程，以及臺灣社會文化運動的發展進程。

---

67 同註 64，頁 411。
68 同註 64，頁 428。

同時，他擅以街談巷論的書寫策略，如「民族誌」般的觀察視角，呈現庶民階層的眾聲喧嘩，及其對「運動」的觀察與觀感。

與楊逵相較，賴和小說中的知識分子，無論是哪一種類型，都顯得較為冷靜，既介入又抽離，與現實世界維持距離，此一距離正是賴和筆下的知識分子，得以介入世界的最佳間隙，讓他們可以在庶民與士紳之間、統治者與被統治者之間、自我與他者之間，找到一個最適切的站位與觀察視角。因為這個距離，賴和小說的知識分子，即使是返鄉青年，即使是自嘲失落理想的前運動者，也都還有這一處可以潛逃或觀看的間隙，以此做為實踐主體安身立命之所在。

而楊逵小說中的知識分子典型，也大抵有三種：無產階級／知識分子／運動者三合一的介入型運動青年、跨越自身國族與階級疆界的自省者，以及正在寫作的勞動者／生活失敗者。正由於楊逵筆下的知識分子，與勞動者的身分幾乎完全疊合，而且不具「階級流動」與「身分轉換」的問題，因此，楊逵小說中的知識分子不必如賴和筆下那般，選擇立身一個疏離的位置，收集庶民的議論，而是透過此多重身分的相互補充與自我辯證，終而以「勞動價值」為終極依歸，從而獲致自我療癒與救贖。

另一方面，楊逵小說除了彰顯國族與階級的矛盾之外，也強調經由強勢者的自省，營造社會和解與共存的可能；弱勢者自覺、共犯者自悟、強勢者自省，是楊逵小說中理想社會可能到來的重要條件。前述兩種因素，包括複合式的人物角色、奉行勞動價值、強弱的對話與和解，即是楊逵小說經常出現「希望」結局的思想背景。

翻譯作為逾越與抵抗
——論賴和小説的語言風格

李育霖

　　伴隨著「言文一致」書寫意識型態的興起，賴和的「臺灣話文」書寫是相當獨特的語言「混雜」風格。或可將此語言風格視爲一種「自我翻譯」的文學表現形式。眾所皆知，賴和的書寫過程是先以漢文文言文寫成，再改寫成中國白話文，然後再改寫成所謂的「臺灣話文」。因此，賴和的書寫所展示的是翻譯的軌跡，以及交織在翻譯書寫中的翻譯「剩餘」。這裡以翻譯的概念切入閱讀賴和的書寫，將賴和小説中的話文書寫視爲一種特殊「翻譯」過程，並進一步檢視其書寫的政治。在賴和的小説中，「翻譯」主要做爲一種逾越及抵抗。我們也好奇「翻譯」如何介入臺灣的「多語主義」（"multilingualism"）與文化雜糅性（cultural hybridity）等，刻劃了臺灣特殊的殖民情境。另外，更進一步推論，將賴和的翻譯書寫視爲一種特殊的「少數文學」（"minor literature"）語言操作，進而了解他的語言如何迫使中文書寫產生流變（becoming），在書寫過程中如何謀劃一個未來社會及人民意識與感性。

一、賴和小說中的翻譯書寫

賴和小說語言的主要特色之一是其「混雜」的語言風格，已有許多論者指出，如葉石濤說：

> 雖然他的文體的確是白話文，但是他的白話文不是根據於北平話的，而且還保留著濃厚的古文敘事骨格，同時糅進了很微妙的臺灣話文的氣氛。所以這樣的文體構成賴和小說特異的風格，這和魯迅如匕首般銳利的雜文文體，似乎有異曲同工之妙。[1]

在上述引文中，葉石濤指出「臺灣話文」的微妙氣氛，主要由包括中文文言、中國白話、臺灣白話糅糅而成，而此一「雜糅」文體，正是賴和小說語言特異「風格」。但事實上，賴和小說語言的「混雜」風格，不單只是如表面上所見，於各種語言的混用，還包括在單一語言內部的流變。確切地說，賴和的書寫體現了翻譯的過程，而其翻譯包括兩個層次：一個層次屬於異種語言之間的翻譯，另一層次則屬於單一語言內部的翻譯。更具體地說，由於選擇使用「漢字」表記以及企圖譯寫臺灣白話，因此，賴和的書寫必須經歷的翻譯過程是：從漢文文言文到中國白話文，然後再轉換成所謂「臺灣話文」。已有許多研究者指出，賴和寫作經驗中的翻譯過程，這一翻譯過程事實上也支配著賴和的創作生涯，並且，在其創作生涯的不同階段亦呈現了不同的翻譯策略。例如，王錦江說：

---

1 葉石濤，〈我看臺灣小說界〉，《沒有土地，哪有文學》（臺北：遠景，1985.6），頁7。引自陳建忠，《書寫臺灣‧臺灣書寫：賴和的文學與思想研究》（高雄：春暉，2004），頁235。

他是一個極爲認眞的作家。每寫一篇作品，他總是先用文言文寫好，然後按照古文稿改寫成白話文，再改成接近臺灣話的文章。[2]

李獻璋談及的創作經驗也提及：

賴和曾向筆者提及，他在創作之初，先用漢文思考，用北京話寫了之後，再改成臺灣話，臺灣人在臺灣政治命運上所負荷的重十字架，他以一個無處可逃逃的作家的心情，自己一個人承擔起這個重荷，替我們寫下了精神食糧。賴和和其他人不一樣，他以臺灣人的苦惱爲自己的苦惱，而生存下去，這是他作品中的歷史意義。[3]

黃邨成也說：

……聞他創作小說，是先用文言寫後，改作白話文，有特殊處，再由白話文修改當時臺島通用的話文，所以他的小說，無論何人都說好的，雖說他具有創作的天稟，但他的努力和誠意，是使人加倍尊敬的！[4]

根據陳建忠的觀察，賴和小說語言的「混雜」情形，在

2　王錦江著，明潭譯，〈賴懶雲論——臺灣文壇人物論4〉，收於李南衡主編，《日據下臺灣新文學·明集1·賴和先生全集》（臺北：明潭，1979），頁405。引自陳建忠，《書寫臺灣，臺灣書寫：賴和的文學與思想研究》（高雄：春暉，2004），頁240。

3　李獻璋著，林若嘉譯，〈臺灣鄉土話文運動〉，《臺灣文藝》第102期（1986.9），頁155，引自陳建忠，《書寫臺灣·臺灣書寫：賴和的文學與思想研究》（高雄：春暉，2004），頁240。

4　黃邨成，〈談談《南音》〉，《日據下臺灣新文學·明集5·文獻資料選集》（臺北：明潭），頁343。引自陳建忠，《書寫臺灣·臺灣書寫：賴和的文學與思想研究》（高雄：春暉，2004），頁240。

彰化學

其寫作生涯前後也有所差異，基本上，賴和創作生涯的作品與其創作經驗類似，是由中國白話文到「臺灣話文」的過渡。創作初期的作品，雖有「混雜」的現象，但主要以中國白話文為基調，摻以臺灣白話的詞語。以下是賴和著名短篇小說〈鬥鬧熱〉（1926）的開頭：

> 拭過似的、萬里澄碧的天空，抹著一縷兩縷白雲，覺得分外悠遠，一顆銀亮亮的月球，由著淺藍色的山頭，不聲不響地，滾到了天半，把它清冷冷的光輝，包圍住這人世間，市街上罩著薄薄的寒煙，人家屋簷的天燈和電柱上的路燈，通溶化在月光裡，寒星似地一點點閃爍著。在冷靜的街尾，悠揚地幾聲洞簫，由著裊裊的晚風，傳播到廣大空間去，以報知人們，今夜是明月的良宵。這時候街上的男人們，似皆出門去了，只些婦女們，這邊門口幾人，那邊亭仔腳（註：騎樓下）幾人，團團坐著，不知談論些什麼，各個兒指手畫腳，說得很高興似。[5]

以上引文明顯可以看出以中國白話文為基調，讀起來也與中國白話文相差無幾，文中仍可以看見文言文的殘餘，另外也零星可見在地的臺灣話語。同樣的情形在另一篇早期著名作品〈一桿「稱仔」〉（1926）中也明顯可見：

> 村中，秦得參的一家，尤其是窮困的慘痛，當他生下的時候，他父親早就死了。他在世，雖曾贌（註：租

5　此處及以下賴和小說的引文中，詞彙隨後的註解由編者所加，並非原文。此處引文將註解插入文中，旨在呈現不同語言的翻譯與對照，一般版本通常以註解的方式標出。出自林瑞明編，《賴和全集──小說卷》（臺北：前衛，2000），頁33。

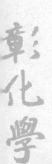

耕，或長期租耕）得幾畝田地耕作，他死了以後，只剩下可憐的妻兒。若能得到業主的恩恤，田地繼續贌他們，雇用工人替他們種作，猶可得稍少利頭，以維持生計。但是富家人，誰肯讓他們的利益，給人家享。若然就不能成其富戶了。所以業主多得幾斗租穀，就轉贌給別人。他父親在世，汗血換來的錢，亦被他帶到地下去。他母子倆的生路，怕要絕望了。[6]

　　在這篇大約同時期的作品中，我們仍可看到以中國白話文書寫的基調。但中國白話與臺灣白話的差異，迫使賴和必須找尋新的「漢字」，並賦予新的用法及意涵，以求更精準表達在地的語言。以上文爲例，「贌（租耕，或長期租耕）」一字便是這樣的用法。「贌」做爲新詞，在文脈中繼續使用（「贌得」，「贌他們」），或與其他漢字結合（「轉贌」），轉用成其他用法。除了新鑄的漢字或新詞，或舊字的挪用或轉用，我們也可看見語法的介入與變造。例如「若然就不能成其富戶了」一句，似乎由古文變造而來，而「給人家享」似乎摻有地方話色彩。但無論如何，儘管些微，語句中的語詞與句法似乎已漸漸產生變異。類似的情形在賴和往後的寫作中更加明顯。

　　再以其另一篇短篇小說〈辱？！〉（1930）爲例：

　　　　是註生娘媽生（註：註生娘媽生日）的第二日了，連太陽公生（註：生日），戲已經連做三日。

　　　　日戲煞鼓（註：停止敲鼓，即演完）了，日頭也漸漸落到海裡去。賣豆干的拖長他的尾聲，由巷仔內賣出

6　林瑞明編，《賴和全集——小說卷》（臺北：前衛，2000），頁43。

來，擔上已無剩幾塊；賣豆腐的也由市仔尾倒返來，擔上也排無幾角（註：塊）。電火局（註：電力公司）也已送了電，街燈亮了，可是在餘霞滿天的暮空之下，也放不出多大光明。

戲臺上尚未整火（註：點燃），兩平（註：兩旁）街路邊的點心擔，還未上市，賣點心的各蹲在擔腳吃晚飯。

戲離起鼓（註：開始敲鼓，即開演）的時候雖然還早，但戲棚前一直接到廟仔口，已經排滿了占位置的椅條（註：長條木板凳）、椅頭仔（註：圓凳子）。一些較早的囝仔，有據在他們先占的位置上，喫甘蔗，吃冰枝，講笑相罵的；有用甘蔗粕相擲的，有因爭位置揪著胸仔相打的，有查浦囝仔（註：男孩）在挑弄查某囝仔（註：女孩）的，比做戲更熱鬧更有趣。[7]

以賴和的創作生涯而言，我們可將此篇視為中期的作品。在以上這段引文當中，我們可以很清楚地看到帶有地方色彩的方言詞彙插入在文脈的敘述中，譬如，「註生娘媽生」，「日戲」，「煞鼓」，「日頭」、「電火局」、「擔腳」、「廟仔口」、「冰枝」、「椅條」、「椅頭仔」等；在句法結構上也有些變造的情形，如「無剩幾塊」、「倒返來」、「排無幾角」等，但更引人注目的還有語句或文法的創造與變異，如「有用甘蔗粕相擲的」、「有因爭位置揪著胸仔相打的」、「有查浦囝仔在挑弄查某囝仔的」等。可以肯定的是，在地語言的介入，並不僅限於詞彙機械式地插入，為染上在地色彩而

7　同上註，頁125-126。

聊備一格，更重要的是語法的涉入所引起的語言改造與變異，一種「新」的語言或文學風格則呼之欲出。

如前所述，賴和的寫作經驗是中文文言到中國白話文，再到「臺灣話文」的過渡。在賴和晚期的書寫中，我們可更清晰地看到這一流變。以下是〈善訟的人的故事〉（1934）的開頭：

> 「先生！可憐咧，求你向志舍（註：〔南衡註〕）爲搢紳子弟之稱，猶言舍人也）講一聲，實在是眞窮苦，這是先生所素知的；一具薄板仔（註：棺材），親戚間已經是艱苦負擔，散人（註：窮苦人）本無富戶的親戚，志舍這樣家私（註：家產），少收五錢銀是不關輕重，求你做好心，替我講一聲。」
>
> 「你我只隔一竹圍，你的事情我那有不知，不過頭家（註：老闆、地主）有些脾氣，我是他所用的人，還是你去托一個相當的人來講，五錢銀他們幾嘴啊片（註：鴉片）就燒去了，應當是會允許。」
>
> 「林先生，除起你，還有什麼人可拜託？草地人到這所在，不是有你在此，跨過戶碇（註：門檻）都不敢，和他相當的人，要去拜託誰？總是求你做好心咧！」[8]

在賴和晚期作品的書寫中，幾乎以「臺灣白話」爲基調，漢文古文或中國白話文反而變成翻譯的「剩餘」。[9] 當然，這

8　林瑞明編，《賴和全集——小說卷》（臺北：前衛，2000），頁 209。
9　這裡的「剩餘」主要指語句中「多餘」的部分，除了語法上「多餘」或明顯「不合語法」的字詞之外，還包括語意的層次，主要由「翻譯」造成，包括「未翻譯」的部分，及無法「完全翻譯」而遺留下來在字詞間的「剩餘」。關於這一點，將在以下的討論中逐步說明。

一書寫的過程仍然端賴於漢字的新造、借用、挪用、轉用、誤用，以及語法的涉入與變造。但這裡令人感到興趣的，正是賴和翻譯書寫的轉換過程。當然，從初期以中國白話文為主，加入臺灣白話語彙及語法，乃至以臺灣白話為主的寫作風格或意識型態並非一蹴即成，而是經過緩慢的摸索與辯證過程。這一緩慢而艱苦的轉換，標誌了賴和的創作過程，也同時成就了賴和本人創作的殊異風格。而這一風格或策略的變異，也與一九三〇年代關於臺灣話文的討論有密切關係。[10] 以下將進一步從「翻譯」的角度切入，討論賴和小說語言風格等相關問題。

二、不可能的翻譯

這裡所關注的，並非辯證「臺灣話文」做為一文學語言的合法性，或強調中國白話文與「臺灣話文」之間的差異與對立，或宣誓以「臺灣話文」為書寫語言的「本土」文學立場，[11] 我們更感興趣的是賴和翻譯書寫的歷程，亦即由文言文→中國白話文→「臺灣話文」的書寫流變歷程，以及此一流變在語言學、美學乃至文化上的意涵。

以翻譯的角度看，賴和小說書寫的「混雜」風格，呈現的多種語言交織構成、各種翻譯的「剩餘」（包括不合語法的剩餘，以及未翻譯的字詞字意等）交雜在「臺灣話文」的敘述語句中，顯露的正是「完全翻譯」（complete translation）或「翻譯」的不可能性。賴和的翻譯語句所呈現的，從來不是從一個

---

10 在中島利郎所編的《1930年代臺灣鄉土文學論戰資料彙編》（高雄：春暉，2004）中發現，亦收錄賴和關於新字問題意見的投稿。
11 陳建忠，《書寫臺灣·臺灣書寫：賴和的文學與思想研究》（高雄：春暉，2004），頁246。

語言到另一個語言，相反地的，是翻譯路徑的轉向、迴向、與走走停停。以晚期作品〈一個同志的批信〉（1935）的開頭爲例：

　　郵便（註：日語，郵件）！在配達夫（註：日語，送、投遞東西的人，這裡指郵差）的喊聲裡，「卜」的一聲，一張批（註：信）擲在几（註：日語，桌）上，走去提起來。

　　施灰殿（註：〔李南衡註〕日語，殿，男人或貴族的敬稱）無錯，是我的。啥人寄來？翻過底面。

　　大橋新福壽町　　　　許修

　　嗳！是啥事？他不是被關在監牢？怎寄信出來給我？是要創啥貨（註：做什麼）呢？扯開封緘。
　　……[12]

　　在引文中，讀者可輕易辨識其「混雜」文體，多種語言交織一起，主要包括中文文言、中國白話、日文及臺灣白話的交混使用。[13] 由於漢字的使用，各種語言或文體交疊縫合在一起，但仍可以看出「翻譯」的軌跡。如一般所認知的，我們將此一語言視爲「臺灣話文」書寫。其中最明顯特徵之一，包括日語詞彙的織入，如「郵便」、「配達夫」、「几」、「殿」等，賴和將這些詞彙直接插入並未翻譯。[14] 但這些日文語彙似乎已融入日常生活，變成在地日常語彙。這些日文語彙出現在敘述中，用來表達新的事物或經驗，看起來更像是在地語而非

12　林瑞明編，《賴和全集·小說卷》（臺北：前衛，2000），頁 255。
13　陳培豐將此類特殊的混雜文體稱爲「東亞混合式漢文」，頁 109。
14　以上引文將編者註插入文中，旨在說明語言間的翻譯與對照，原作中並無翻譯文的並列或對照，一般也以註記的方式標出。

外來語，這當然是語言本身的流變，與異種語言之間的受容及影響，這也與當時日本殖民地推動的，語言教育與同化政策有關。同樣的情形也發生在中文，我們亦可理解爲中文在臺灣在地也已經過轉化。

　　因此，這裡令人更感興趣的，並非劃定「中國白話文」與「臺灣白話文」的語言與文化疆界，而是賴和創作中，「臺灣話文」對於中文敘述語句的變造與改寫。在「漢字」的揀選及使用上，經常摻雜古字及古語，這一點似乎無可避免。但被視爲「臺灣話文」的語句，並不僅止於臺灣語彙的插入，或在臺灣話文裡摻雜中文及日文語彙，更重要的是語法上的改造。如上例中「一張批擲在几上，走去提起來」，此一述句對中文讀者而言或許可辨，但事實上「幾乎」是閩南話在地語言。漢字「批」在臺灣話裡指信，另外如「擲在几上」（丟）、「走去提起來」（拿）、「嗏」（呵）、「創啥貨」（做什麼）、「扯開」（撕）等，這些字詞或述句以漢字組成，或經挪用、轉用或變造（包括語彙或語法），其意圖皆爲貼近臺灣話的語言習慣，或使語言的意象更貼近在地的思維。此一變造也使賴和此類的書寫語言遭受「難讀、難懂、甚至是俏皮話的非議」，[15] 但無論如何，賴和從文言到中國白話文，再到「臺灣話文」的翻譯書寫，至此已展現一個新的文學表達形式，或如施淑所言，「由文言翻譯爲白話，而後是白話獨立自主」。[16]

---

15 陳淑容在細心梳理資料的討論中，說明了賴和本身對於語言的選擇，與應用上的困擾與困境。根據陳淑容的討論，儘管賴和的努力，這一類賴和後期的作品創作，都被批評爲「語言難懂」，包括徐玉書與貂山子等人都指出語言難讀的事實。新造的漢字造成閱讀上的障礙與困難，這樣的批評當然與臺灣話文在當時有「有音無字，各家創造新字紛歧不一」的困難，也爲與各家所堅持不同的表記書寫有關。但這些書寫遭受「難讀、難懂、甚至是俏皮話的非議」，因而讓賴和停筆，甚至從此陷入沉默也是不爭的事實。陳淑容，《1930年代鄉土文學：臺灣話文論爭及其餘波》（臺南：臺南市立圖書館，2004），頁269-277。

16 施淑，〈賴和小說的思想性質——代序〉，收於施淑編，《賴和小說集》（臺北：洪範，1994），頁11。

由此觀之，賴和的語言實驗似乎已完成，換句話說，「臺灣話文」已獨立爲一自主的文學表達形式。同時，在此改造中，因「漢字」原本語意上含意，以及美學上指涉被拆解、取代、置換、及重新組編，也因此創作了新的意涵與指涉。正是在這個層面上，我們得以辨識賴和的「臺灣話文」書寫，帶來文學史上的革命，且此一革命不僅是文化、政治及社會的，也是美學與意識型態的革命，而這一革命正是由語言書寫風格改造開始。這些我們都將在下面討論。

在《語言的暴力》（*The Violence of Language*）一書中，勒榭克利（Jean Jacques Lecercle）討論「剩餘」（"remainder"）與語法成規之間的關係。對勒榭克利而言，「剩餘」指的是語法的例外（exception），或語法以外的語言成分，[17]但他不將「剩餘」視爲「殘餘」（"residue"），而是視爲語言的組成成分。[18]勒榭克利援引了「前緣／境外」（"frontier"）的隱喻，指稱這些語言學上的「剩餘」，並認爲這些被語法規則劃分爲境外的語言學元素，將如佛洛伊德的潛意識般在玩笑、口誤、謬誤及詩歌中回返。[19]

如果我們將賴和小說語言述句中，因爲在地詞彙的加入、語句的改寫、語法的變造、或因翻譯（或未翻譯）所造成諸多不符語法的成分，看成語言學元素「剩餘」，那麼這些「剩餘」便不應只被視爲翻譯過程遺留的部分，而應有更積極的意義。這些翻譯的「剩餘」，一方面反映「完全翻譯」或「翻譯不可能」，顯示不同語言系統之間「對等物」（"equivalent"）的闕如，但另一方面，這些「剩餘」卻又

17　J.J. Lecercle, *The Violence of Language*（London and NewYork: Routledge, 1990），p22。
18　同上註。
19　同上註，頁 23。

介入新的語句及表達。此一介入包涵二個層面，由於使用漢字的緣故（並非使用新創的表記符號），在漢字的揀選上，一方面擇其原本的含意，一方面又賦予其新功能。因此，這些「剩餘」在新的語句中便有了雙重的功能，在一層次上，由於其夾帶的原文意涵及指涉（因此是剩餘）將進一步破壞新的語句，然而，在另一層次上，這一破壞的過程卻又創造了新的語言述句與美學風格。

勒榭克利將視「剩餘」爲語言疆界「前緣／境外」（"frontier"）的隱喻，提供了一個相當富啓發性的視角。這些以漢字表達的地方語言，夾雜嵌鑲在中文的敘述當中，遭中文語法（字彙、構詞、及語意的）排除的「剩餘」將跨過語言的邊界，抵達境外；換句話說，這些「剩餘」將重新劃定語言的邊界。準此，賴和實際上創造了一種新的語言表達形式；儘管以漢字表記，此類書寫既非古典漢文，也不能輕易地視爲中國白話文，而是以一種奇特的組合方式出現，而這奇特組合方式的最大特徵，便是異種語言文字的交會連結。我們再也不能將這些「異種」或「雜質」的部分，僅僅視爲時代中的特殊語彙及語法，或只是「翻譯」過程中無法對譯的殘餘；相反地，這些翻譯的「剩餘」應當具備深刻的積極意義，正是這些遭語法排除的「剩餘」，成就了賴和書寫的特殊風格。這些嵌入的日文或地方語彙，雖然不至於造成閱讀上的困難，但在某種程度上，對於漢文的閱讀者，已造成了某種程度的疏離。儘管賴和的創作並未刻意脫離漢文的書寫傳統，或執意打亂漢文敘述的句法結構，但日文或臺語之語彙與句法的插入、借用、轉用、與誤用，造成漢文原來意涵與指涉鎖鏈的鬆散斷裂，符號指向一個未知的領域，等待重新連結組合。這些翻譯的「剩餘」，跨過語言的邊界，並在語言間形成了一處前緣地帶。更

具體地說，日語、臺語、乃至漢文的語彙，包括其意符、聲符、乃至其背後的指意、以及隱含的習俗、文化象徵系統，都脫離原來的語言成規用法及風俗習慣，碎裂成單純的語言學元素，在一條可能的裝配線上組構、變形，形成新的意義與指涉鎖鏈，而且，這新的組合與先前的既定成規已有明顯的不同。從跨文字書寫的觀點來看，此一新的表達路徑，從原有的語言指涉領域中斷、轉折、脫離出來，消失、或進入異種語言的領域中；或者，與同樣從原有領域脫離出來的其他語言路徑交會並行，共同規劃或朝向新的語言學領域與疆界。

總之，賴和的語句反映當時臺灣文化與社會的多語主義（multilingualism），混雜的語彙與語法，重新鎔鑄成一種新的表達形式。然而，在新的表達形式中，暫時聚合的語言學元素向四方發射。在布滿翻譯「剩餘」的語句中，或許造成閱讀的障礙或困難，然而在多重語言之間的「不可譯」中，卻又指引出一條語言內部的變異方向，這便是賴和的「風格」。這些「剩餘」，看起來似乎「怪異」、「難懂」或「戲謔」、「俏皮」，但之所以怪異難懂，是因爲從語法規範的角度看，而之所以戲謔俏皮，則是語言學的「剩餘」通常以玩笑或誤寫的方式返回。[20]儘管如此，賴和的小說語言呈現的，是一個語言間的「前緣地帶」，一個語言變異與語法規範之間的鬥爭場域。

準此，賴和的翻譯書寫從未由一語言「完全」過渡到另一語言。儘管新聚合的語言學元素重新組裝，但「漢字」卻又同時指向其他的語言指涉系統（文言、中國白話文、日文）。賴和的批評者抱怨其語言「難讀、難懂」，除了所持爲對於語言改革或表記符號採用的不同立場外，其實更指出賴和語言的主

20　同上註。

要特色：既非中國白話，亦非臺灣白話。太多新造的字詞或漢字的挪用，使賴和的語言產生雙重或多重疏離；不僅對「中國白話」產生疏離，也同樣對「臺灣白話」也產生疏離。就翻譯而言，賴和的翻譯並未完成，「原文」與「譯文」相互混雜，無法過渡的翻譯「殘餘」在譯文中流動，一方面不斷生出新的意涵，一方面也阻斷任何「完全翻譯」的可能。

另外，值得注意的是，以漢字書寫臺灣白話承擔著一項風險。儘管賴和的書寫是從中國白話文到臺灣白話文的翻譯，但以漢字書寫，則可能將臺灣白話譯回中國白話文。這一「迴向」翻譯的效果（後果）是，一方面可能抹煞臺灣白話的殊異性，一方面則必須在「譯文」中找尋失落的在地傳統，這也是爲什麼賴和「臺灣話文」的翻譯書寫，看起來又像是中文白話書寫。因此，以「漢字」書寫的「臺灣話文」經常展現爲一種「迴向」的翻譯：賴和由中國白話文翻譯成「臺灣話文」，但譯文卻又「反彈」回來，像將臺灣白話重新寫入中國白話文。當然，這根本的原因，來自中國白話與臺灣白話在語言及文化上的鄰近性，以及臺灣白話書寫文字的闕如。這些原因使得兩種語言的疆界，一經翻譯便隨即崩解，「翻譯」變得幾乎不可能。而相對的，翻譯也從未「透明」；因爲翻譯的「剩餘」百般阻撓，導致賴和的翻譯書寫過程，不斷地轉向、走走停停。

因此，賴和「臺灣話文」的翻譯書寫標示了一種獨特語言及文化上的「殊異性」（"singularity"）。酒井直樹借用西田幾多郎用語，指「翻譯是一種非連續的連續，因翻譯在不可共量性的場所（site of incommensurability）創造一種（社會）關聯」，[21] 而翻譯者所標示的正是一個「非連續性特異

---

21 酒井直樹著，朱惠足譯，〈兩個否定──遭受排除的恐懼與自重的邏輯〉，收於劉紀蕙主編，《文化的視覺系統》，（臺北：麥田，2006），頁 13。

點」。[22]因此，每一個摹寫及註記臺灣白話的漢字，都標記一次翻譯實踐的特異點，而這些特異點，在翻譯中不可共量的場（the site of incommensurability），建立起臺灣話（社群）與中國白話（社群）之間的特殊聯繫。

根據酒井的論點，翻譯者標示的正是非連續性的特異點，因此翻譯者本身必然是「內在分裂」（"split"）的，酒井將之稱爲「渡越主體」（"subject in transit"），正因爲翻譯者跨越在不同角色（發話者、受話者、仲裁者）與不同語言社群（原文、譯文）之間。[23]酒井的洞察將我們的焦點，轉移至作家做爲「翻譯者」身上，但這裡所謂的「翻譯者」，與其是「發話位置」，毋寧是「發話樣式」（"modes of address"）。[24]賴和熟悉多種語言，這些語言在其書寫中互相引用、借用、或轉用，其書寫所展現或掩蓋的，正是翻譯者「內在分裂」的處境，以及跨越在多重語言的語境「定位」（"positionality"）。在關於臺灣話文新字問題的討論中，賴和雖然認爲有其必要，但需在既成文字尋不出適用「音」、「意」時才創造，若取其意而音不清時，仍建議用既成字加以旁註。[25]賴和選擇用漢字表記臺灣白話，主要將漢字視爲「表意」文字，再輔以臺灣話的音。在實際的創作中，賴和也經常以註記的方式，輔助語言之間的差異與翻譯的不可共量性，如一桿「稱仔」（秤）、「稱花」（度目）、「青草膏的滋味」

22 同上註。

23 同註21。

24 Naoki Sakai, *Translation and Subjectivity: On "Japan" and Culturalnationalism.* Trans. and foreword by Meaghan Morris（Minneapolis: University of Minnesota Press, 1997），p1-10。

25 中島利郎、河原功編，《日本統治期臺灣文學：臺灣人作家作品集》（東京：綠蔭書房，1999），頁249。

彰化學

（即謂拷打）[26] 等。而這些註記所標示的，與其是語言疆界的劃分，毋寧是不同語言的多重交織，以及各自的符號學元素在彼此疆界間的流動。

因此，賴和做為內在分裂的「作家──翻譯者」，跨越在不同語言之間，一方面構成不同語言系統與文化之間的聯繫，一方面也突顯了彼此之間的斷裂。然而，這些斷裂也同時構成了不同語言彼此之間的聯繫，而這些斷裂或延續，不僅發生在當時時空下不同的語言文化之間，還存在於當下、過去及未來之間。賴和小說中文言與白話的並置或轉換，一定程度上反映了此一歷史及語言本身的分裂及延續。在主題上，賴和也被此一分裂攫住，而這一分裂通常沉溺在絕望的氛圍中。例如，在上文〈一封同志的批信〉中，賴和融合新舊語詞的書寫，不僅在文字註記表達上，呈現過去與當下之間的鴻溝；而且在文本脈絡中，小說書寫一方面暗示一個模糊的未來國家（民族）語言榮景，但另一方面，此種期待馬上被當下的絕望處境所渲染，民族（或國家）建構似乎仍須持續，變成永恆卻絕望的奮鬥。當下能做的，似乎只是寫下此類絕望的心情，以及做為殖民帝國下層臣民永不能翻身的無奈與困苦。也因此，賴和在殖民主義、進步啓蒙、及本土傳統文化之間進退維谷，過去的懷舊與未來的憧憬，即對照當下社會無限的挫敗與疏離。

在其論文〈賴和的文學及其精神〉中，林瑞明一面強調賴和小說的特色，一面也同時指出賴和此一進退維谷的處境。[27] 伴隨郭秋生所燃起的關於「臺灣話文」的論爭，賴和本人也對書寫的語言與形式深刻反省。林瑞明告訴我們，既不能回到以

---

26 賴和，〈一桿「稱仔」〉，收於下村作次郎、黃英哲編，《日本統治期臺灣文學臺灣人作家作品集》別卷（諸家合集＝中国語作品），頁94-95。

27 包括翁聖峰等人，也都對此一進退維谷的處境提出解釋及看法，請參閱翁聖峰，《日據時期臺灣新舊文學論爭新探》（臺北：五南，2007）。

中國白話文爲基調的寫作方法，亦無法解決「臺灣話文」書寫的語言問題，賴和逐轉向田園歌謠、竹枝詞等傳統形式的書寫，將新精神裝在舊的表現形式中。[28]另外，在陳淑容整理關於賴和遺稿〈一個同志的批信〉的討論中提到，「這是篇充塞著背叛、轉向、與理想淪喪的苦悶之作，反映一九三〇年代臺灣的政治、社會運動全面碰壁以後的境況」，[29]此一挫敗的心情或許可以延伸到語言的改造與文學的創作上。這時，關於「臺灣話文」的論戰雖已將近尾聲，但「臺灣話文」該如何改造卻仍然面臨極大的困難。再者，一九三七年六月底，臺灣總督府強制僅存的《臺灣新民報》及《臺灣新文學》相繼廢除漢文欄，對於堅持以漢文創作的賴和自然產生影響。[30]雖然這些原因，都無法充分解釋爲何賴和停止其小說創造，但可以肯定的是，「臺灣話文」的書寫以一種語言及歷史（時間）內在分裂的形式告終。小說家做爲翻譯者，即在書寫中受到「他人」語言的強制性壓迫、忍受說著「他人」語言的疏離與痛苦。[31]但賴和小說創作走向沉默，轉以其他傳統形式，轉譯他所認知與理解的民間、文化傳統，則將我們導引至另一問題，即「母語」與傳統在地文化之間的關係。

---

28 林瑞明，《臺灣文學與時代精神：賴和研究論集》（臺北：允晨，1993），頁345-346。

29 陳淑容，《1930年代鄉土文學：臺灣話文論爭及其餘波》（臺南：臺南市立圖書館，2004），頁274-275。

30 林瑞明，《臺灣文學與時代精神：賴和研究論集》（臺北：允晨，1993），頁74。

31 德希達在《他人單語主義，或本源的義肢》（*The Monolingualism of the Other; Or, The Prosthesis of Origin*）一書中提及類似的語言學處境：「我只有一種語言；它不是我的」（I only have a language; it is not mine），德希達以此爲起點，思考自身（猶太裔阿爾及利亞人）言說與書寫與法文之間的關係。

彰化學

三、翻譯、「母語」、與「在地傳統」

　　與「臺灣話文」翻譯書寫另一個密切相關的問題，是「母語」與「在地」[32]傳統的問題。從黃石輝「何不提倡鄉土文學」，到隨之而起的白話文運動及「鄉土文學」論戰，幾乎所有努力都朝向尋找或建立，一個屬於在地的文學及文化傳統。這一文學及文化傳統乃建立在「過去」及「純粹」的基礎上，而這一基礎也同時說明新文學的發展轉向「民間文學」（民間歌謠、傳統戲曲、民間習俗、民間宗教等）的採錄與創作。[33]此一對「民間文學」的轉向與重視乃基於一項假定，即「民間文學」長期以來保有大量的作品，在語言表記上有更多的文本參照，可免去造字的困擾。除此以外，「民間文學」似乎保存著「純粹」的民族情感及傳統，特別在當時日本殖民情境下，反抗殖民統治的政治思維，更促使「民間文學」的推動。因此建立一個屬於在地文學及文化傳統的追尋與期待，最後導向「民間文學」的收集及研究，這一點也不令人驚訝。

　　然而，此種對於存在於「過去」的「純粹」在地傳統的追尋，在相當程度上抽離當時的社會情境，如陳培豐指出的，

32　儘管當時論戰的主要語彙是「鄉土」，但為避開「鄉土」一詞的複雜意涵，此處暫使用「在地」一詞，主要指與「地方」或「區域」相關的文學及文化傳統。

33　關於新文學運動與「民間文學」論述之間的關係，按陳建忠的看法，民間文學的採集工作為保存民族文化，並藉以對抗日本殖民文化及漢文化的消長，因此具「本土（主義）論」的主張；另一方面，民間文學的採集亦受當時啟蒙大眾的觀念影響，因此也具「啟蒙（主義）論」主張。特別是後者的思維與鄉土話文的倡議者相謀而合流。請參閱陳建忠《書寫臺灣·臺灣書寫：賴和的文學與思想研究》，頁 408-422。另，陳淑容將李獻璋所編纂的《臺灣民間文學集》（1936）視為鄉土文學及臺灣話文爭論之後，李獻璋、賴和、黃石輝等支持臺灣話文論者最有力的集成，請參閱陳淑容，《1930 年代鄉土文學：臺灣話文論爭及其餘波》，頁 307-311。

彰化學

此一追求其實違反、並挑戰當時「混雜」社會的事實。[34] 但不可迴避的事實是，這一「純粹」、屬於「過去」的在地傳統，仍必須在「翻譯」中尋覓或建構。換句話說，翻譯使「民間文學」的搜尋及研究工作得以進行，而寄身於民間的「在地傳統」，也必須透過翻譯才得以顯現。翻譯者必須扮演像最初的歌詠者一樣的角色，而民歌收集者（翻譯者）則必須重複歌者的歌詠，進而透過翻譯記載。歌謠及小說創作者也必須是個翻譯者，且必須是一個「隱身」的翻譯者，讓「民眾」的語言在翻譯中「完好」地保存下來，這正是賴和在其作品中所努力達成的目標。從漢文古文的改寫，到在地語彙或日文語彙的介入，以及語法的改造等，其目的都在追求一種「透明翻譯」（"transparent translation"）的理想。「我手寫我口」是作家的承諾與期許，讓「內在」及「民眾」的聲音可以在文字書寫中「如實地」表達出來。在譯寫的過程中，「透明翻譯」的理想突顯兩項企求：[35] 首先，在地的「民間」聲音能在譯文中「完好」地保存；另外，在地的「傳統」也能在當下的翻譯中被保存。傳統不再只存活於過去，透過翻譯，傳統得以和當下（現在）連結起來，並朝向未來。從這一角度看，翻譯「在地」與「傳統」的訴求，使「臺灣話文」的書寫變成一個政治方案與歷史使命：翻譯一方面召喚被壓迫的被殖民主體，一方面則提攜「現代化」的進程。這也說明爲什麼「臺灣話文」書寫及「民間文學」的創作與採集，經常被賦予民族情感，進而

34　陳培豐，〈識字・書寫・閱讀與認同——重新審視1930年代鄉土文學論戰的意義〉，《臺灣文學與跨文化流動：東亞現代中文文學國際學報》，第3期（臺灣號）（臺北：文建會，2007），頁109。

35　David Lloyd 在討論英譯塞爾提克歌謠（Gaelic ballad）時提及「透明翻譯」（transparent translation）的概念及其理論上的意涵，請參閱 David Lloyd, *Nationalism and Minor Literature: James Clarence Mangan and the Emergence of Irish Cultural Nationalism*（Berkeley: University of California Press, 1987），p82-95。

與國家的概念連結；而翻譯的書寫則不斷提醒，「過去」的傳統必須在「未來」的應許下，於「現代」的舞臺上繼續存活。

此一尋回在地傳統的方案透過翻譯持續進行，然而其成效卻有待商榷，畢竟「透明翻譯」始終是一個一廂情願的想像。首先，做為翻譯者的作家如何「隱身」，以確保翻譯的透明性？從翻譯的角度看，「透明翻譯」似乎在一開始便不可能。在新文學的創作上，首先遭遇的便是口說語（母語）與書寫語不能同一的問題。在此之前，並不存在一個完整且適用的臺灣白話書寫文字，也因此，一九三○年代關於「鄉土文學」及臺灣話文的論爭幾乎都圍繞在這一主題上。[36] 況且，在「臺灣話文」翻譯書寫中，臺灣白話不過是中文的約略臨摹罷了；再者，不同的翻譯者選用不同的漢字或造不同的新字造成閱讀的困難，更使「透明翻譯」幾乎不可能。在前文的討論中，賴和對於「透明翻譯」的努力經常受到「對等物」的闕如所脅迫，不斷添加的語彙與變造的語法卻又迫使「譯文」流入境外的荒原。「透明翻譯」的理想不但不可得，且翻譯過程所產生的「剩餘」更不斷返回，破壞原有、或重新規劃新的語言疆界。由此觀之，「臺灣話文」書寫是沒有「原文」（母語）的翻譯，一個想像的、「過去」及「純粹」的在地傳統，在翻譯的隨機性中遷徙、漂流。雖然「臺灣話文」的書寫已是翻譯，且先於原文（母語），是一連串符號的隨機連結，但在「臺灣話文」的翻譯書寫中，臺灣「母語」似乎已渺不可尋。從賴和的第一篇小說起，漢字所表記的從來不是「純粹」的「母語」；換句話說，「臺灣話文」表記的從來不是「純粹」的臺灣母語。

---

36 關於鄉土文學及臺灣話文論爭等相關問題，請參閱陳淑容，《1930 年代鄉土文學：臺灣話文論爭及其餘波》，頁 17-18。

四、翻譯的逾越與抵抗

說明「臺灣話文」書寫是「沒有『原文』（母語）的翻譯，且先於原文，是一連串符號的隨機連結」，以及一個「想像中『過去』、『純粹』的在地傳統，在翻譯的隨機性中遷徙、漂流」，這並非意圖抹殺臺灣「母語」或所謂「在地傳統」的存在，相反的，「母語」或「在地傳統」只能在「譯文」中想像或發明。準此，我們必須重新看待「臺灣話文」的翻譯書寫。筆者以爲，「臺灣話文」的翻譯書寫內部，隱含逾越與抵抗的潛能，而「在地」與「傳統」的翻譯做爲一政治方案，及其肩負的歷史使命，使其革命力道不僅只是語言學及美學的，同時也是倫理與存有的。

在中島利郎所編的《一九三〇年代臺灣鄉土文學論戰資料彙編》中，我們可以發現，一九三〇年代「臺灣話文」的論爭牽涉的層面相當廣泛，包括語言使用、表記符號、文學風格、思想、乃至意識型態等各個層面。其中常見的相關論述是，語言（或表記）的選擇與使用，經常與文化乃至民族認同相關。賴和堅持以漢字書寫「臺灣話文」，或許與其文化養成背景有相當密切的關係。但誠如陳建忠提醒我們的，「臺灣話文」中的漢文使用，不應被視爲日本殖民統治下爲保有「漢字」的策略，或將「臺灣話文」擴大解釋，並過分強調其與中國話文之間的對立與差異，進而演繹成具備民族主義內涵的形式。[37] 的確，並無充分的歷史證據說明賴和的「漢字」選擇，包涵多少民族主義或認同傾向的成分，而賴和本人並未嚴肅看待臺灣話

---

37 陳建忠，《書寫臺灣‧臺灣書寫：賴和的文學與思想研究》（高雄：春暉，2004），頁 246-247。

文與中國文學之間的關係。[38] 然而,以翻譯的角度看,賴和的小說書寫與翻譯相關的問題是,其寫作的過程中,以漢字譯寫的「臺灣話文」書寫,對中文敘述將造成什麼影響?更具體地說,翻譯過程中並未譯或不可譯所形成的語言學「剩餘」(即中文敘句中的非中文元素),將如何僭越中文語句?如果將語言的使用視為社會的活動或產物,那麼在中文敘句加入外來語或方言,對於漢文社群及殖民社會的文化意涵為何?再者,如果以漢字譯寫的「臺灣話文」,具有任何形式的逾越與抵抗的潛能,其力量又如何生成?

　　賴和小說中一個明顯的特徵即是其「臺灣話文」的漢字書寫。眾所皆知,賴和創作書寫的過程是「文言文→中國白話文→臺灣話文」,這裡將此一創作經驗視為一個「自我翻譯」或「內在翻譯」的過程。由於賴和採用漢字做為表記符號,用以表記不同語言,因此使其「臺灣話文」的書寫呈現「混雜」的現象。賴和企圖轉錄或轉譯成臺灣白話,但由於使用漢字的緣故,「臺灣話文」經常輕易地滑入或譯回中文。而從另一方面看,儘管使用「漢字」表記,但「臺灣話文」表記的是臺灣白話,便不再是「漢文」或「中國白話文」。至於漢字的使用,也使「臺灣話文」在閱讀上造成相當的混淆,一方面,由於大量外來語彙的翻譯及語法的介入,使「臺灣話文」相當程度偏離正統或標準的中文,因此「臺灣話文」不能被視為與中國白話文同一;但另一方面,漢字的使用夾帶其他語言的指意及象徵(包括文言漢文、中文、及日文),不斷干擾「臺灣話文」的閱讀,「臺灣話文」也未能形成一套確定的語法及固定的行文習慣。因此,我們在賴和小說中,便可目睹布滿多種語言

38　同上註,頁 247。

「剩餘」的翻譯書寫。

　　的確，正是這些語句中的「剩餘」，標示了賴和小說的文字「風格」。這些語言學的「剩餘」在語言之間劃出了一處「前緣地帶」，由各語言邊界溢出的符號及符指在此匯聚，重新連結，也重新劃分語言的疆界。這些「剩餘」不再被視為「殘餘」，而是賴和小說語言表達形式的組成元素。因此，在這裡我們將這些「剩餘」的遷徙與移動，視為賴和小說語言的「逾越」，這逾越一方面劃分語言學的「荒原」，一方面也創造語言更新的契機。在討論巴岱伊（Georges Bataille）時，傅科（Michel Foucault）如此看待逾越，他說：「逾越既非分隔世界中的暴力（在倫理世界中），也無關界線的勝利（在辯證或革命的世界中），而正因為這緣故，逾越的任務是丈量它在邊界底處開啓的過剩距離，以及追溯劃分邊界閃爍的線。」[39]因此，將賴和小說翻譯書寫中「剩餘」的流動視為一種語言學的逾越，目的並非在漢文古文、中國白話文、日文，以及「臺灣話文」之間劃出一條清晰的語言邊界，相反地，而是嘗試了解「臺灣話文」的書寫，在多大程度上離異了中文白話文，更重要的是，賴和小說中的「剩餘」如何在語言間劃出一處「前緣地帶」，以及此「前緣地帶」如何規劃或朝向一個新的語言學領域。賴和的翻譯書寫從未完成一個語言到另一個語言的過渡，而未能完全翻譯的「剩餘」，不斷提醒語言間完全過渡的不可能。這些無法過渡的「剩餘」在譯文中遷徙漂流，在規劃新的語言學領域的同時，也成就了賴和的文字書寫「風格」，而「風格」一詞，在這裡必須被理解為作者「母語」與書寫語

39　Michel Foucault, *"A Preface to Transgression."* *The Essential Foucault* ,Ed. Paul Rainbow and Nikolas Rose（New York: The New Press, 2003），p446。

之間短兵相接的搏鬥結果。[40]

　　如果我們將「臺灣話文」的書寫看成是從文言漢文→中文白話文→臺灣話文的流變，德勒茲與瓜達里（Gilles Deleuze and Felix Guattari）在卡夫卡（Franz Kafka）作品中發現的寫作風格，或許可以幫助我們進一步理解，此一語言內部及文學的變異或流變。[41]在卡夫卡的研究中，德勒茲與瓜達里提出「少數文學」（"minor literature"）的概念。卡夫卡雖是德語重要作家，但德勒茲與瓜達里仍稱之為少數作家，主要因為卡夫卡的「少數」處境。卡夫卡是居住布拉格的猶太人，但卻使用「多數／主要」（"major"）語言──德文──寫作，在這裡，「少數」至少包括語言及民族的層面。根據維根巴赫（Klaus Wagenbach）估計，說捷克語的布拉格市民占 80%，德裔家庭占 5%，其他則是說德語的猶太人，而卡夫卡雖生於德語家庭，但卻精通捷克語。事實上，卡夫卡時代的布拉格語言使用可能比我們想像的複雜，維根巴赫告訴我們，德語與捷克語的混合，及德語化的意第緒語（Yiddish）對猶太語產生的影響，這些都讓語言使用的問題更形複雜。[42]但重要的是，對德勒茲與瓜達里而言，布拉格德文是一「脫離疆域」（"deterritorialized"）的語言，從一個「自然、整體的德語社群脫離出來」，而布拉格德語經過變形，「愈來愈接近捷克語；且由於其越發貧乏，迫使有限的動詞必須肩負多重功能」。[43]這一現象可延伸到意第緒語：「意第緒語和布拉格一樣，甚至猶有過之──一種超脫疆域的德語、無止境地流動、

40　同註 17，頁 23。
41　Gilles Deleuze and Felex Guattari, *Kafka: Toward a Minor Literature*（Minneapolis: University of Minesota Press, 1987）。
42　雷諾·博格（Ronald Bogue）著，李育霖譯，《德勒茲論文學》（臺北：麥田，2006），頁 177。
43　同上註，頁 179。

簡短且急促、大量遷徙穿越其間，一種奇幻與律法的雜燴及各式方言的混和，沒有標準語，一個本能理解的力量場域」。[44]

卡夫卡的意第緒語也許可以與賴和的「臺灣話文」相提並論。相對於漢文及日文，「臺灣話文」必然是一「少數」語言，或「少數族群」的語言。但必須附帶說明的是，這裡指的少數並非數字上的少數，而是質的少數，如歐洲白人在人數屬少數，但卻是實質上擁有權力的多數。古典漢文或中國白話文與臺灣社群產生疏離，要說古典漢文或中國白話文「脫離疆域」並不令人驚訝。古典漢文或中國白話文僅流通在少數文學社群或精英之間，臺灣本地並無中文（或漢文）的廣大社群支撐其語言及文學的發展，更遑論日文早已兵臨城下。在關於「臺灣話文」的爭論中，我們也經常可以看見類似的言論。[45]但卡夫卡的「布拉格德文」之所以是少數語言，並不在於德文如何脫離「自然、完整」的德語社群，而在於「意第緒語」的混雜、流動、遷徙，以及其破壞既定的語法結構：「卡夫卡的意第緒語……是少數族群對主要語言族群的挪用，以及破壞其既定結構的方法」。[46]

這是德勒茲與瓜達里討論卡夫卡作品後，發展出來的關於「少數文學」的概念。我們在賴和的「臺灣話文」、卡夫卡的布拉格德文或意第緒語之間，有極高的類似性。在之前關於賴

---

44 同註42，頁180。

45 例如郭秋生在一篇討論「臺灣話文」建設的文章中提及：「不一定送文言文上山頭的中國白話文，會反倒給文言文送他上山頭的」（中島利郎編，《1930年代臺灣鄉土文學論戰資料匯編》，頁447）。郭秋生的立論，是在臺灣推動中國白話文緣木求魚的不可行性，到頭來只學得文言文的缺陷。但這裡透露出與本文更相關的訊息是，首先臺灣並無支撐文言文或中國白話文的社群或「大眾」，但更重要的是，「臺灣話文」相對於文言文的「少數」位置。附帶一提，郭秋生主張以漢字書寫「臺灣話文」，對他來說，漢字是「活的」可與時代推進演變，而「音」是死的，由「音」連結的單詞將字詞定型僵化，不能如「漢字」般與時變化（中島利郎編，《1930年代臺灣鄉土文學論戰資料匯編》，頁438-439）。

46 同註42，頁180。

和「臺灣話文」書寫的討論中，我們可以看到中文與「臺灣話文」之間的流動：從漢文中挪用的詞彙，有時取其「音」，或取其「意」，甚至僅取其「形」，將其從漢文或中文文脈中抽離出來，並在「臺灣話文」的新語句中賦予新的功能及意涵。然而因中文與「臺灣話文」關係太過深遠且密切的關係，「臺灣話文」從中文翻譯過來以後，又經常不經意地轉譯回中文；或因兩者之間太過類似，使得翻譯幾乎不可能。於是，語言學符號及元素在兩者之間遷徙、漂流、交混。但可以肯定的是，「臺灣話文」已破壞中文原有的語法及習慣，並從中文敘述及語法中脫離出來，成就自身的風格。因此，「少數文學」在這層意義上必須被理解為「少數族群在主要語言中所造成或生產的文學」[47]。

德勒茲與瓜達里「少數文學」所提示的主要是語言的「脫離疆域」（"deterritorialization"），[48] 這也是他們賦予「少數文學」的第一個特徵。語言學元素脫離了原先的語言學領域，在沙漠中重新匯聚、連結，重新納入新的語言學領域，準此，賴和小說中的翻譯「剩餘」有了積極的面向。它們也許負面、怪異、陌生、俏皮、前後矛盾、異質、或充滿外國味，但它們毀壞原先語言的疆界，從語言內部顛覆語法規範，迫使語言產生流變；在此流變中，「臺灣話文」的書寫演繹了自身的文字及美學風格。從這一角度看，翻譯所造成無法化約的語言學「剩餘」，肉身化了反抗、逾越既定語言規範及美學風格的潛能。

在「少數文學」的討論中，德勒茲與瓜達里賦予「少數文

47 Louis A. Renza. *"A White Heron" and the Question of Minor Literature*（Madison: The University of Wisconsin Press, 1984），p31。
48 Deleuze and Guattari, Kafka，p17。

學」的第二個特徵，是立即的「政治性」（"political"），[49] 按德勒茲與瓜達里的理解，在「多數文學」（"major literature"）中，個人關懷都只是個人關懷，社會只是一個背景，但「少數文學」正好相反，個人的關懷立即被連結到政治。[50] 卡夫卡小說中的世界在德勒茲與瓜達里看來「無遠弗屆，每一件事物都與其他事物相連」，因此「父子之間的衝突不再是伊底帕斯的幽靈，而是政治方案（"political program"）」。[51] 偉大文學（少數文學）在下部運動，與眾人相關，且攸關生死，[52] 德勒茲與瓜達里對卡夫卡的「政治」理解，也許可以運用到賴和身上。賴和文學從來不是一個「個人」的作品，他的語言使用，讓小說中的人物、場景、衝突、關懷等，隨即具備相當的政治性。但這並非將賴和簡易地劃分為廉價的左翼作家，而是說賴和的書寫本身便是一個「政治方案」。其文字書寫是在多數（主要）語言中創造一種語言的「少數」用法，在各種不同語言間，符碼的斷裂與連結本身便是政治。社會條件在賴和的小說中，並非只是一個遙遠模糊的事件背景；故事中的人物事件立即連結到社會，並與政治密切相關。因此，賴和的小說並非僅「反映」當時的臺灣殖民社會，或呈現某種特殊的社會意識型態，小說中人物攸關生死的掙扎，直接描繪的是當時殖民社會錯綜複雜的權力關係，也是在這一層上，賴和的文學是「政治的」。

少數文學的另一個特徵是其「集體性」（"collective value"），[53] 此一特徵與第二個特徵密切相關。少數作家個人

49　同上註。
50　同註48。
51　同註48。
52　同註48。
53　同註48。

的關懷並非只是個人的（立即連結到政治），可見，少數作家並非為個人發聲，而是為集體發聲，與眾人休戚相關，因此同時也是集體的。另外，德勒茲與瓜達里區別「多數作家（主要作家）」（如莎士比亞之於英國文學及歌德之於德國文學）與「少數作家」（次要作家），旨在說明小眾文學沒有文壇巨擘，擁有完備的文學典範與風格以供模仿，因此，少數文學總是集體發聲。但從這一角度看，「少數文學」也同時具備反典範、反權威的特徵。賴和小說的政治性及社會關懷幾乎是普遍看法，似乎不需大費周章說明，但這裡強調的是，賴和的「臺灣話文」書寫中，其文字流變描繪的正是社會內部變形的革命力道。說賴和小說是政治與集體的，其政治性與集體性並非來自社會外部的摹寫或再現，而是來自語言表達本身與社會內部的變形力量；且賴和的小說做為一種「少數文學」，其翻譯的歷程所展演的是一場對於語言規範、美學風格、少數典範、及社會空間的抵抗與逾越。

　　另外附帶一提的是，勒榭克利帶著德勒茲與瓜達里的影子，認為若語言中存在著某種暴力，其主要是介入（intervention）的暴力，一種變形（metamorphosis）而非隱喻（metaphor）的效用，[54]而這一結論來自於德勒茲與瓜達里的實用語言觀（pragmatics）。對德勒茲與瓜達里來說，語言即是一種行動，「語言─行動」透過編纂或裝配，組織或改變事件的狀態及構成。更具體地說，語言透過複雜的裝配網路，使「聲明成為可能的行動、機構、風俗諸模式」。[55]從這一角度看，語言不僅是集體的裝配，其流變也是風俗及社會機制變化的來源。準此，賴和的翻譯書寫透過詞彙的揀選、語意的轉

54　Lecercle，p227。
55　同註42，頁182-183。

變、語法的變造，及修辭的運用，介入改變社會及事物的狀態。因此，賴和的書寫並不僅是他所處外在世界的摹寫或再現，而是社會內部流動的力道，並且琢磨一種創新的語言與一個未來的社會。

五、翻譯與「少數方案」

在上述的討論中，透過與「少數文學」的比較與對照，約略討論了賴和「臺灣話文」的語言學逾越和其社會逾越，以及其譯寫過程中，翻譯做為逾越與抵抗的潛能如何生成。如果此種逾越與抵抗經常以一種暴力（語言與革命）的形式展現，那麼布迪厄（Pierre Bourdieu）關於被支配者的討論便值得我們注意。布迪厄在討論被支配者的處境時，提及被支配者的暴力傾向，並認為此一暴力傾向，乃是長久以來經濟與社會機制「內在暴力」（"inner violence"）的產物。[56] 如前所述，如果賴和小說表達的是當時殖民社會內部的權力關係，那麼其小說表達的正是類似的內在暴力，是一種透過語言實驗的社會革命，與經濟和社會機制密切相關。賴和的書寫透過翻譯進行，因此，此一社會變革與翻譯相關的問題包括：（一）原文與翻譯語之間的權力不均衡關係；（二）「臺灣話文」翻譯書寫所形構或被認可之「象徵資本」（"symbolic capital"）[57] 的合法力量，如何逾越社會邊界；（三）殖民地作家做為翻譯者，如何在翻譯中（包括詞彙的揀選、語意的轉變、語法的變造、

56　Peirre Bourdieu, *Pascalian Mediations*（Oxford: Black Well Publishers Ltd），p233。

57　這裡指的「象徵資本」，如布迪厄所理解的，即「資本的象徵效用……象徵資本並非指特定的資本，而是被誤認為資本的資本，即可供利用以及被認為合法的力量、權力或能量（實際或潛在的）」（Bourdieu，p242）。

及修辭的運用等）安置自身。因此「臺灣話文」書寫所展演的，不僅是一場語言美學風格與政治社會的革命，同時亦展現殖民地作家的翻譯倫理與存在困境。

布迪厄認為，「社會邊界的象徵性逾越本身有一種解放的效用，因其帶來了不可想之物（the unthinkable）」。[58] 布迪厄主要從當下經濟結構，及社會機制的不確定性（uncertainty）與危機（crisis）中，來看待、想像此一象徵性逾越及「不可想之物」。在布迪厄眼裡，此一不確定性，是被支配者存在的命運及處境，是一個「存在合法性的問題，使個人判斷自身存在的權力」。[59] 弔詭的是，此一不確定感與未來的闕如，卻提供一個相對自由的象徵秩序、一個自由的邊緣，以及應許一個可能性的世界。

如果賴和的「臺灣話文」翻譯書寫表達了被殖民者的處境，則這一處境至少包涵三個層次：文字的前緣、自由的邊緣，以及「未來」闕如的危機與不確定感。從詞彙的揀選、語意的轉變、語法的變造，及修辭的運用，翻譯書寫一連串的展演，介入社會秩序的組成，其言說也在當下的社會機制劃定「象徵資本」的合法性。按布迪厄的看法，此一象徵性逾越不僅使被殖民者驗證自身的存在感，其過程也同時描繪了一個未來的可能世界。我們憶起勒樹克利眼裡的「剩餘」；勒樹克利認為「剩餘」占有語言中相當特殊的位置，且「剩餘」在語言與世界的前緣，一方面展現一特定語言與「剩餘」之間的鬥爭，一方面也形構其特定語言。說話者在「剩餘」（自己的聲音），與既定的語言慣用、習語之間商榷周旋，同時也形構自

---

58 Bourdieu，p236。
59 Bourdieu，p237。

身主體。[60] 在賴和的書寫中，翻譯者尾隨「剩餘」前進，在原文與譯文之間來回遊走，創造或遺留更多「剩餘」，但重要的是，在其書寫的過程中，「作家—翻譯者」驗證了自身的存在感，也同時形構其主體。

在上述「臺灣話文」與「少數書寫」的類比中，「少數書寫」被理解為一種特殊的語言風格或語言操作，因此「少數語言」並非特指一種「方言」或「少數族裔」所使用的語言，而是多數語言的少數用法，一種語言的流變，這裡主要以此一角度看待賴和的小說中的「臺灣話文」書寫。少數作家是自己語言中的異鄉人（stranger），居住在語言之中，卻外在於語言，或像德希達所說的，「我只說著一個語言，但那不是我的」。[61] 這也是德勒茲與瓜達里賦予少數作家特殊的「邊緣」位置，謀劃一個未來的人民：「透過發聲集體裝配的語言實驗，使特殊的權力迴路在特定的社會脈中被實際化，以及啟動語言中虛擬的連續變異路線，開啟蛻變的向量，並預見未來人民的登場。」[62] 因此，流變指向一個未知的社會或群體，流變是「一種創造，琢磨一個潛在的社群、意識及感性」。[63] 賴和便是站在這一語言的、社會的、歷史的特殊「邊緣」位置。[64]「少數書寫」是一流變與變異的過程，不斷脫離及重納疆域，

60 勒榭克利的論點主要參照阿圖塞（Louis Althusser）關於語言或意識型態召喚（interpellation）主體的論述而來。勒榭克利認為 LS（Language Speaks）ISL（1 Speak Language）之間的矛盾，適切地表達受語言與意識型態形構的主體，即在說話者表達欲求的語言／意識型態支配之間，佛洛依德式在妥協的客體（Lecercle，p228）。

61 Jacques, Derrida, *Monolingualism of the Other; or; The prosthesis of Origin*. Trans. Patrick Mensa（Stanford: Stanford Univeresity Press, 1998），p1。

62 同註 42，頁 201。

63 Deleuze and Guattari, Kafka，p17。

64 有趣的是，游勝冠從文化視野及社會階層觀察賴和的定位，將賴和視為一個介於傳統與現代知識精英及下層人民之間的「中間位置」。參閱游勝冠，《殖民進步主義與日據時代臺灣文學的文化抗爭》（清華大學博士論文，2000），頁175。

不斷逃離固定及認同，不斷向少數流變，不斷朝向未來未知的人民及社會。

在翻譯的研究與實際操作中，韋努蒂（Lawrence Venuti）將翻譯造成的語言學「剩餘」與「少數文學」的書寫連結起來。他認為在翻譯中，將這些「少數」的變異項（勒榭克利所稱的「剩餘」）釋出，將會顛覆標準語言當中的形式與規範。韋努蒂相信，「將這些主要語言轉換成連續的變異，迫使它成為少數，使它非法化，使它脫離疆域，使它疏離……這些翻譯文本將造成一種「根本異質性」（"radical heterogeneity"），也因此造就一種『少數文學』」。[65] 因此，在「少數文學」中，作者是自己語言的異鄉人，連語言也對自身感到陌生。對韋努蒂而言，喚起語言中的陌生或異質的成分、邊緣與弱勢的位置，正是其翻譯計畫（韋努蒂稱為「少數方案」"minoritizing project"）中的主題。[66]

在此，我們也將賴和「臺灣話文」的翻譯書寫視為一種文學的「少數方案」，其意涵則包括以下幾個層次：（一）在翻譯書寫中，語言學的「剩餘」不斷介入，突顯出語言中根本的異質性，也迫使語言產生了流變——流變少數（becoming-minor）。「作家—翻譯者」在語言中變成異鄉人，語言也對自身感到陌生。（二）語言既是一集體性裝配，而語言學的流變，也是社會風俗習慣及社會機制變革的「少數文學」，一方

---

65 Lawrence Venuti, *Introduction to Rethinking Translation: Discourse, Subjectivity, Ideology.* Ed. Laurence Venuti（London and New York: Routledge, 1992），p10。

66 韋努蒂在《翻譯的醜聞》（*The Scandal of Translation*）第1章，把義大利作家 I. U. Tarchetti 的作品翻成英文的計畫稱為「少數方案」（"minoritizing project"）。Lawrence Venuti, *The Scandals of Translation: Towards an ethics of difference*（New York: Routledge, 1998）。除此之外，Michael Cornin 也指出後殖民對於主要語言後殖民挪用也是一種類似的「少數企畫，他說這一個移動可以被理論化成一種主要語言的少數化，透過多語使用，這種少數化可以當成是翻譯當中活動的基礎，他肯定透過少數化的翻譯可以強調一種認同」，參閱 Michael Cornin, *Translation and Globalization*（London and New York: Routledge, 2003），p154。

面呈現此一流變的歷程，一方面對未來可能社會的感性琢磨。儘管未來社會闕如，但在此不確定性的「邊緣」位置中，「少數文學」除應許此一爲未來社會的可能性之外，同時也提供了一個政治方案的自由空間。（三）必須附帶一提的是，翻譯做爲一「少數方案」，並非期待自己變成多數，成爲主流（多數／主要）或宰制性的「象徵資本」，進而建立新的典範；相反地，而是要透過突顯自身語言中的異質性，或展示語言中的外來成分，以帶來或強化語言及文化的更新。於此，德勒茲與瓜達里說，「少數是每一個人的流變」。[67]

　　賴和以漢字表記臺灣白話，創造了相當獨特的書寫風格。其「混雜」的「臺灣話文」書寫，一方面反映當時社會的多語狀況，一方面也突顯了當時臺灣文化及政治上的處境。眾所皆知，雖然賴和的創作經歷一次「翻譯」的過程，亦即從漢文文言文翻譯成中國白話文，然後再翻譯成「臺灣話文」，另外，也譯入不少日文。然而，此一翻譯過程從未「充分」，換句話說，漢文並未完全過渡到「臺灣話文」，「臺灣話文」也從未獨立成一自主的書寫語言。這部分原因是由於使用漢字的緣故，另一部分則因爲中文與「臺灣話文」太過相近，以至於兩者之間的翻譯變得幾乎不可能。因此，在敘述中，我們看到翻譯的「剩餘」交雜在譯文中，一方面夾帶原文的意涵與意象，一方面又在譯文新造的語句中，衍生新的指意與象徵。語言學元素在多種語言邊界間來回穿梭流動，於是，「臺灣話文」的書寫總是面臨兩難，可能被吸納入中文，抑或變成不可辨識的語言。

　　然而，賴和小說中的「臺灣話文」書寫，也因此構成一

---

67 Deleuze and Guattari, *A Thousand Plateaus: Captialsim and Schizophrenia.* Trans. Brian Massumi（Minnneapolis: U of Minnesota Press），p106。

幅相當殊異的美學風格。翻譯的殘餘在新的語言體系中遊走，直到找到自身固定的指意與象徵爲止。在書寫的過程，作者變成「翻譯者」，周遊在語言符號、意義、社會、與文化種族的間隙，其遊牧的軌跡銘刻現代主體的歷史，同時也見證了臺灣「現代」文學的興起。因此，在「臺灣話文」的書寫中，翻譯成爲一種「風格」，此一風格不僅是語言學與美學的，也是存有、社會、與政治的。

「臺灣話文」的書寫主要遵循「言文一致」的觀念，而「言文一致」不僅是一個語言普及運動，更是一個語言學與美學的書寫意識型態。「言文一致」主張「我手寫我口」，希望使「內在」及「民間」的聲音得以表達，這也讓「白話文運動」及「鄉土文學」的發展，與「民間文學」及「在地傳統」的追尋產生關聯。但「臺灣話文」書寫做爲一種翻譯的實踐，並未能保障「對等物」的存在及「透明翻譯」的可能，因此，「語言改革」與「鄉土文學」的建設都成了未竟的事業。在賴和小說書寫中，翻譯的「剩餘」一方面顛覆原有的語言學規範，一方面又重新劃定新的語言學疆界。因此，「臺灣話文」書寫所呈現的，便是以漢字表記的「混雜」文體，其中多種語言彼此接臨、斷裂、及交雜。於是，「言文一致」所假想的「純粹母語」，以及「母語」所可能承載的豐富在地風物與歷史傳統，只能約略地在譯文中尋覓。

「臺灣話文」相對於漢文、中國白話文或統治者的日文，必然成爲少數。賴和身爲臺灣地區的臺灣人作家，相對中國人及日本人是少數，相對於漢文文學及日本文學也是少數。從這一點看，德勒茲與瓜達里提出的「少數文學」概念，提供了一個有趣的視角以閱讀賴和的「臺灣話文」書寫。「少數」語言並不盡然是方言或少數族裔的語言，其主要指一種語言的操作

或使用，即「多數語言中少數使用語言」，一種語言邁向少數的變異或流變。在此視野下，「臺灣話文」被視為「漢文」或「中國白話文」的語言學變異，在變異中成就其殊異風格。然而，德勒茲與瓜達里所稱的少數文學，同時具備政治及集體性，因此，少數文學必然是為集體發聲，也是一種「政治方案」。準此，我們不難理解，賴和被稱為「臺灣文學之父」，並非指賴和確立臺灣現代文學的典範，而是因為賴和筆下的世界，不僅呈現「多數」臺灣人民的生活，還啟發臺灣人民覺醒及對政治的殖民反抗意識。

德勒茲與瓜達里的少數文學概念與流變密不可分。少數文學並非標榜任何特定的文學或語言風格，而是朝向少數的終極流變，因此，少數文學批判任何同一或認同的敘述。既是流變，少數文學的政治或社會方案也必然朝向未知。同時，德勒茲與瓜達里也賦予少數作家一個特殊的「邊緣」位置，具備表達「另一個潛在社群，琢磨另一種意識及感性」的優勢。從這一角度看，賴和小說的「臺灣話文」書寫，體現了一九二○、一九三○年代時，臺灣面對強勢語言、文化優勢下，本地作家的處境及在此處境下臺灣文字語言的流變及創造。翻譯做為一寫作策略與風格，介入臺灣當時社會的「多語主義」與文化駁雜性，這些特質同時也刻劃了臺灣的殖民情境。但更重要的是，透過翻譯，賴和的小說語言也迫使中文書寫產生流變，並同時謀劃一個未來社會的人民意識及感性。

雛構新詩文體語言
—— 賴和新詩手稿中的意象經營與修辭意識

解昆樺

一、前言：賴和詩學修辭在文學場域中的擴散影響性

　　賴和被視爲臺灣新文學之父的原因，一方面是其在文本創作上的突破性表現，另一方面，也較少被深入研究的，則是其在編輯《臺灣民報》、《臺灣新民報》文藝欄與學藝欄工作上的表現。日治時期臺灣文學的傳播，紙媒報刊雜誌乃爲主力，特別又必須考慮當時總督府對傳媒的管制，因此報紙文（學）藝欄對文壇的影響力不言可喻。賴和於一九二六年以降主持《臺灣民報》文藝欄，又於一九三〇年後，與《臺灣新民報》學藝欄在編輯工作中，特別是編選稿件上有密切關係。無獨有偶，在賴和之前，對日治時期臺灣文壇發展有巨大撞擊力道的張我軍，亦曾有過這樣一段編輯的經歷，兩相比較，其實能推進出一個可能的研究進路。

　　一九二四年張我軍編輯《臺灣民報》漢文欄，其在編輯工作最大的「成績」，莫過於刊登自己一系列批判臺灣古典詩界的文章，並介紹大陸五四新文學（主要以胡適爲主）理念。初步看來，編輯張我軍在新文學理論路徑上發生的影響力，似乎大過於對當時新文學文本的實際創作，特別是若再衡量張我軍在新文學創作的藝術高度。許俊雅〈日據時期臺灣白話詩的起

步〉便曾提問道：「臺灣作家必然受張我軍影響嗎？」[1] 並指出：「張氏對起步期臺灣詩作的文學環境來說，可謂利弊參半……他個人出版的詩集《亂都之戀》，雖是臺灣新詩史上第一冊詩集，但他此後並未持續創作……。」[2] 相較之下，編輯賴和對當時新文學作家與其文學創作的影響力似乎更大，這我們固可以洋洋灑灑地羅列吳慶堂、廖漢臣、朱點人諸家對編輯賴和知遇之恩的感懷為證，但楊守愚下面這段話，或許更可以說明賴和是如何發揮其影響力。楊守愚曾提及：

> 為了補白報紙留下來的版面，就無法去選擇原稿。他當時幾乎是拚著老命去做這份工作的。他毫不珍惜體力地去一一刪修寄來的稿子，有時甚至要為人改寫原稿的大半部分。……為了潤改來稿，他工作到凌晨的一、兩點，是常有的事。如果碰到急迫的工作，工作通宵，也不是絕無僅有的事。這是何等重大的精神上和身體上的犧牲！[3]

這段文字記錄說明了賴和在編輯《臺灣民報》、《臺灣新民報》文（學）藝欄時，受制於版面空間的局限，以及不忍捨去具潛力的來稿，因此他往往一一親自修改作品。臺灣新文學在一九二〇中末至一九三〇年代的發展，已實際進入了文本創作與該採用怎樣口語的階段。做為當時重要報紙的守門人，編輯賴和透過實際刪改文字的方式，介入了來稿的修潤及重建，可說對臺灣新文學文本風貌，乃至於創作精神、方法論走向有

1 許俊雅，《臺灣文學論——從現代到當代》（臺北：南天書局，1997.10），頁163。
2 同註1，頁169。
3 李南衡編，《日據下臺灣新文學·明集1·賴和先生全集》（臺北：明潭，1979.3），頁426-427。

決定性的影響。然而，我們要知道更多的是，不僅止於編輯賴和修改過哪些作家與作品的「名單」，而是在於編輯賴和到底怎樣刪改來稿作品，如何更動文字、撫順語句、調整結構，這種種更為細部的文本修辭編輯實況。

當前受限於史料出土的問題，對編輯賴和修改來稿作品之底稿的史料尚難一窺。然而，我們在檢討賴和如何修改別人稿件前，或許可先從賴和如何刪改自己的文本談起。目前賴和手稿的整理已有相關初步的成果，主要可於林瑞明教授主持編輯的《賴和手稿集》、「國家文化資料庫」以及「賴和紀念館賴和文獻資料庫」檢索賴和手稿文本。詳細進行檢閱後可以發現，賴和文學作品的親筆手稿，非常珍貴地保留了賴和親自修改的痕跡。

就手稿載體來看，目前賴和手稿大可分為兩類：其一為用簽字筆於一般紙張上書寫的手稿，其二則為用毛筆，於其專屬標有「懶雲書室」直、橫排皆十六格之稿紙上書寫的手稿。在這兩類手稿中，後者最能詳盡展現賴和詩作的刪改歷程。賴和於「懶雲書室」手稿中修改自己的作品時，常利用墨色不一的文字以區別原文與修改文字，最後再以文字旁加圈方式做最後的決定。有時甚至會在作品上自加眉批，添敘簡單的自我賞析與批評。是以賴和親筆文稿的文本空間，往往隱含著「原稿─修改稿─定稿」這三段式的時間脈絡。因此將一份稿件的三種版本進行對照，正可以更具體、細膩地看到，做為臺灣新文學領袖人物的賴和，其本身內在的文學語言意識。

必須指出的是，賴和在書寫古典詩時，往往會將作品交給其漢學老師黃倬其批改。因此，是否有可能目前所見賴和新詩的修改文字，也有交給黃倬其批改，進而影響我們對賴和新詩手稿修改修辭概念的判斷？對此，據林瑞明、陳建忠考察判

斷，黃倬其逝於一九二三年，而筆者本文所討論之詩，手稿皆是賴和一九二三年後嘗試進行新詩寫作的作品，[4] 理論上應無黃倬其介入修改之可能。但由於部分修改字跡，似乎非賴和筆跡與批評口吻，故可能會有賴和請其他人為其作品修改之狀況。此一現象目前僅能存疑，後續可整合相關文字辨識專門技術，開拓出新的研究進路。

本文獨抓出賴和修改的新詩稿件，一方面限於論文的論述篇幅，與相關賴和手稿研究仍相當稀少的緣故，另一方面，在新文學中做為先鋒文類的新詩其語言意識所牽涉的問題，向來比起散文、小說更為複雜。因此在探討賴和修辭時，先就新詩談起，或許也能追蹤一九二〇、一九三〇年代臺灣代表性詩人，如何權衡新詩之詩語與白話口語，乃至於古典詩語間詩美學關係的一個案例。

從下面兩圖（圖 1、圖 2）可知賴和運用深淺濃淡不同的文字來區分原稿與修改稿，並以字旁加圈的方式做定稿。文稿上的眉批，更細膩地呈現出賴和的修辭意識。

二、「我手寫我口」之後：音樂與敘事的修辭

> 可麼能做個真實的詩人
> 把來表演我的自身
> 不敢拿文字做裝飾品
> 精神要仗牠輸與滋養分

4　林瑞明曾指出：「賴和第一次寫白話詩則見於 1923 年稿本，題目為〈歡迎蔡陳王三先生的筵間〉。」林瑞明，《臺灣文學與時代精神：賴和研究論集》（臺北：允晨，1993.6），頁 45。

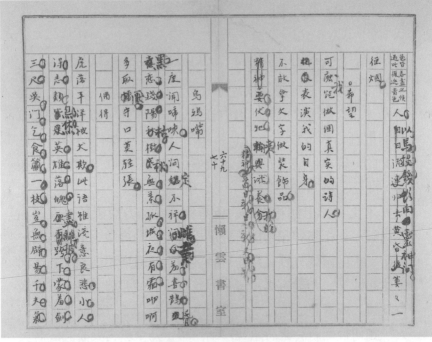

▲圖1：賴和〈希望〉手稿。

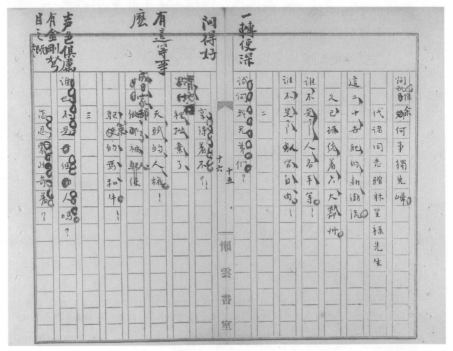

▲圖2：賴和〈代諸同志贈林呈祿先生〉手稿之一。

　　上面這首詩是一九二四年賴和〈希望〉的原稿（圖2），在這首詩中，儘管賴和並不困惑於他的希望——期待一個詩人，也就是他自己，讓外在文字與詩人內在眞實的靈魂休戚與共。這也呼應了賴和古典詩〈論詩〉之意見：「所貴在天眞，詞華乃其次。……主權尚在我，揮灑可無忌。」[5] 呈現賴和在詩語言上不別古體與新詩，所持之一貫的詩學意見。然而，有趣的是，檢閱賴和〈希望〉（1924）手稿內的修訂過程，可發現不敢把文字當作裝飾品的賴和，卻依舊對詩作字面上的修辭斟酌再三，[6] 這顯然透露出了臺灣新詩創作史中一些複雜的語言訊息。粗讀〈希望〉原稿，可以窺見其中賴和如何嘗試「自然」地運用口語來進行寫作，但是在修改稿中，賴和卻將原作改成：

　　　　可麼我能做個眞實的詩人
　　　　表演我的自身
　　　　不敢拿文字做裝飾品
　　　　要仗牠來滋養我的精神
　　　　苟日新日日新又日新[7]

　　這樣的修改，可就幾點來推測賴和的想法：（一）加添兩處的「我」乃爲主詞，強化了詩作的敘述成分。（二）刪去「把來」，賴和可能覺得原句雖爲口語，但是書寫呈現在稿紙

5　賴和，〈論詩〉手稿之一。
6　這樣的現象也出現在賴和的古典詩創作，林瑞明即指出：「賴和活躍於臺灣新文學運動，前後10年。這段期間，熱衷於新文學創作，漢詩寫作減少，但並非全然停筆，不時修改舊件，以致一詩常有文字稍異之數首。」林瑞明，《臺灣文學的歷史考察》（臺北：允晨，1996.8），頁134。
7　賴和著，林瑞明編，《賴和全集（二）新詩散文卷》（臺北：前衛，2000.6），頁61。

上時，實際閱讀起來卻又顯得奇怪，因此刪去之並順道使字句更爲簡潔。（三）修改「精神要仗牠輸與滋養分」爲「要仗牠來滋養我的精神」，使字句讀來較通順。但全部的修改中，最突兀的還是（四）在最後加添了「苟日新日日新又日新」這一句，這句話可能是賴和要更強化全詩中，所要寄寓之積極實踐的語意，但另一方面，卻也可能欲利用三次重現的「新」字，來補足原稿在「字面上」缺少的音樂性。

就筆者看來（當然也可能受到筆者當前所處現代詩壇之整體語言意識的影響），賴和原稿在音樂性上未必不足，但修改稿這樣的改法，或許是加添的字句有點八股，因此改後也未必便佳。不過，我們也可以嘗試地推測出賴和在一九二四年左右剛寫新詩之時，是知道在新詩創作上，仍必須要兼顧音樂性的問題。突然間在語字未見韻腳，還是讓剛寫新詩的賴和有些沒信心，因此他嘗試加添上面的字句好強化一下〈希望〉的音樂性。事實上，在賴和的新詩創作過程仍有藉樂府、竹枝詞形式，寫作帶歌謠體風味的〈新樂府〉（1930.1）、〈農民謠〉（1931.1），而檢視胡適《嘗試集》中的詩作亦有標以詞牌〈沁園春〉、〈生查子〉、〈百字令〉[8]、〈如夢令〉、〈虞美人〉、〈翠樓吟〉、〈水龍吟〉、〈水調歌頭〉等「新詩」共十三首。林瑞明分析賴和第一篇白話文作品〈祝南社十五週年〉（1922）時曾指出：「他的文言文、傳統詩都寫得極好，但要換寫白話文，可不是容易的事。」[9]這反映兩岸在白話文學嘗試期時，在文言與口語書寫轉換上並非想像地容易。在純白話詩書寫尚未累積足夠的寫作經驗，以及可資參考的代表性作品時，可以發現白話詩在寫作上，仍必須參酌文言系統中語

8　即〈念奴嬌〉。
9　林瑞明，《臺灣文學與時代精神：賴和研究論集》，頁42。

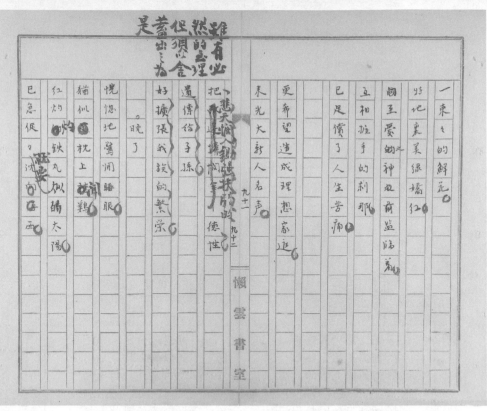

▲圖 3：賴和〈晚了〉（1924）手稿。

法與審美機制，以進行白話詩語言的修辭。

賴和利用古典竹枝詞形式概念，藉再現類同字詞語句的修辭技巧形塑、強化詩意的狀況，亦可在其後來許多的詩作如〈流離曲〉（1930.9）、〈現代生活的影片〉[10]（1930 年後）的手稿中，那些充滿修改跡軌的文字裡一再「重現」。這展現了在「我手寫我口」主張下，新詩在後續書寫所衍生出白話敘述句與音樂性間該如何調和的詩學議題，以及賴和對此議題所進行一種辯證性的修辭實驗。

〈晚了〉（1924，圖 3）對原稿的修改，主要以字詞的精

10　賴和著，林瑞明編，《賴和全集（二）新詩散文卷》，頁 44，詩題標爲〈現代生活的片影〉，應改「片影」爲「影片」。

鍊（如「猶似是」改爲「猶似」）爲主。從篩改使用的詞彙「將息」，已可窺見字詞文言化，成爲詩語言精鍊策略之一的現象。

與〈希望〉同樣寫於一九二四年的〈晚了〉一詩，則能反映出賴和詩作修辭的另外一個軸心，我們不妨比較此詩的原稿與修定稿（見「附表1：賴和〈晚了〉（1924）原稿與修定稿比較表」）。

附表1：賴和〈晚了〉（1924）原稿與修定稿比較表

原稿	修定稿
恍惚地驚開睡眼	恍惚地驚開睡眼
猶似是枕上聽雞	猶似枕上[聞][11]雞
紅灼的鐵丸似的太陽	紅灼[灼]鐵丸似的太陽
已急促促沉向海西	已急促促[就要]沉西
遂響動了竹圍外水螺	遂[催]動了竹圍外水螺
（中略）	（中略）
爭向著快樂的睡鄉	[各]爭向快樂的睡鄉
覓理想中的夢境	尋覓[那]理想中的夢境
要來忘卻晝間的苦痛	藉他來將息片[晌][12]

賴和這首詩的修辭明顯意在透過對字詞的調動，使詩作之詩意更爲蘊藉。這樣的字詞調動，可以從動詞的替代，檢視出賴和試圖雅化白話文的修辭意識，例如將「枕上聽雞」改爲「枕上聞雞」，其實稍稍有在白話詩中加添較文言字句的味道，這樣以些微的文言調和白話詩，[13] 也算是賴和修辭的策略

11　修正稿中添改字筆者以□表明之，以利比較分析。

12　賴和著，林瑞明編，《賴和全集（二）新詩散文卷》，頁70-71。

13　在戰後臺灣1970年代，這樣以文言古典語言融合入白話詩作的方式成爲一股風潮。

之一。至於由「響動」更改爲「催動」，則意在強化時間（太陽）的擬人特性。這樣具指涉意味的修辭方式，也可以從此詩加添「各」、「那」、「藉他」看出。若與〈希望〉（1924）中那加添的「我」再行對照，可知賴和早期在新詩的寫作修辭上，總希望能明白強化詩作書寫指涉的對象。

本詩中另一個可能被忽略的修改之處，則在於「爭向著快樂的睡鄉」原句中的「著」字。檢閱賴和的修改稿中，以「著」字的調動添刪頻率最高，例如〈日光下的旗幟〉（1935.7）「在日光照耀之下，我仰著頭」（修訂稿加著字），〈有力者〉（1924）「爾是誇耀著什麼」（「著」字原稿有，後刪去，又再加上），〈哀歌〉（1931）「只寥寥地殘存些婦女小兒」（修訂稿的「些」字，原本爲「著」字）。「著」這個字雖然看似不起眼，但是在賴和的修辭探討中愈在細微處，愈能看到戰前臺灣新文學發展之初的語言意識狀況。在白話詩創作中爲凝鍊詩句，虛字、助動詞往往成爲第一個被賴和刪去的目標，然而爲平順語氣，甚至考量到通篇文脈的音樂性，這類字詞卻又占有重要位置，因此這也是爲何賴和詩作中的「著」字，其取捨頻率如此之高的原因。

三、 賴和手稿內：一九三〇年代新詩文體中初萌的現實性與被壓抑的現代性

前述文字主要透過賴和詩作中字詞的層次進行討論，透過其對微瑣字詞物件的經營，已初步搭建出他新詩寫作的文體細節，但文體風格模態，卻必須在文本整體的章法結構層次進行論述，才得以體現其創作全貌。故筆者將以上面的論述爲基礎，在本節透過文本整體的章法結構層次，檢視賴和對一九三

○年代新詩文體風格的想像、嘗試與建構。

從〈生活〉（圖4-4）批改品評中「要轉就轉」、「高唱入雲到底不懈」、「愈轉愈深」、「思路不竭末力不懈」等文字，明顯可以看出語意律動節奏、豐沛的語意層次替換以及對書寫主題聚焦，成爲詩語言結構修辭的重點。

（一）被殖民者的「無味之活」：生活（命）的意義學與修辭學

除去應酬雜作，賴和詩作在命名上，出現最多的是以「生」字爲詩題者，包括：〈生活〉（1924）、〈生命〉（1924）、〈生的苦痛〉（1924）、〈生與死〉（1931.10）、〈寂寞的人生〉（歌仔調，寫作時間不詳）。詩題往往直指詩文本內容主題，多少可見賴和對人生命主體的探掘、觀察乃至於治癒，不僅在於其醫療事業上，更在於他的文學志業。在以探討人生命主體的詩作中，〈生活〉無疑爲最重要的一首，除了在於他的形式篇幅較長外，更重要的是，在詩手稿版本中，賴和比起其他同主題詩作，所進行的頻繁改動以及點批。

寫於一九二四年的〈生活〉全詩共九段，整體以「秩序律」章法推動詩行成就文本。〈生活〉定稿第一段，以極具口語節制的「永遠的世間，充滿著瞬間的人／無數[14]的人群有個單獨[15]的我」[16]進行開頭，對比呈現主體我在無限的時空間中，自我生命的時限性與微末感。陳建忠《書寫臺灣‧臺灣書寫：賴和的文學與思想研究》在探論賴和新詩的主題與

14　在手草稿中，「數」爲「盡」字。
15　在手草稿中，「獨」爲「一」字。
16　賴和著，林瑞明編，《賴和全集（二）新詩散文卷》，頁39。

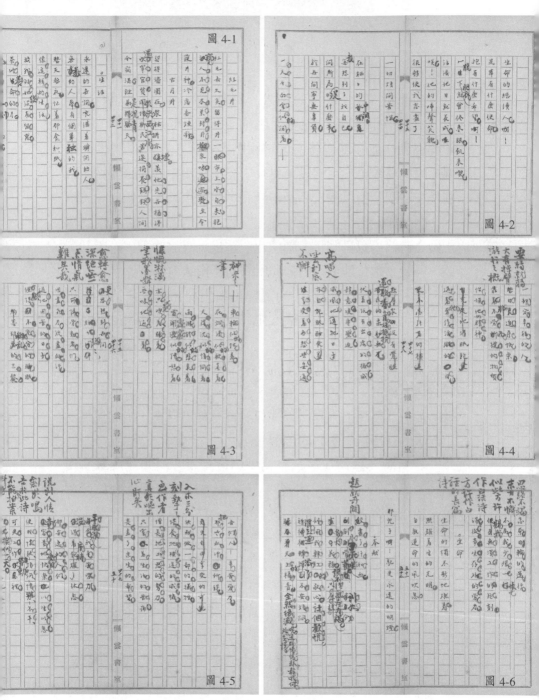

▲圖4：賴和〈生活〉（1924）手稿。

風格時，曾指出：「時常以『生』與『死』對言的賴和，頗能看到他對『生』的理想追求，與對『死』一般生活的厭憎……。」[17] 賴和突顯的死生對比並不以生命存歿為標準，因此賴和寫到「無味地過著」，試圖點出一種生亦如死的生活氛圍。因此其後第二至四段，專寫主體在生活中的庸碌而為，特別是在第四段特以四次名詞轉副詞，包括車輪、花爛漫、天陰沉、雨淋鈴、雷霹靂，分別使忙、歡喜、煩悶、悲哀、憤怒等主體之情緒得以具體化、動態化。這樣細膩的修辭，也因其可感、可見立體化地刻劃出賴和所謂的「無味地過著」。

賴和利用全詩近一半的篇幅呈現出此「無味之活」，可視為〈生活〉一詩，所建構之主體生存感的基礎色調。而其後各段亦皆在進行對此色調的反省、辯證，深掘出主體真正的存在意義。從第五到九段的文本，可知賴和意在藉此一主體「無味之活」為底，另再以幸福者、壓迫者這一系列他者的聲色姿態，加重「無味」本身所以「無」實乃莫由自主，由此深化點出無味內在那難以明言的苦澀。

在新詩文體還在嘗試書寫，仍沒有太多具體經典華文作品可以參考的一九三○年代，詩文本內在的書寫意圖如何落實，或以更有力度、氣勢的方式推動，往往是賴和在實踐文本邏輯章法的艱困處，故於意在發動轉折的第五段處，賴和即點評道「愈轉愈深絕無一點惰氣難矣哉」，呈現他對自我寫作的叮嚀。而在轉出的第六段幸福者一段，則點評道「要轉就轉大有掉臂游行之概」，即要求自己在此段中再轉寫上不要拖溺，要精準有力度。這樣的果決俐落，使得賴和在寫第七段幸福者對不幸者的壓迫時，感到言與意上的準確相密，因此他點評道

---

17 陳建忠，《書寫臺灣‧臺灣書寫：賴和的文學與思想研究》（高雄：春暉，2004.1），頁 280。

「高唱入雲到底不懈」，似有筆酣墨暢之感。

　　整體來說，「無味之活」呈顯賴和在思考主體死生議題時，並不只在主體肉身存歿上進行衡量，更從主體精神意志層面進行思索。在〈生活〉中，賴和認為若缺乏生命意義感，儘管生命苟存也不過只是在世幽靈。唯有以有限生命積極追求自由、平等等普世價值，並進行深層藝術心靈的創造，轉瞬過眼的一生才得以永恆，單獨微末的個體也能因此在群體中擁有其獨特性。

　　由賴和〈生活〉一詩手稿、定稿交互搭配所進行的章法分析，可以發現「生活」就是賴和詩作的本質隱喻，使他對此詩用力頗深。但另外值得注意的是，〈生活〉除了傳達賴和詩寫作的精神主軸，還透過評點，傳達了彼時他的新詩文體意識與文體概念。在〈生活〉：「怎奈日輪的運行／不為我少緩一步[18]／賜我[19]無須工作的片刻／得從事生存外的勞力」這四行特別每字加圈標，並自我評點道：「思絡不竭，末力不懈，似此方許作白話詩，方許作白話的長篇詩。」[20]這段話既是生命的期許，也傳達了賴和對長篇新詩文體的概念。賴和以無能違拗的日輪運行，暗示壓迫者權力姿態，並進而傳達主體時時被迫前進的焦慮感與乏力感。細析點評文字可發現實有兩層次意涵：其一，是賴和想到日輪運行之不輟，勉勵自己不要停止挖掘詩思靈泉。其二，則是就文體層次來說，顯然賴和已意識到，唯有思路綿密，方能維持語字的稠質度。這也是在當時尚待實驗、嘗試的長篇新詩體式，其在發展上可能的進路，以及維繫筆力的創作方法論。

18　手草稿中，「步」為「程」字。
19　手草稿中，「賜我」為「使有」。
20　賴和著，林瑞明編，《賴和全集（二）新詩散文卷》，頁43。原無句讀，為閱讀方便，筆者自添句讀。

　　〈生活〉帶動出主體所遭逢的權力者壓抑，其沒有歷史情境的部署，或可以說具有普遍性。但是位處一九三〇年代的賴和，顯然更意在詩文本中投射其所感受的殖民語境，藉著在詩文本內部暗自豎立帶紅日符號的日本旗，為其文字所再現之事物，投射出被殖民的陰影。賴和透過〈南國哀歌〉（原名〈哀歌〉，於 1931 年 4 月 25 日、1931 年 5 月 2 日發表於《臺灣新民報》）[21] 這長達七十六行的寫作，可說初步完成、落實了對新詩文體長詩寫作的想像。[22]

　　但這其中的寫作過程並非一寫而就，而是經歷了手稿階段那漫長的修辭刪修。考察賴和自身的詩寫作史，可以發現前論賴和〈生活〉的自我點評文字中，所呈現的長篇詩寫作概念，其在儲意構思上實則經歷了〈有力者〉、〈多數者〉概念上的準備。仔細來說，這逐次準備、嘗試性的寫作，使被壓迫者的身影愈趨明晰，陳建忠曾指出：「在〈多數者〉這首詩裡，已可看到賴和在呼求一種『集體的覺醒』來對抗所謂的『少數人』……。」[23] 檢視〈多數者〉的手稿，的確可以發現賴和原初僅寫到「多數人總是犧牲」，但是其後則將此句改為「多數人做少數人的犧牲」，加添的「少數人」正是要藉數量呈現「多數弱勢群體／少數權力中心」間的對比性。但此一書寫主題與書寫對象的明晰化，仍僅為一種概念上的明晰。因為這些詩通常比較概念性，因缺少意象而較不豐潤。不過基本上在賴和自我的新詩書寫史中，〈有力者〉、〈多數者〉雛構、勾勒出〈覺悟下的犧牲〉、〈南國哀歌〉等以社會事件為題材的長

21　同註 20，頁 140，似乎錯誤。〈南國哀歌〉在「勞□總說是神聖之事」一句少了「働」字。還有形式上在抬頭處要空一格處也未空，如：「舉一族自願同赴滅亡，／到最後亦無一人降志」。

22　儘管並沒有成為 1970 年代中期戰後第一世代詩人對敘事詩創作時的參考資產。

23　陳建忠，《書寫臺灣‧臺灣書寫：賴和的文學與思想研究》，頁 282。

詩之精神骨架。

「多數弱勢群體／少數權力中心」的對比概念延續到〈南國哀歌〉，賴和更藉著書寫原住民霧社抵抗事件，具體提出了「集體覺醒」的呼求。詩中這向多數或緘默或沉睡的群體進行呼求的語句，跨越了文體與地理，與大陸魯迅小說《吶喊》的鐵屋吶喊隱喻遙相呼應，呈顯出兩岸近代知識分子對國族啟蒙的思考進程。

細讀賴和其他文類作品，可以發現關懷弱勢原住民的相關主題，在其古典詩中已有書寫紀錄，施懿琳《從沈光文到賴和——臺灣古典文學的發展與特色》即指出：「賴和在一九二〇年代的漢詩裡，就已經看到他對原住民命運抱不平的態度，當時的作品主要是針對漢人欺壓原住民而發的。」[24]這也使得賴和在寫作上述長詩時，於主題寫作經驗上呈現有備而來的充裕姿態。由於對賴和長詩〈覺悟下的犧牲〉、〈南國哀歌〉之相關分析，往往就其人道精神進行發微，在此筆者特別擇論者未論及的賴和〈南國哀歌〉詩手稿進行研究，對賴和之新詩修辭意識與書寫策略進行探討，以更具體呈現賴和詩文本的修辭力度與隱喻性。

從〈有力者〉（圖5）手稿中可知賴和刻意在知識、學問下加感嘆詞「啦」，展現對封鎖在象牙塔中之知識學問的質疑。〈多數者〉（圖6）原初手稿寫到「多數人總是犧牲」刪改為「多數人做少數人的犧牲」，明顯要形塑出「多數人」與「少數人」間的對比性。

在〈南國哀歌〉中，〈生活〉主體的「無味之活」得到了另一個被殖民史的解釋。也可以說，原初〈生活〉內的主體生

---

24 施懿琳，《從沈光文到賴和——臺灣古典文學的發展與特色》（高雄：春暉，2000.6），頁 348。

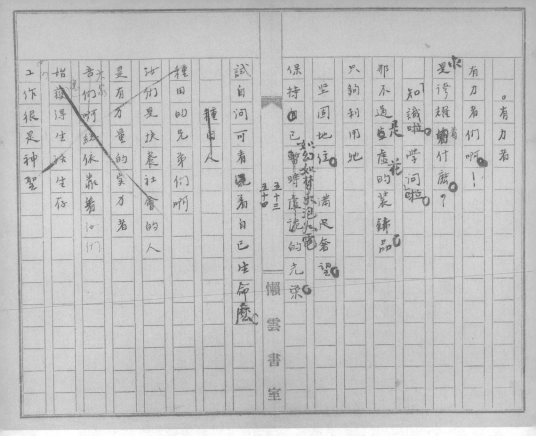

▲圖5：賴和〈有力者〉（1924）手稿。

命觀通過了〈南國哀歌〉而得到歷史書寫的可能，使得書寫個體也能成為對歷史的隱喻。麥克列林（Thomas McLaughlin）於〈修辭語言〉一文即指出：「任何政治或社會規劃要想深深地影響我們的生活，都必須與語言的權力達成一致。」[25] 在文中以文字細瑣字詞的修辭調配進行隱晦的抵抗，是為了讓被迫噤聲的被殖民者還能陳述自己。文本中那些非法性的語言為莫能抵抗者存留行動的力量，以期來日，讀者將語言的力量轉換、匯聚為實際的肉身抵抗。

25 藍催西亞（Frank Lentricchia）、麥克列林（Thomas McLaughlin）編，張京媛等譯，《文學批評術語》（中國香港：牛津大學，1994.7），頁122。

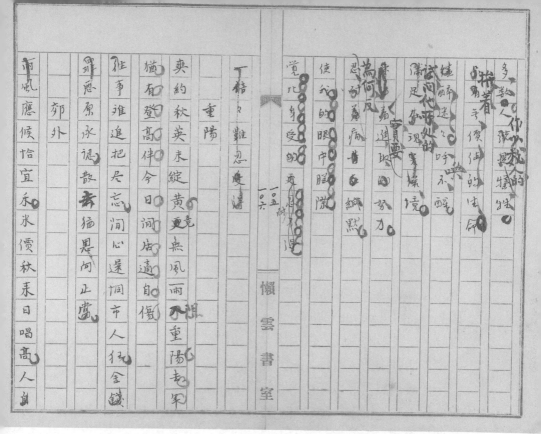

▲圖6：賴和〈多數者〉（1924）手稿。

　　爲了反覆強化積累這樣歷史或社會行動的文本力量，賴和在書寫策略上採取「聯貫律」推動詩行。陳滿銘於〈論篇章辭章學〉曾指出：「所謂『聯貫』，是就材料先後的銜接或呼應來說的，也稱爲『銜接』。無論是哪一種章法，都可以由局部的『調和』和『對比』，形成銜接呼應，而達到聯貫的效果。」[26] 賴和利用長詩形式以邏輯思維的方式，進行多層次、連續性的對比書寫，反覆連貫突顯出所欲表現之主體生的意志，藉以拒絕權力者意欲對主體所塑造出的「一致」感。

26　陳滿銘，《多二—（0）螺旋結構論：以哲學文學美學爲研究範圍》（臺北：文津，2007.1），頁12。

〈南國哀歌〉著眼於霧社事件此一在當時挑戰、抵抗日本統治政權之抗爭活動，對其進行詩文字之再現，而這本身就是一個「非法」的書寫。許俊雅《臺灣寫實詩作之抗日精神研究》，曾統計日治時期臺灣詩人對霧社大屠殺事件之書寫後指出：「遍尋前脩詩集，僅得謝雪漁古體二首，林佛國古體一首，安都生（即賴和）新詩一篇……。」[27] 由此除可以窺見當時日本殖民政府對臺灣作家書寫的壓抑，進而還可以發現其還企圖影響臺灣作家的書寫取向，使之向日本殖民者的政治文化論述靠攏，進而更意欲藉此控管了臺灣作家之文化心理層次的感覺結構（structrue of felling），使之成爲殖民者的代言者。楊牧《一首詩的完成》曾指出：「所謂社會參與原指一個詩人在創作活動中選擇題目，斟酌體裁，是否有意和當前社會問題乃至於政治風雲互爲牽涉。」[28] 藉由非法的書寫動作，詩人以另一種形式進行了社會參與，將自己編列入抗殖民中心的邊緣位置。賴和在書寫霧社事件上，首先在首句「大部分的戰士已死去」，便已爲全詩標列一個死亡哀靈的氣氛基調。意在以肉身之「死」做爲切入點，反思主體生命既如此可貴，何以泰雅族勇士知反抗之舉必然致死，而仍選擇犧牲？這便是首段末句「誰敢說是起於一時。」內所潛存的疑問句。

戰士赴死並非片刻、輕率之舉，這突顯出肉身之死的「意義主題」，即透過第二段首句「人們最珍重的莫乃生命」，辯證何爲「眞生」。在第二段中，手稿原爲「勇敢[29]地走向滅亡」，後定稿改爲「覺悟地走向滅亡」，正在說明勇士所仗絕非匹夫之勇，而是透過理性與感性的反覆考辯。這個「覺

27　許俊雅，《臺灣寫實詩作之抗日精神研究（1895　1945年之古典詩歌）》（臺北：國立編譯館，1997.4），頁239。
28　楊牧，《一首詩的完成》（臺北：洪範書店，1989.2），頁104。
29　手稿中「敢」字未寫全，但依上字與語意可以分辨之。

悟」，正延承了〈覺悟下的犧牲〉的主體意志主軸。因此，在〈南國哀歌〉手稿中，第二段末句原為「到底有什麼不得已苦情？」，再改為「這事實究竟不容推測」，最後定稿為「原因就不容妄測」。這透過逐次精簡字數，消泯原本帶促引意味的疑問句，使得詩句成為一個拒絕質疑、帶有果決意志的是非肯定句。由此我們也可以清楚地看到從〈多數者〉至〈南國哀歌〉，這由「群體覺醒」進而「覺悟抵抗」的詩語言意義理路發展。不過也必須指出的是，賴和這句中的修辭歷程中，儘管意在透過節約字數的方式，減低詩句中太過於明顯的敘述成分，但似乎仍過於白顯。

第三段進一步抓準了第二段略點出的「種族」此一名詞，做為再深入探掘的路向，從族裔論述的角度，強調「生命」本身不分族群、階級的確擁有其絕對意義。這裡的「野蠻」、「出草」字句在使用上，自然呈現的是賴和對當時，已存在賤斥番民的漢族中心論之意會。[30]原住民被蠻夷化，同時也是一個被他者化的過程。彼埃特司（Jan Nederveen Pieterse）與巴域（Bhikhu Parekh）〈意象的轉移——「解殖」、「自內解殖」和「後殖情狀」〉便曾指出：

> 在關於帝國主義和殖民主義不同取向的研究中，意象也成為共同關心的主題。一方面，懷疑主義傳統歷來關心「影像—真實」的對照，或維持支配關係所依仗的虛構的意象，諸如固定看法的建構、「他者」的建構……另一方面，不管這些形象錯誤與否，對於權力系統內的意象，還可以從它們做為社會關係和社會現實的構成要素這個角

---

30 值得注意的是〈南國哀歌〉一詩，無論定稿還是手稿中並無「番」字的使用。

度來研究。……意象的作用，如標誌和記號只是分界線
的存在般，建構著「我」與「他者」，「我們」與「它
們」，正常和不正常等等的界分。[31]

因此，在〈南國哀歌〉書寫中存在著兩個反殖民的抵抗，
而詩文本內部也存在著雙重層次的他者，其一爲日本殖民政府
的政治經濟壓抑，其二則是漢人社會的文化抑斥。這也間接突
顯出原住民在日治時期所存在雙重邊緣化的歷史位置，以及賴
和在社會場域上致力於原住民「生」的平等化之思考。相對
於原住民在古典詩文本──特別是在清初遊宦詩人詩作中的再
現，因爲賴和，原住民在臺灣漢文新詩史伊始階段，便已能呈
現一文化反抗的自覺形象，成爲來日臺灣原住民文學史中必須
追溯的起點之一。

接續第四段，賴和再進一步，把書寫視角從挖掘原住民的
被壓迫、族裔層次向外移，而旋以「苟活之人」做爲反例，反
顯出戰士寧赴死以追求自我主體生命，乃至於後世子嗣生命眞
正的價值。這樣的反襯寫法是相當傳統的書寫策略，相對其他
段落內容字句的頻繁修改，賴和手稿中此段不易一字，顯示賴
和在書寫上的篤定、熟練。

賴和〈南國哀歌〉中透過連貫律「戰士赴死──社會種
族──苟活者偷生」的策略章法，層層強化了主體生命絕對意
義。簡政珍《臺灣現代詩美學》在探論長詩與歷史眞實的再書
寫課題時，曾指出：「詩在展現既有事實時，事實上是詩人和
事件的互動。敘述語調、戲劇性的安排都會讓既有的史實展現

---

31 香港嶺南學院翻譯系文化／社會研究譯叢編委會編譯，《解殖與民族主義》（中
　　國香港：牛津大學，1998），頁 108-109。

新的面貌。」[32] 在〈南國哀歌〉中，賴和在第八段後，便藉著「們」字此一主體複詞的微妙使用，在詩作書寫中移轉讀者的閱讀視角，自然地引領讀者發展出對原住民霧社事件的認同關係。

首先，必須指出的是，在第八段前出現「們」字的詞彙，只有「人們」與「他們」兩種。且不論只出現兩次的「人們」，賴和在全詩前半段使用「他們」來指稱參與霧社事件的原住民，本身便有將之視為在「生」的意義上，需要透過連貫律進行逐次深掘的對象客體。

在以「兄弟們」起頭的第八段，賴和以驚嘆號、緊促句的運用，做為修辭策略加快詩作節奏，這與前面依連貫律所寫出那帶冷靜探掘語調，而顯得較綿長的詩句間，可說存在著明顯的區別。可以說，如果第八段前那些長句、敘事句乃意在建構、醞釀出原住民受壓迫的詩意背景，那麼，在第八段後，賴和顯然企圖透過詩文本詩句音樂性的轉換，以帶積極、亢進的短句，正式轉化出一義無反顧的反抗行動。因此詩人寫到：

> 兄弟們！來！來
> 來和他們一拚！
> 憑我們有這一身，
> （後略）[33]

檢視此段詩手稿可以發現，原本詩手稿並無「我們有」，但在筆者看來，這個首次出現「我們」在全詩中卻異常重要。一方面除了是以「我們」來強調與「他們」的對抗，具有界分

---

32 簡政珍，《臺灣現代詩美學》（臺北：揚智，2004.7），頁 340。
33 賴和著，林瑞明編，《賴和全集（二）新詩散文卷》，頁 139。

抵抗者與壓抑者關係的作用；另一方面更因為在此開始，全詩
作者的書寫視角，正式由旁觀者成為參與霧社事件原住民的一
部分。是以透過細讀手稿文本，可以發現同樣是代名詞的「他
們」二字，在第八段前，與第八段後所指涉的對象已截然不
同。下面我們不妨透過「附表 2：〈南國哀歌〉（1931）第八
段前後區段『他們』指涉對象比較表」，以表格分列方式明確
標列出：

附表 2：〈南國哀歌〉（1931）第八段前後區段「他們」指涉對象
比較表[34]

區段	段落	內容	指稱
第八段前	第二段	這一舉會使種族滅亡，／在他們當然早就看明	「他們」皆指參與霧社事件的原住民。
	第三段	雖說他們野蠻無知？	
	第四段	在和他們同一境遇，／一樣呻吟於不幸的人們；	
第八段後（含第八段）	第八段	兄弟們！來！來／來和他們一拚！……來！和他們一拚！	「他們」皆指壓抑者、殖民剝削者。
	第十段	我們婦女竟是消遣品，／隨他們任意侮弄踐躪，／那一個兒童不天真可愛，／兇惡的他們忍相虐待，	

---

34 同註33，頁 136-141。

　　「他們」由被壓抑者到剝削者的指涉轉換，連帶的是視角轉換，以及文本內在「我們」範圍的構築。因為對於原住民的認同，「我們」不只在指涉被壓抑而決定反抗的原住民，還吸納了作者本身，以及作者以連貫律與修辭策略意圖拉引、感染的讀者。因為詩作中以連貫律反覆挖掘出反抗者「生命」的意志層次，做為〈南國哀歌〉書寫主體的賴和這樣的認同，以及對「我們」此一代名詞的參與，並非與筆下那已死去的戰士肉身合併，而是與他們不滅之生的意志同感。詩人賴和參與〈南國哀歌〉那抗暴求生之義舉，無非也為同樣身處被殖民困局的自我，以及所預設同樣擁有被殖民身分的讀者提供了一次行動。

　　〈南國哀歌〉這篇手稿的書寫工具是使用鋼筆，有別於「懶雲書室」稿紙所使用的毛筆，在書寫工具上的變化，也可窺見賴和新詩「另類」的現代化。從第二段（見圖 7-1）將「到底有什麼不得已苦情？」改為「這事實究竟不容推測」，再改為「原因就不容妄測」，以及圖 7-3 中寫下的並排小字「這是什麼言語／這有什麼含意／這真如何地悲悽／這是如何的決意」，可知賴和在全詩的節奏安排上力求明快果決。全詩結尾慷慨激昂，手稿幾乎不修改。其中結尾「有什麼路用」為福佬話用語，亦可直接看到一九三〇年代初期，賴和運用福佬話進行新詩書寫上的自然。

（二）現代主義傾向的主體空匱感與意象奇寫技術

　　〈南國哀歌〉藉著「他們」與「我們」的巧妙指涉，使得作者與讀者隨語言推動而移轉其旁觀者身分，成為與原住民一起行動的共同體。除了展現連貫律本身在書寫章法上，以及詩

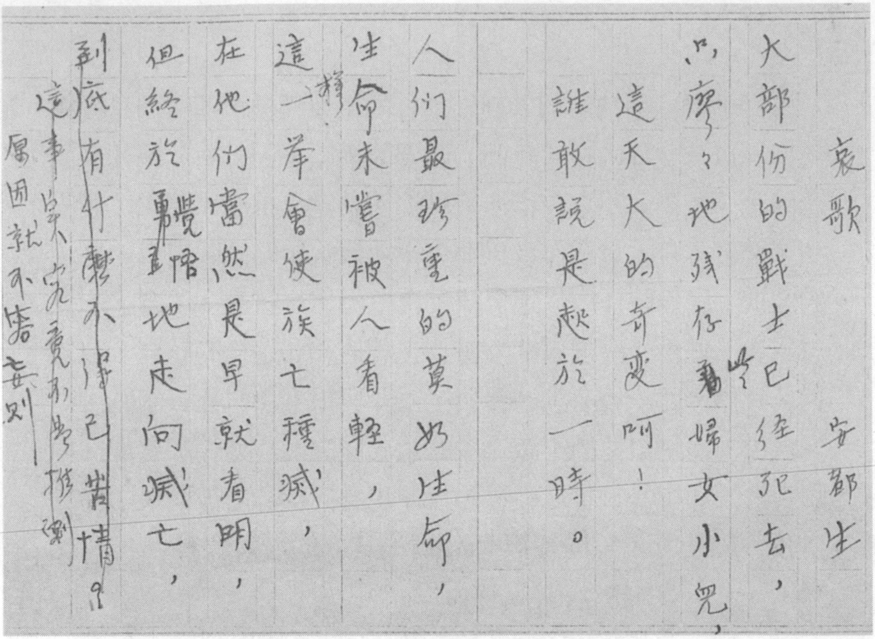

哀歌　　安都生

大部份的戰士已經死去，

什麼？地殘在看婦女小兒，

這天大的奇變啊！

誰敢說是趣於一時。

人們最珍重的莫如生命，

生命未嘗被人看輕，

這一舉會使族亡種滅，

在他們當然是早就看明，

但終於體體地走向滅亡，

到底有什麼不得去別？

這事呢，屬因就不得去別

圖 7-1

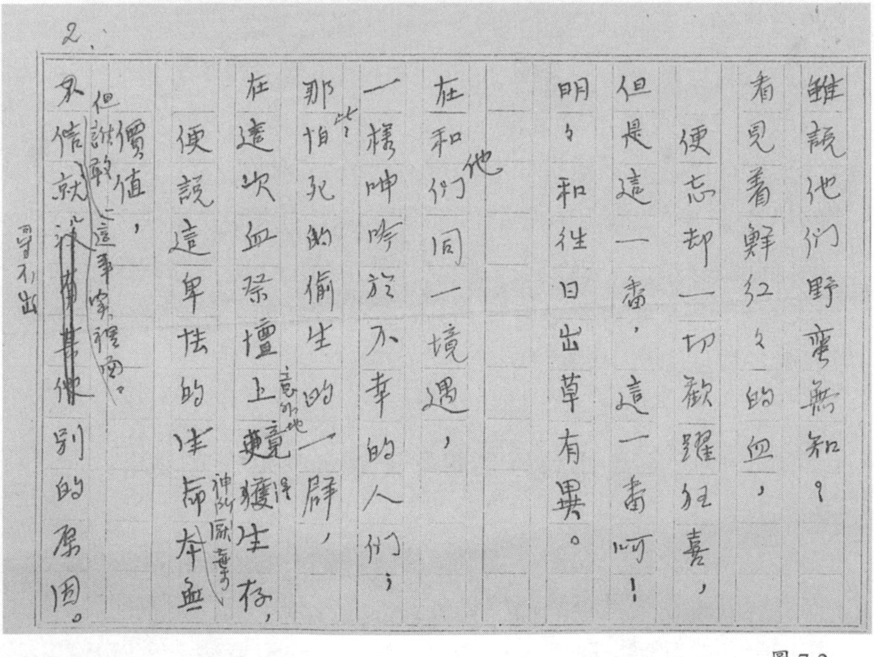

2.

雖說他們野蠻無知？

看見著鮮紅之的血，

便忘卻一切歡躍狂喜，

但是這一番，這一番啊！

明明和往日出草有異。

在和他們同一境遇，

一樣呻吟於不幸的人們，

那些怕死的偷生的一群，

在這次血祭壇上竟獲生存，

便說這軍法的生命本血

價值，

但誰說這事豪理呢。

不情就沒有其他別的原因。

圖 7-2

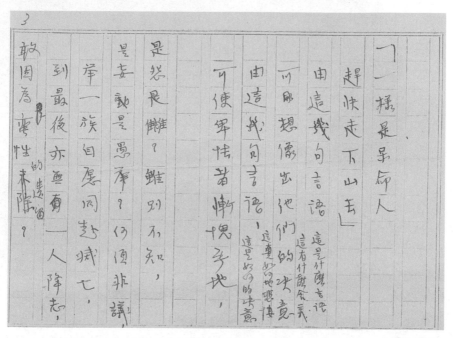

圖 7-3

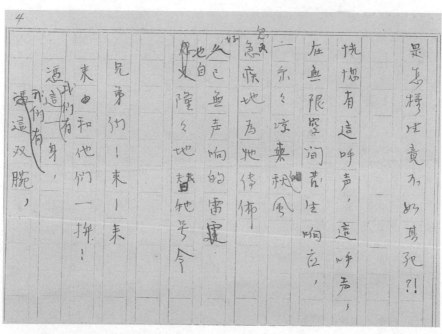

圖 7-4

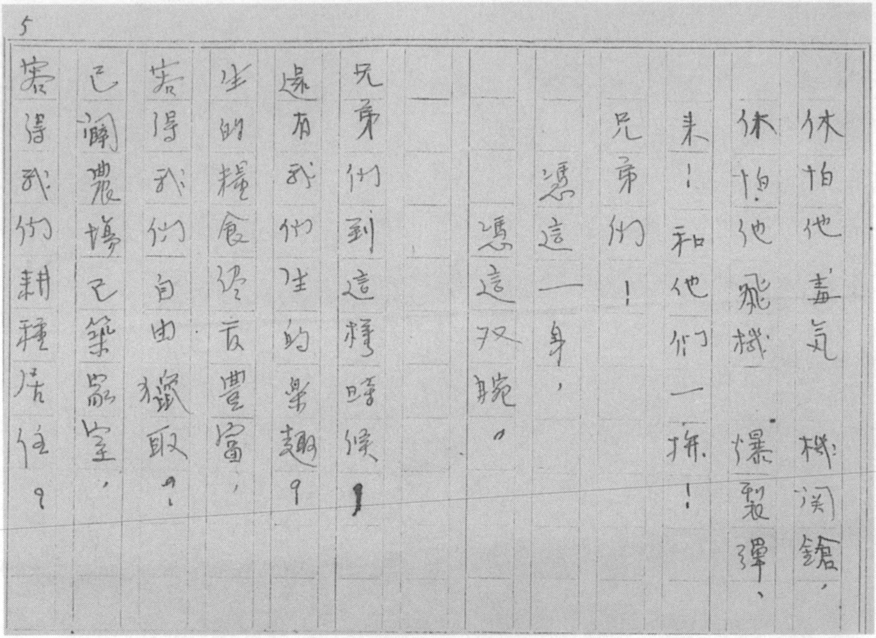

5

休怕他毒氣機關鎗，
休怕他飛機、爆裂彈、
未！和他们一揆！
兄弟们！
　　　憑這一身，
　　　憑這双腕。

兄弟们到這樣時候！
遠有我们生的樂趣？
坐的糧食這豐富，
憑得我们自由獵取？
已阕農埸已築巢室，
寒得我们的耕耘房住？

圖 7-5

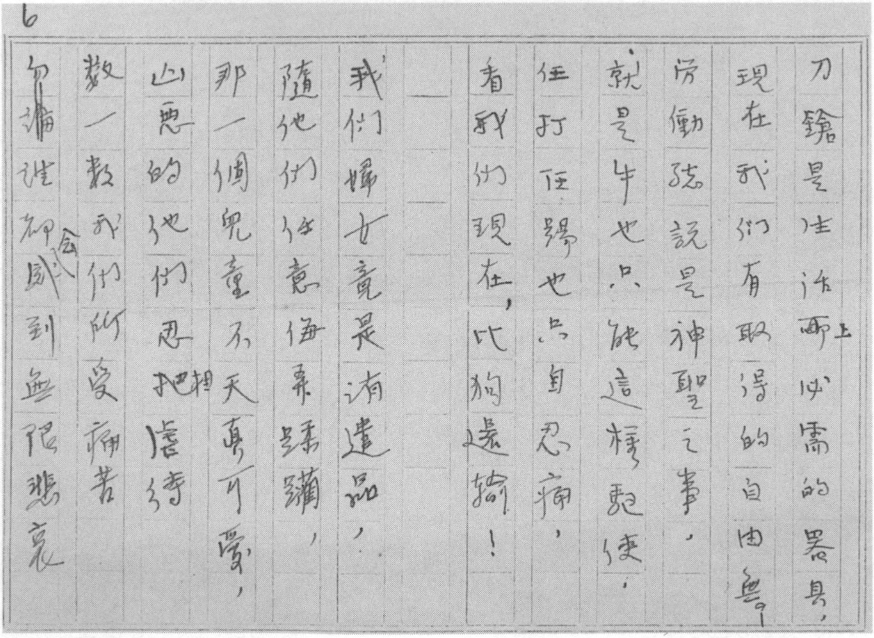

6

刀鎗是佳活而必需的器具，
現在我们有取得的自由麼？
勞働孩說是神聖之事，
就是牛也只能這樣飽使，
任打任踢也只自忍痛，
看我们的現在，比狗還猗！

我们婦女竟是消遣品，
隨他们的任意悔弄踐蹲，
那一個兒童不天真可愛，
山裡的他们忍把虐待
数一数我们所受痛苦，
勿搞谁卻感到無限悲哀

圖 7-6

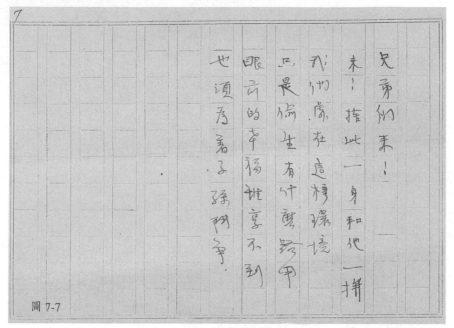

▲圖7：賴和〈南國哀歌〉（1931）手稿。

語言在修辭作業過程中的運動性外，更說明了詩語言所具有的意義感染作用。

李有成在〈帝國與文化〉一文中曾指出：「如果說帝國主義或殖民主義需要一套說辭，潛藏在東方學的文化與規訓過程中的意識型態構成（ideological formations）正好提供一臂之力。這些意識型態構成包括了宰制的觀念與知識形式……。」[35] 對於被殖民者的控制，殖民者不只在肉身上進行控制，更透過建立一系列描述、再現被殖民者的詞彙文法系統，將被殖民者斥離為孤立個體，乃至於需要被馴化的異（劣）質者。特別是這些描述再現還擴及至學術以及文學寫作領域，這使得被殖民者一方面被文字化為文本，另一方面還被意象化，

---

35 李有成編，《帝國主義與文學生產》（臺北：中央研究院歐美所，1997.10），頁26。

成爲可供檢視、窺伺乃至於再評價的客體。

　　這些修辭作業其實還包括對精簡形式對比句的經營，如第五段的「這是什麼言語？／這有什麼含意？／這是如何地悲悽！／這是如何的決意！」[36] 也延伸到下一段，「是怨是讎？雖則不知，／是妄是愚？何須非議？」這樣的連續排列，使得語意強化並且形成有力度感的音樂性。可見賴和在長詩經營上，已在考慮透過製造詩作音樂節奏性，使得長詩在其所隱含的邏輯辯證中，猶能維持詩作可讀性，而不至於枯燥。不過更重要的是，這一系列排比句本身，便預設了一個對殖民者混雜激昂情緒的反詰。這個發問展現了被殖民者在與殖民者間的話語關係中，所能擁有之「發話主詞」與「發問動詞」的位置。在這樣的詩話語脈絡中，「發話主詞」具有使被殖民者不再位處客體、他者、受話（聽訓）者的地位，「發問動詞」則展現被殖民者對殖民者的論述思辨力。

　　因此，在殖民政治機制中，缺乏政經實力的被殖民者儘管肉身遭到監控，不能參與殖民官方歷史文件的書寫。但誠如吳潛誠〈擦拭歷史、沖淡醜惡以及第三類選擇〉一文所言：「詩可以用來凝鑄、彰顯特定的經驗，充當依據或備忘錄，以免記憶隨時間而淡化、模糊、淹滅消失……」[37] 只要仍掌握自我獨立的文化思考力、文化論述力與文學書寫權，他們仍可以透過含括詩在內的私我文學書寫，完成歷史書寫。除可藉此錄製時代弱勢者的心聲、成就可制（平）衡殖民官方的歷史文本，還可匯集建制被殖民者的集體記憶，並在其中內醞反殖民行動意圖。

36　賴和著，林瑞明編，《賴和全集（二）新詩散文卷》，頁 138。
37　吳潛誠，《島嶼巡航：黑倪和臺灣作家的介入詩學》（臺北：立緒，1999.11），頁 39。

　　諾貝爾文學獎桂冠詩人艾略特（Thomas Stearns Eliot）曾指出：「一篇作品能不能算是文學，應當單以文學的尺度做判斷，但文學作品的偉大與否，卻不能單獨訴諸文學標準。」這句話可分成兩個部分，首先指出文學作品的基本界定，其次則點出文學作品的價值層次。筆者以為，文學的「基本界定」與「價值層次」這兩個部分是交互連鎖的。艾略特固然暗示「偉大」文學作品，內在對社會政治、自然人文、群體意識的多解釋力，但任何偉大的文學作品都有一個共同前提，即：它們都是合於文學尺度的文學作品。是以，如今當前論述賴和詩作時，專注於指出其反殖民的「現實內容」，似乎都證明了其作品的「偉大」，但卻忽略了他在詩手稿中如何一步步透過語句修辭、結構布局的嘗試，慢慢擴展了白話語言的延展性，讓白話詩亦能成就經典，並且漸次使之成為以指涉、批判現實為主軸的文學寫作體式。

　　白話為詩不只是二十世紀初大陸、臺灣知識分子國民啓蒙運動的一部分，還是文學現代性計畫的一部分。在筆者看來，〈南國哀歌〉第六段「恍惚有這呼聲，這呼聲，／在無限空間發生響應」[38]，那在（潛）意識迷濛之際彌漫的呼聲意象，不只隱喻了戰士魂魄如何在無限空間中以聲音形式縈繞，還藉著主體孤懸、亡靈的樣態，呈現被殖民者現代主義式的空匱感。

　　在西方現代主義書寫傳統中，主體之空匱感往往以現代資本主義的城市空間底襯而出。但在賴和詩作中，以反殖情境反思被壓迫生命的「真生／苟活」問題上，卻偶會零星出現主體位處城市時，進行自我現代性質疑的「句子」，〈現代生活的影片〉即為一例。值得注意的是，〈現代生活的影片〉與〈生

38　同註 36，頁 139。

活〉一詩字句多有重複,[39]許多字句擺置段落則有前後之不同。[40]

從賴和手稿可知〈生活〉之秩序律章法,以及藉「瞬間、永遠」等時間性詞彙調配文本背景與主體的空質感,在〈現代生活的影片〉中延續使用。廣闊的城市生活時空間,不只在突顯主體的微末孤寂,還在反掘生命理應存在層次感。但〈現代生活的影片〉內部在語言推動上,論述性還是偏強了些。

不過這首詩最讓人值得細探的,還在於那少爲論者檢析出的現代語言物件。除了首句「永遠的世間,充滿著瞬間的人,」[41]此一至今看來仍飽富「現代」語感的詩句,後續「在無聊的中間,／我每想到了我自己,」也在字詞微末處,稍稍閃現出那種主體百無聊賴、莫名所以的蒼白情緒。至於詩作標題中的「影片」更屬當時的摩登物件,賴和以此嵌入詩題,顯然也暗示生活如電影般隨光影虛實流動,不過是一似眞卻幻的影像流動。然而,〈現代生活的影片〉這些詩語言中的現代器(詞)物終不過一閃而逝,在其後續相關詩作中,並沒有致力於相關現代化或現代主義器物意象的經營。賴和顯然認爲自我探求「生」之詩語言中,所徵顯出精神上的「現代」困局,不過是個暫時的假議題。賴和對社會現實的關注使他明瞭,他所位處的是一非徹底現代化,或者是,一個遭受被殖民的時代困局。賴和從來就知道,筆下主體的生命蒼白,是因爲殖民者反覆剝削。他知道,主體要對誰吶喊。

從手稿(圖 8-1)第一段眉批「奇警語不可多得」,可

---

39 例如兩詩開頭都是「永遠的世間,充滿著瞬間的人」,結尾都是「賜我無須工作的片刻,／得從事生存外的勞力」。

40 例如〈生活〉之「無愁與安適」位於第 7 段第 6 行,在〈現代生活的影片〉則位於第 7 段第 5 行。

41 賴和著,林瑞明編,《賴和全集(二)新詩散文卷》,頁 44。

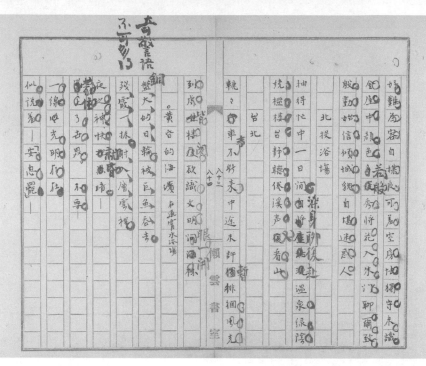

圖 8-1

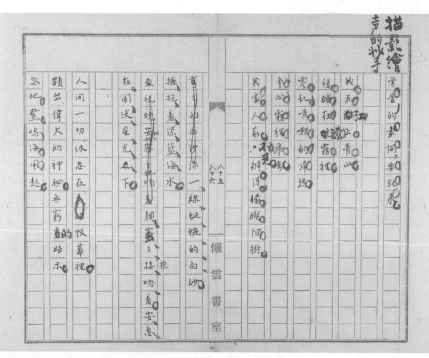

圖 8-2

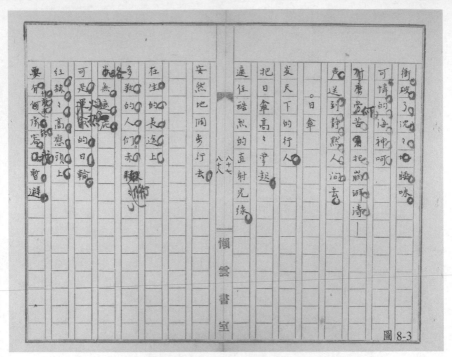

▲圖8：賴和〈黃昏的海濱——在通霄水浴場〉（1924）手稿。

知賴和對巨魚吞日海景意象的肯定。至於第三段（圖8-2）在構句上有大量的修訂，原本起頭寫到的「彎彎的白沙像」爲明喻句，不過並未完成，最後轉以擬人手法寫白沙灣岸。至於原「互祝晚安密密吻著」首先改爲「祝晚安似的密密地吻著」，後再改爲「親蜜蜜抱吻著安息」。從賴和在「似的」、「地」、「抱」等詞上的斟酌，展現其在寫景上對譬喻辭格與動態化書寫的考量。

　　在現代主義書寫系統中，語言形式的扭變往往都具有將主體予以個性化、風格化的作用。儘管賴和在其以生命感探掘爲主題的詩書寫，本身遏抑了口語爲詩的嘗試過程，所自然發生現代主義傾向的語言，但是轉換至〈黃昏的海濱——在通霄水浴場〉所涉及的自然書寫中，他在對光影轉瞬千變的夕陽海景

之意象處理上，便予以開放。在首段中，他便如此寫到：

> 銅盤大的日輪，被巨魚吞去
> 殘霞一抹射入層雲裡
> 夜之神快就昏暗──
> 蒙住了世界。不要──
> 一線光明存在
> 似說著：──「安息罷」──
> 勞苦的晝間要就來[42]

　　日輪意象在賴和之〈現代生活的影片〉、〈生活〉詩皆頻繁被使用，生動呈現時間無情推移，而主體莫之能阻攔的寓意。在此詩中，日輪被巨魚吞去，本就是一誇奇巨闊之意象，暗示一日將終，但在此則拉大為表現主體對整個時間本身的被毀滅感上。詩人擁有在其詩文本中，為萬物重新命名的權力，賴和以文字再現海景，進而予時間之死生，對時間進行主體的反叛抹滅，是作者詩人絕對書寫意志的擴張。

　　這段在形式上大量運用「──」破折號以及逗號創造語言的遲延，是賴和所有新詩作品中僅見的作品，然而竟未見論者細探。「──」破折號除有表達語意轉折的用法，也可用以表達語氣或聲音的延伸；在此之用法則屬後者，用以創造流逝性、舒緩的詩語言音樂。

　　在傳統的用法上「──」破折號多用以句末，但本段第四、六行中，賴和似有意進行新變實驗。在「不要」處，用以柔化裡頭「夜之神」對光明的遮掩。賴和也為「夜之神」進行

42　賴和著，林瑞明編，《賴和全集（二）新詩散文卷》，頁64。

擬話，「安息」加「罷」已有語氣舒緩之用，何況前後又再加上破折。詩文本內部語言（氣）流動，為全詩引領出類似安眠曲的調性。因此當賴和在書寫黃昏通霄海濱時，因空間擬人化之不足，於焉更召喚神祇（夜之神），將空間神格化，使得詩作呈現浪漫主義風格。而「夜之神」也因為段落中那柔緩綿長的音樂性，間接暗示了其溫柔氣質，撫慰著在日間疲於生活奔忙的人們使之入眠。

在賴和新詩手稿中，當他對自我詩作之意象建構感到滿意時，往往都會特加點評，如前述〈生活〉第四段「車輪似地忙著／花爛漫似歡喜著／天陰沉似煩悶著……。」[43] 即在該段上寫下「神來之筆」。在〈黃昏的海濱──在通霄水浴場〉則於「殘霞一抹射入層雲裡」[44] 上寫下「奇警語，不可多得。」至於上述對夜之神的鋪寫擬畫，則寫下「描影繪聲的妙手」。加以統整比較可以發現，這些具欣喜肯定意味的自我批點，通常都屬具強烈動態、現代感的意象。由此與上面〈現代生活的影片〉交互對照可以發現，賴和在新詩書寫上，對於語言巧變之現代技術的使用與否並沒有成見，只是需視主題、書寫對象來進行選擇。

在賴和後期詩作中，明顯可以看到他嘗試將現代象徵詩語言技術，結合其反殖主題內容的創作企圖，最具代表性的詩例，便是寫於一九三一年十月的〈低氣壓的山頂〉一詩。〈低氣壓的山頂〉是接續在〈南國哀歌〉後的詩作，雖同為長詩，但有別於〈南國哀歌〉的敘事性質，賴和採用象徵性意象的寫法，呈現哀戚悲壯的文本質感。

〈低氣壓的山頂〉的意象寫作路線，重點還不在以瑣碎

43　同註 42，頁 40。
44　同註 42，頁 64。

字句畫構個別意象，而是在於塑建出一具整體象徵性的文本意象，其細部方法是從文本內部空間感的營造入手。〈低氣壓的山頂〉一詩在空間感的營造上，由筆者看來，可說是賴和所有詩作中的翹楚。孟樊在探論寫實主義詩學時曾指出：「寫詩雖然像照鏡子一樣，不過，依照寫實主義的主張，詩人在創作過程中，不能隨意放置鏡子，而應把它放在最能反映『經過精心選擇的、具有代表性的場景』的位置上。」[45]〈低氣壓的山頂〉延續了〈黃昏的海濱——在通霄水浴場〉的空間技術，選擇將詩視角架設在這蒼穹頂峰的交界之處，藉著對這空間的營造來烘托主體的微末。賴和不僅藉時空主體間的「小／大」，更訴諸於遠天高山此一自然空間存在的「上／下」關係。

　　山的意象本就有穩厚巨大之感，而「山頂」則更強調其高峻，然而山之高，卻不可能高於天。賴和在詩中不只寫天，更在山巔之上、天空之中，又加添擺置一盤繞（據）天際的低氣壓。透過手稿可知道，賴和頗為用力於書寫低氣壓，手稿原本的「濛霧屯積／灶突煙騰」，於定稿中更改為「霧霾充塞／有雞狗的聲息」。[46]省去「濛」形容詞，轉用無論是字形還是字義上都顯得更為質實的「霾」，顯然意在激顯氣壓的壓抑性。

　　在〈低氣壓的山頂〉詩作中後段，如第八段「雲似受到了命令，／一層層地向中空囤積，／雲隙中幾縷光明，只剩些淡淡陰影；／日頭已失盡威光，／天容變到可怕的濃黑。」[47]第九段「風亦具有服從的美德，／（中略）噓噓地開始著迴旋，／唬唬地激動了一切，／這麼大的世間，／已無一塊安靜之

45　孟樊，《當代臺灣新詩理論》（臺北：揚智，1995.6），頁135-136。

46　手稿中「雞狗」二字，字體又仿似「孤獨」二字，在此依前衛版《賴和全集（二）新詩散文卷》擇用「雞狗」。

47　賴和著，林瑞明編，《賴和全集（二）新詩散文卷》，頁148。

地。」[48] 賴和反覆透過雲、風的書寫來強（深）化這空間感。而在「眼中一切都現著死的顏色」、「啊！是不是？／世界的末日就在俄頃。」詩句中，賴和也透過主體時間性的觀視，指出這空間中，那厚疊積雲所鼓漲出的陰鬱神色，以及充斥的烈風之唬唬哀鳴聲響所形塑的肅殺氛圍。只是這明顯帶有現代主義特質、飽醞著末世情緒的奇象空間，究竟象徵著什麼？

陳芳明於〈賴和與臺灣左翼文學系譜〉一文中曾論及：「表面上，這首詩似乎在記錄山上遠眺的景況，背後其實暗指一場狂飆式的政治事件。賴和以『世界末日』來形容左翼運動的中止，隱然照映了他內心世界的黯淡。」[49] 點出九一八事變後，日本殖民政府解散臺灣島內抗日團體，連帶對島內近代式政治組織進行壓抑，臺灣民眾黨跟農民組合使得社會主義左翼運動遭到挫折。筆者以為賴和在這樣的時代情緒下，使得他重新追憶起，與一九三一年霧社事件遙相呼應的一八九五年八卦山抗日戰役。〈低氣壓的山頂〉第十段，詩人這樣寫到：

> 在這激動了的大空之下，
> 在這狂飆的迴旋之中，
> 只有那人們樹立的碑石，
> 兀自崔嵬不動，
> 對著這暗黑的周圍，
> 放射出矜誇的金的亮光，
> 那座是六百九十三人之墓，
> 這座是銘刻著美德豐功。

---

48 同註 47，頁 148-149。
49 陳芳明，《左翼臺灣──殖民地文學運動史論》（臺北：麥田，1998.10），頁60。

　　雲又聚得更厚，
　　風也吼得更凶。
　　自然的震怒來得更甚，
　　空間的暗黑變得更濃，
　　世界已要破毀，
　　人類已要滅亡，
　　我不爲這破毀哀悼，
　　我不爲這滅亡悲傷。[50]

　　在極盡書寫「上／下」對比空間後，最後聚焦在山巔上紀念六百九十三人的碑石。這突顯了詩中那「上／下」壓抑的氣息，實涉及生命「生／死」對抗的象徵。「六百九十三人之墓」，記錄一八九五年日軍搶渡大肚溪、爭奪八卦山東側高地時，臺灣義勇軍奮勇抵抗的事蹟，並且成爲解讀本詩內在文本空間之標的意象。六百九十三人爲一八九五年八卦山抗殖民事件中死去的戰士人數，所以「六百九十三人之墓」這只有數字；但沒有細寫「美德豐功」內容細節的碑石，本身便是以含蓄的方式，傳達了詩人對戰士亡靈的追悼。

　　戰士肉身雖然死去，但藉著詩人之筆轉換成在峰頂矗立的碑石，繼續其抵抗的姿勢，儘管蒼穹遼闊，而那隱喻殖民者的低氣壓積雲吼風；碑石向天聳立，不只彷彿與高山同形並構，更似矛戟般欲以其磐石般的意志，刺破那低氣壓對主體自由意志的層層封鎖。死去的戰士更形易貌爲碑石，這「雖死而實生」的姿態，讓讀者也終能明瞭全詩這帶現代主義味道的陰鬱空間，正在隱喻著戰士們與殖民者間的抵抗／壓抑。

50　同註47，頁149-150。

　　但從詩語句來看，賴和在情緒上未必是全然消沉的。因爲相對於「群體世界」的「已要」破毀滅亡，詩末尾個體的我卻堅決「不爲」之哀悼悲傷，這展現了主體不窩身療傷的奮起力道。相對臺灣戰後，一九六〇年代現代主義流行莫名所以的空匱感，〈低氣壓的山頂〉中埋設的碑石，成爲詩中多變字句與隱晦詩意的指標，也再次具體說明建構它的作者詩人賴和，在那未現代化的社會，他了解自我的主體封閉感，是來自於自身位處的殖民社會。因此爲勾摹這難以名狀的被殖民苦悶，才使用這已雛具現代主義特徵的詩語言進行鋪寫。對賴和而言，在白話詩寫作中逐漸顯露鋒芒的現代主義語言，是爲了挖掘體現生命意義而存在的修辭學。

四、小語

　　詩文本的寫作該在何處參酌，其風格美感又該如何完成？追溯經典、代表性詩人是最爲普遍的寫作取徑。可是對文體發展伊始階段的初階寫作者而言，在其嘗試摸索新文體寫作的過程，還關涉到文本雛態、文體走向的問題。在臺灣新詩文體發展的研究領域中，戰前一九二〇～一九三〇年代賴和對新詩的嘗試性書寫，確實在詩文本層次，提供了戰前臺灣新詩文體一個定標，導引著後續詩人的新詩文本走向。

　　值得注意的是，被視爲臺灣新文學之父的賴和，在一九二〇年代新文學史發展中，除了長期進行實際創作、嘗試累積代表性作品，其還擔任《臺灣民報》、《臺灣新民報》文（學）藝欄主編。他藉著對來稿的篩選修改與編排，呈現了他自身對新詩文體的修辭意識與文學理念，進而影響公眾書寫對此文體的續寫。

　　一般探述賴和新詩之論者，主要從反殖、現實等主題論角度「認識」賴和詩作的「方式」，筆者並不滿足。如果我們無法探述賴和是以怎樣的修辭技藝，完成對現實的批判力度，不只無法正確評價賴和詩語言的藝術性，同時也無法立體化地指出賴和在臺灣白話詩發展史中，所具有之建立初期基本白話詩文體風格的位置。故本文特以賴和富含修改增補痕跡的詩作手稿爲研究材料，意欲以微觀緩步之姿，從中架構出賴和詩作內那章法修辭的隱密思路。

　　實際檢視賴和詩作，可以發現其詩題標列「生活」、「生」者占了相當比例，突顯他著力於在殖民壓迫情境下，對主體存在意義的反思。但必須指出的是，這一系列詩作的書寫並非僅以直筆爲之，全無章法修辭思考。在賴和探討生命意義學的詩作中，最具代表性的〈生活〉一詩，即採取「秩序律」章法，先寫生活困苦者，再寫生活幸福者，末寫權力者的強硬剝削，透過層層進逼、對比的方式，強化了文本對主體生活存在意義以及「無味之活」的反省力道。

　　從自我點評中，可知賴和在寫作〈生活〉時已有書寫長詩的理想。他明確地知道長詩並非累字積句即可爲之，唯有「思路不竭，末力不懈」方能凝匯意旨，有具體可寫、可深探的主題思考做爲文本結構骨幹，才是書寫長詩之道。

　　〈南國哀歌〉延續〈生命〉「無味之活」一貫要旨，以社會現實的霧社事件爲題材，探掘生命眞實的主題，具有記憶、評價歷史的效力，乃至於匯蓄抗殖民力道的文本功能。〈南國哀歌〉採取「連貫律」章法，反覆確立、深化原住民戰士抗殖行動的正義。詩人在詩作中以憑弔者的身分進入戰場廢墟，透過對其生之困境的釋放與死生辯證，以長詩形式恢（修）復其抵抗歷程。除在歷史廢墟中，修築出原住民走向抵抗的路徑，

還意欲引領自身與讀者參與其歷史抵抗行動。

從〈南國哀歌〉詩手稿可以發現，賴和對該詩的修改趨勢是朝精簡字數，並將詩句中帶促引式疑問句改爲肯定句、是非句等方向進行，以使詩作內部的敘事帶有果決、堅毅的語氣。藉此延續〈生活〉中的「無味之活」論識，在生／死的對應辯證中，也突顯出原住民抗暴求生之舉的神聖性，並另以苟活做爲反例，突顯眞生存在意義的把持才是生。

〈南國哀歌〉已可見賴和擅長先用長句、敘述句鋪陳、醞釀鋪寫詩意背景、情境，並藉此詩意背景、情境，促使逼問發生（聲）的修辭技藝。在透過詩句辨認、肯定反殖民者們，在生命意義的正確性與層次感後，續以急促句推動詩行，以及其內部的主體行動。這樣由慢而快，由壓抑而反抗的語言力量節奏變換，也使得長詩保持閱讀性與接受力。詩中更巧妙透過「我們」此一代名詞在第八段前後，進行原住民、日本統治者的指涉置換，細微地移轉敘事者身分，將作者賴和與讀者，由原本的旁觀者，移轉至與原住民戰士同陣線的位置。這也展現「連貫律」在意義推移過程中，所觸發出的認同、感染意義的效力。

賴和〈南國哀歌〉中所投注的章法修辭用心，也使得戰前新詩文體所啓動的現實群體關懷，成爲啓蒙、反殖運動的一部分。〈南國哀歌〉在排比句、音樂性組構，以及隱微其中的戰士亡靈氣氛的營造，都顯示白話詩中已開始雛構生成現代書寫技術。若追蹤此一脈絡，可以發現，作爲〈生活〉後一版本的〈現代生活的影片〉，便已存在「現代」、「影片」的詞物，以及帶現代主義語感的詩句，只是賴和並未進行後續相關、對現代化器物意象的經營。

不過賴和並非一味對現代主義語言進行壓抑、排斥，在

〈黃昏的海濱——在通霄水浴場〉書寫大自然奇景、反思主體生命時，他便採用現代感的詩語言，以進行意象的巧變、營構。有別於賴和其他抗殖詩作內在賁進、抗議的激情聲調，他透過破折號、逗號，拉展出一舒緩有致的語言節奏，在神格化、光影瞬變的黃昏海濱空間中，製造出帶安眠曲的語言調性。

至於〈低氣壓的山頂〉展現賴和整合現代感語言技術，與現實反殖主題的書寫成果，因此有別於〈南國哀歌〉，詩中洋溢著帶象徵性的意象，藉此對與霧社事件同樣屬於反殖民抗爭的一八九五年八卦山爭奪戰，進行另一種風格的表達。詩中在高山／遠天的基礎架構中，藉風雲湧動營造一低氣壓籠罩、毫無生機的慘鬱空間，以隱喻殖民者對主體的壓抑。此外，更藉著山頂上的碑石悼念戰士亡靈，並以碑石姿勢延續其生前對殖民者壓抑的突圍行動。另藉著在最接近天際的山巔最高處，以靜默矗立的碑石，挺身迎擊漫天堆疊嘶吼的低氣壓，這樣的文本空間，賴和為他的時代留下了殖民／被殖民者的象徵圖景。

總的來說，可以發現對賴和詩語言「傳統」的理解，向來不外從反殖、現實性予以申說。然而從上述對賴和新詩手稿，字句意象與修辭章法的分析，可以發現賴和自身在以意構象、擬寫萬化的過程中，很自然便開展出帶現代感的詩語言質地。這突顯白話書寫在新詩創作中本身所具有之現代性的語言潛能，亦啟動了我們對臺灣新詩文體美學發展史的另一個理解方式。

註：本論文圖片手稿皆由賴和文教基金會授權，謹此致謝。

彰化學

一個接受史的視角
──賴和研究綜述

陳建忠

一、從賴和接受史看臺灣文學研究的認同政治

　　臺灣文學的創作、傳播與國家想像複雜的互動關係，已有不少論者提及賴和的接受史中具有的「認同政治」（"the politics of identity"），然而需強調的是，討論認同政治，並不意味先前的賴和研究一直或只有延續這種接受方式進行，這是注意到臺灣文學研究，在戰前與戰後一直存在的抵殖民、反壓迫的特性，而賴和研究往往是論者最常徵引來相互論詰的事實。因此，這也顯示臺灣文學研究，在前此階段存在無可避免的政治性面向，至少在一九九〇年代較爲回歸文學本體的討論前，賴和研究很難不碰觸到認同政治的議題。就像林瑞明教授在爲《賴和研究資料彙編》所寫的序〈永遠的賴和〉中所說的，從資料彙編的文章可以「反映出不同階段，對於賴和及其文學的不同認知，也可以看到臺灣左右統獨各派，對於賴和及其所代表的臺灣文學之詮釋。」

二、 永遠的邊疆文學？戰後初期至一九七〇年代的賴和接受史

　　一九四五年之後，臺灣文學的發展進入另一個階段，在這個新階段，臺灣作家首先要處理的並不是文學技巧的問題，而是如何面對新的政治局勢，以及如何因應臺灣文壇新的變動。除了學習中國文化與語言之外，戰後初期（1945～1949）的臺灣文學界，也積極想恢復被戰火所切斷的文學傳統，而「舊作重刊」是最快速的方式。至於賴和，可說是在戰後初期，被首先提出來讓臺灣民眾重新認識的作家。

　　一九四五年十一月，楊守愚在《政經報》連載刊出賴和生前未發表之〈獄中日記〉，並在序中說明賴和寫作此篇的原委，強調賴和反日本殖民主義的精神。隨後，在楊雲萍主編的《民報》文藝欄「學林」上，也重刊賴和的〈辱？！〉，並出「抗議」一面加以介紹。楊雲萍的〈臺灣新文學運動的回顧〉（1946.9）一文，除了稱說：「賴懶雲氏，此後他十年如一日精進，發表了許多的力作佳篇，成為臺灣創作界的領袖」，以此定位賴和外，更強調臺灣文學有臺灣特色。

　　「二二八事件」後，中國作家與文化工作者，在官方扶持或允許下掌控多數媒體，由歌雷所主編的《臺灣新生報·橋》副刊，在一九四八年四、五月間發生的一場臺灣文學論爭，「部分」來臺作家認為臺灣是文學沙漠，並試圖以中國文學發展的經驗來「指導」受殖民遺毒、奴化的「邊疆文學」，引發臺灣作家的回應。此時，賴和又再度被強調為臺灣文學中具有特殊性與主體性的象徵。

　　吳新榮在〈賴和在臺灣是革命傳統〉（1948.9）一文中便刻意強調，賴和的存在使那些說臺灣無文學的說詞顯得幼稚可

笑；他甚至還把賴和、魯迅、高爾基予以並列，無疑具有高度宣揚臺灣文學傳統的意味。

臺灣文學要如何與「祖國」合流而發展的議題，隨著一九四九年國府退守臺灣而暫歇；然而，因湧入更多的流亡作家與文化工作者，故臺灣文壇顯然必須再次重整權力版圖。在這樣混亂的時代裡，一九五一年，賴和因為抗日有功被入祀忠烈祠。但通觀一九五〇年代，賴和在反共戰鬥文學當道的時代，雖有如一九五四年《臺北文物》上的回顧，但在反攻復國之際，似乎也只能成為臺灣作家們一種「懷舊」的象徵物而已。極為諷刺的是，一九五八年，在「白色恐怖」的整肅氛圍裡，賴和突然因有共產黨嫌疑而被逐出忠烈祠。

直到進入一九七〇年代，在「保釣」以降一連串事件引發的「回歸鄉土」運動的歷史動向下，文學界開始對民族與鄉土文化有了更高的改造使命，於是乃先有關傑明、唐文標等人引發的「現代詩論戰」，爾後「鄉土文學」運動便潮水般湧動起來。由於有對臺灣命運關心而生的「民族、鄉土」意識──其實也包括對美、日文化及經濟殖民的批判在內，以及對社會大眾生活關懷的社會改革意識，也因此，臺灣日治時代的抗議文學，被視為對抗西方新帝國主義的象徵而重新出土。在這一批回歸鄉土傳統的行動中，具左翼色彩的《夏潮》雜誌集團可說是最為積極的團體，他們大量重刊日治時期作品，如賴和、張文環、呂赫若、楊華、吳濁流、吳新榮、王白淵、葉榮鐘、張深切的作品。

賴和在被逐出忠烈祠之後，由間隔十多年後才有這次的作品重刊，可以看到臺灣社會是如何與其傳統脫節與斷裂。《夏潮》雜誌共計刊出賴和的〈不如意的過年〉、〈前進〉、〈南國哀歌〉（以上 3 作，1976.9）、〈一桿「稱仔」〉

（1977.3）、〈善訟的人的故事〉（1977.6）等作品。其中最為人所稱道的，是在刊出第一批作品時，由梁德民（梁景峰）在《夏潮》第一卷第六期所寫的〈賴和是誰？〉（1976.9）一文，可說是戰後年輕一代關切日治時代文學傳統所發出的疑問與解答，格外具有意義。梁景峰所問的「賴和是誰？他活在什麼時代？他做了些什麼？」（明潭版，頁436）其實是問出了臺灣人在戒嚴時代的「歷史失憶症」，但也因為這一問，使賴和及其文學重新被臺灣人所發現。

因為有賴和與其他日治作家的「出土」，賴和研究也隨之增多，如林邊（林載爵）的〈忍看蒼生含辱：賴和先生的文學〉（1978.12）可說是戰後第一篇較正式的作品評論。連帶的，一九七九年三月，由李南衡主編出版題為《日據下臺灣新文學》的一套叢書，其五冊之中就包含了一冊《賴和先生全集》，此為戰前、戰後第一本賴和作品集，書中且包括日治時期許多賴和研究、介紹的相關論述或言說。再加上鍾肇政、葉石濤主編，《光復前臺灣文學全集》在同年七月出版，而當中收錄賴和多篇小說並加以評介。至此，賴和研究才算有繼續開展的資料基礎，也直接開啟了一九八〇年代賴和研究的大門。

三、想像賴和，建構臺灣：走向體制化研究後的賴和接受史（1980年代至今）

賴和接受史在一九八〇年代有了極大改變。雖然認同政治仍會以「賴和」做為符號而展開，但更多的是由文學與思想等更細緻的研究入手，企圖呈現較具有複雜面向的賴和圖像，而非僅僅依靠民族主義修辭來籠罩賴和的文學與思想。

一九八三年一月，《臺灣文藝》第八十期的「賴和專

輯」，首次刊出花村（黃春秀）〈從舊詩詞起家的臺灣新文學之父：賴和〉、陳明台〈人的確認：試論賴和先生的人本意識〉及施淑〈稱仔與稱錘：論賴和小說的思想性〉，這是戰後文藝雜誌首次以賴和爲名的專輯。

　　一九八四年，在侯立朝、王曉波、李篤恭等人積極奔走下，受逐的賴和得到平反。內政部代表說：「可確定其非文協左派或臺共分子，而屬於文協的民族派，是傾向中華民國的抗日烈士」。就這樣，賴和又被請回忠烈祠，歷史的弔詭竟有若此者。不過，在《賴和先生平反紀念集》或《中華雜誌》上的紀念文字裡，賴和的抗日與中國民族意識仍是焦點所在，如王曉波、鄭學稼、胡秋原等對賴和的詮釋皆呈現此一傾向。值得注意的是，葉石濤〈爲什麼賴和先生是臺灣新文學之父？〉一文也是寫於賴和平反重入忠烈祠之日，這篇文章顯示葉石濤對賴和的評價，仍不免架構在濃厚的中國主流／臺灣支流的史觀下。不過，在葉石濤的《臺灣文學史綱》中，並不特別強調他抗日與心懷祖國的角度，而更強調他關切臺灣命運的面向。

　　賴和研究應該還是要等到林瑞明教授以更翔實的史料研究後，賴和及其文學的評價才有較科學性的學術價值。林瑞明教授從一九八五年發表〈賴和與臺灣新文學運動〉以來，一直持續從事賴和的研究；一九九三年，林瑞明的《臺灣文學與時代精神：賴和研究論集》一書，集結了林瑞明十年來的賴和研究心血，可謂當代賴和研究的先行者與奠基者。由於有他挖掘出大量賴和相關史料，以及運用歷史學的分析方法，他所建構出來的賴和與文化協會、賴和與新文學運動、賴和與魯迅等史實，的確是廓清了賴和許多在政治運動與文學運動中的位置與活動。此後他又投入大量精力於賴和遺稿的整理，終於在二〇〇〇年推出了新版的《賴和全集》，其對賴和研究的投入，

誠然可說是使賴和研究能回到歷史與文學本體的軌道，而非以意識型態立場爲取向的政治批評的重要關鍵。

因此，可以由《臺灣現當代作家研究資料彙編・賴和》中收錄之資料看到，占半數以上的賴和生平考據與作品評論都出現於一九九〇年代，說明賴和接受史在前一階段的提倡後，得到臺灣社會與研究者的正視，而這應與「臺灣意識」興起後，本土文學傳統被納入研究視野有關。

一九九四年十一月的「賴和及其同時代的作家：日據時期臺灣文學國際學術會議」，應可視作在林瑞明教授的賴和研究後，因其效果的延續而引起的重大文學事件。這些論述包括論賴和小說、新詩、散文、漢詩的文類批評，也討論到賴和左翼思想或文學語言問題，這些領域的確立，可說爲一九九〇年代之賴和接受史的多樣性與文學性做出最佳詮釋。

此後，我們除了看到以抗日文學角度來強化賴和民族立場的政治批評外，愈來愈多的研究都在深化賴和文學與思想的複雜面向。像陳萬益教授以「民間性」爲重點，論述賴和與民間文化的關連；施懿琳教授則關注到賴和身爲跨越新舊文學作者的雙重身分，而對其漢詩的新思想多有研究。新一代學院研究者中，則有游勝冠在其博士論文中，以本土與左翼爲抵殖民主軸的理論脈絡，對賴和文學具有的文化抗爭意義，做出不以啓蒙主義爲限的新詮釋；以及陳淑娟的碩士論文，對賴和漢詩主題思想做了全面性考察；而陳建忠的博士論文，則是一個涵蓋面較廣的論述，在新出版的《賴和全集》基礎上，全面性研究賴和在各種文類上的開創性意義。凡此，都是一九九〇年代以來研究的進一步深化，也說明走入學院體制後，臺灣文學之研究者積極介入學術場域，參與重新詮釋臺灣文史議題的盛況。

四、結語

　　綜觀賴和及其文學接受史的演變歷程，本文意在透過賴和接受史的建構，將被作者、時代與閱讀者圍繞的賴和圖像予以呈現。有對這些接受與研究的理解，也才能進一步開展新階段的賴和研究。更重要的是，賴和及其文學，長期皆被視為具有象徵意涵，這雖有其時代與政治因素使然，但回歸到文學本體與專業研究的方向，誠然是未來的研究者值得努力的課題。

日本人印象中的臺灣作家賴和
——從戰前臺灣文學之歷史性記述中思考起

下村作次郎

在臺灣文學史上，賴和被稱爲「臺灣新文學之父」或者「臺灣的魯迅」。

以上所述的稱呼或者評價，是從什麼時候開始？如何產生的？儘管賴和受到如此的評價，但是這樣的聲譽爲何沒有傳到海外？特別是與臺灣有深厚關係的日本，爲何亦幾乎沒有它的聲跡可循？還有，對於這樣的疑問，是否正好有論文提及過呢？

本文標題題目，即是單純地以如上所提之疑問開始思索而產生的。筆者想從這些問題點踏出，進而重新捕捉有關臺灣文學，和臺灣文學史上的問題點。

先說結論的話，即是：

在文學上，賴和與日本人（在此指當時的「內地人」）的接觸，根據資料顯示，是極爲稀薄的。

以上的報告，並非什麼新的見解。在理解此狀況之下，拙文試述：

一、涉及臺灣文學史的狀況

臺灣是從何時開始有發表臺灣文學史的意念？首先從這

一點出發，並重新再做檢驗。當然，在此指的是臺灣戰前的時期。另外，是誰開始有這種想法的呢？請參閱【參考資料一·戰前臺灣文學史關係論文（以及其周邊記事）一覽表】。

眾所周知的，賴和、楊雲萍等人以中國白話文為創作語言，親自實驗寫作小說，並點燃臺灣新文學煙火的時間是在一九二六年。之後並以《臺灣民報》為據點，一面加入「鄉土文學」論爭（1930）等文藝大眾化論爭，一面繼續點燃以中國語寫作臺灣新文學之煙火，直到中日戰爭的前夕。然而在另一方面，統治者的語言——日本語之普及，加上因文學而選擇利用日本語為語言的世代抬頭，這個現象最明顯的可說是表現在一九三三年七月，於留學地東京創刊的《福爾摩沙》臺灣藝術研究會的會員一輩中。這些可稱為第二代留學東京的文學工作者，比起約十年前創刊的《臺灣青年》之前輩們，可說是沒有像上一輩那樣夾於中國語和日本語的糾葛之間。不，毋寧是積極地把日本語做為創作語言，也就是：

> 日本的文藝性表現。這是我們將來應該大大地活躍起來的唯一武器。在特殊情況下的臺灣，形成這樣的文藝，唯有如此才能產生偉大的創作和作品吧！

接著甚至還述說：

> ……恐怕將來真正的文藝分野，會變成於這個圈內而已。

發言者是楊行東（1933.7）。誠如楊氏又在同一篇論文中說的：「我們歡迎近來以驚人之力發展的白話文學。」這段時

期正值使用白話文的臺灣新文學之發展期。然而這種使用白話文之臺灣新文學的發展，在此之後，除了一部分的作家有所活躍之外，其他卻急速地衰退下來，所以那段期間可以說就是最尖峰的時期。總之，最後的結果是日本語文學抬頭的形成，使得正值發展當中的白話文之臺灣新文學，慢慢引起了退潮的現象。賴和做為一個作家的全勝時期亦是在此期間，而他的代表作〈惹事〉之發表，即在一九三二年一月。

前文引用的楊氏之論文是以「臺灣文藝如何」為題目設定問題，論述臺灣文藝的概念。像這樣開始論述臺灣文藝之概念的，大概是屬於楊氏最早吧！

「新舊文學論爭」中，顯示出文學論爭的重點是放在「建設」上。換言之，不論是使用中國語或日本語的文學作品，可以說都是在積蓄到一定數量後的一九三○年代初期，才有回頭重新展望臺灣文藝界的可能性。這也就是楊氏，以及後來的劉捷、楊逵等人所發表的文學評論。接著數年之後，很快地出現有評論開始試著從歷史的觀點考察臺灣文學。附表中印有●記號的論文，即是以文學的歷史性觀點為基礎所寫的文章，或者至少是含有歷史性記述的內容。這裡並不逐一深入探討其內容，不過，早期即想試著從文學史的觀點，來考察臺灣文學的臺灣人當中，劉捷的名字應該是必須提起的。特別是在一九三六年發表的一篇〈臺灣文學史的考察〉論文，即表現出劉氏對於寫臺灣文學史之躍躍欲試。還有，做為一個臺灣人文學家，楊雲萍在《臺灣小說選》中所寫的〈序〉備受注目。不過，由於《臺灣小說選》受到禁刊，所以此篇〈序〉（戰後發表時題名為〈臺灣新文學運動的回顧〉）的發表是在戰後的事。日本人著手寫的論文之中，把臺灣文學列為「外地圈文學」的島田謹二所發表的〈台湾の文学の過現未〉（1941.5）

是大家所熟悉的。而把臺灣的文學放在臺灣人的文學視點上來論述的論文，是東方孝義在更早之前即發表的〈台湾習俗──本島人の文学〉（1935）。

最後在此必須舉出黃得時的三篇論文。眞正冠上臺灣文學史爲題名的論文中，依筆者的淺見，黃得時的〈輓近の台湾文学運動史〉（1941.10）是最先的；接著發表的一篇〈台湾文学史序說〉（1943.7），是從荷蘭時代起稿的眞正臺灣文學史。不過，論文在第二章的結尾登出〈第三章　康熙雍正時代〉的預告後結束了，只有發表〈序〉、〈第一章　鄭氏時代〉以及〈第二章　康熙雍正時代〉。如此看來，寫臺灣文學史的意念是在戰前產生的，而且是從日本語文學抬頭的初期開始萌芽生成的，一直到一九四〇年代，才經由黃得時試著整理出眞正的臺灣文學史，即便這個嘗試受到了挫折。

二、戰前賴和的文學是如何受定位的？

在【參考資料一‧戰前臺灣文學史關係論文（以及其周邊記事）一覽表】舉出的戰前之文學論中，賴和的文學是如何被定位的呢？表格中印有◎記號的是言及賴和的評論。其後，另附抄錄了這些文章中言及有關賴和的紀錄（編者按：此部分因篇幅考量，只錄篇名爲呈現摘錄之內文）。以下就將這些抄錄之記事在本節做個整理。

【參考資料一】①之張深切和②之劉捷的文章都是在一九三五年發表的，兩篇均是在《臺灣民報》變成週刊並在臺灣發行成爲可能之後，算是臺灣文學之眞正的走跑者。而《臺灣民報》移轉至臺灣發行則是在一九二七年七月。如前一節提及的，臺灣新文學實作之發表（參閱【參考資料一】，賴和著

〈鬥鬧熱〉、楊雲萍著〈光臨〉）是在一九二六年，那麼臺灣新文學的出發就是在《臺灣民報》移轉到臺灣發行以前就已經開始了。由此看來，記述的正確性有缺誤。不過，這兩篇評論都將《臺灣民報》的「島內發行許可」視為臺灣新文學發展之轉機，傳達十分清楚。張氏與劉氏的兩篇論文中，寫有臺灣新文學「鼓吹」者的名字，尤其是劉氏將賴和、楊雲萍的「白話文創作」定位為第一棒。既然劉氏對其有這樣的評價，就再來看看上一節舉出的④之中，是否有更詳盡的展開？誠如題名〈台湾文学の史の考察〉所示，將其重點置於此，對於賴和只不過舉出其兩篇作品而已。而且與②不同的是，發表④前的兩、三個月之前，賴和的〈豐作〉曾由楊逵翻譯發表在日文的《文學案內》。由此事看來，對於賴和的文學不是更應多一些捧舉的嗎？但是在④裡面，反而沒有②那樣明確地為賴和定位。這個影響是否與發行刊物者，為總督府情報課的機關雜誌《臺灣時報》有關呢？筆者在此以為有必要重新酌量，考量各種要因，其中之一就是④的發表，是從日本文學之抬頭期到發展期之間所形成的結果。不用說，劉捷即是《福爾摩沙》團體的主要會員。

相對的，楊雲萍的〈序〉（⑤）對於臺灣新文學運動的展開與發揚，有極明確的總結。如前述已提過的，戰前無法公開發表的，在戰後迅速地發表出來，可以說是藉此顯示出其臺灣新文學運動的評價。只是，由於這篇序是以中國語作品文選編集《臺灣小說選》的序文來書寫，而記述中心是以使用白話文的臺灣新文學運動為主，所以從今日的眼光來看，這篇序是個終結於臺灣新文學運動的斷面史。楊氏又以賴和的〈鬥鬧熱〉與本身的〈光臨〉兩篇做為第一個「創作小說」，又為文說：「世上〈光臨〉為臺灣新文學運動以來，頭一篇稍值得一讀的

創作。」其將自身的〈光臨〉定位爲臺灣新文學的頭一篇是否適當姑且不論，不過在此文章後面，其又對於賴和往後的文學活動有很高的評價，並稱他爲「臺灣創作界的領袖」。

根據以上所述，可以理解賴和文學的定位是從何開始的。那麼，「臺灣新文學之父」或者「臺灣的魯迅」稱謂的評價，是如何出現的呢？以筆者之淺見，其來源是在王詩琅的〈賴懶雲論〉。筆者寡聞不清楚有否論文論及過這個問題？根據【參考資料二】之①所抄錄的來看，賴和被描寫爲「一個撫養者」。王氏對他如此形容的是一九三六年，如附表所登的，日本語文學已發展到「打入」了日本「內地（或中央）文壇」。雖然王氏形容此是面對已不可忽視的後起日本語文學，亦即臺灣新文學之「另一面」，但其言外之意爲表示承認其成果。如此推論，賴和至少是白話文學之「父母」的說法，是經由王氏說出來的。

這種「父母」論之說，接下來出現在賴和隕歿之後，亦即出現在【參考資料二】之⑤⑥所舉的朱點人和楊守愚所寫的追悼文之中。根據此文所述，朱氏與王氏一樣對賴和評以「臺灣新文學的撫養者」（這大概是沿襲王氏之說法吧）。至於楊氏對賴和的評價是「臺灣新文藝田地之開墾者，同時亦是臺灣小說界培育之褓姆」，以上三者都是身爲中國語作家，且受有高評價之人。把賴和稱爲「臺灣新文學之父」的評價，經由這幾位中國語作家來推舉是很自然的事。由此，將「臺灣新文學之父」歸屬於賴和之評價的土壤即告完成。更值得注意的是，這是在一九四〇年代，皇民文學全盛時期所成就之事，所以這件事所呈現的意義非凡。亦即是，對於受到嚴禁中國語之措施，而被剝奪了新文學活動憑藉的中國語作家而言，給予賴和如此

的評價，無非是一種抵抗的表現。[1] 換而言之，那正是以獲得如〈奔流〉那樣被迫（壓迫）出來的一大潮流，以及對皇民文學表示出反皇民文學之抵抗吧！甚至，這種抵抗是在完全了解的絕望狀況下，極微薄的精神上支柱。

那麼，關於「臺灣的魯迅」又是如何產生的呢？對賴和小說的作風或風貌有所感受，而描述其印象的文章中，有引用魯迅為例子的，最先提出者仍是王詩琅〈賴懶雲論〉之中的敘述：「（從〈惹事〉）所受的感動，有如夏目漱石的〈少爺〉之幽默感，加上一些魯迅微薄的辛辣味」。接著在楊逵的追悼文「賴和先生を憶ふ」（參照【參考資料二】）之③）一文中說：「當然是依據相片（註：魯迅的）上的」之事先說明，以及「浮現出來的有如承受於魯迅的印象」。不論是王氏或楊氏，都受到魯迅文學之影響極大，[2] 同時又與賴和有深厚的交往。像這樣的兩個人，談到對賴和的印象之際，都引用魯迅為例。因此，將賴和與魯迅相提並論而非評價之事，把王氏列為創始者來說並非言過吧！

除了上面兩篇之外，其實也有將賴和直言為「臺灣的魯迅」之文章記載，那是在黃得時的論文裡面，【參考資料一】⑧中列舉出其部分之內容。由此可以確認的是，像這樣的表現法，於戰前早已在臺灣文學工作者之間被慣稱了。

另外，對賴和留有同樣印象的人，也有日本人在。中村哲在〈台湾の賴和氏〉以及〈台湾人作家の回想〉（兩者均參照【參考資料三】）留下了這樣的記述，而這些留待下一章節再

1　張恆豪已這樣指出：「在中日戰火激烈之時，在皇民化氣焰盛囂之際，朱點人不畏強權，敢如此正面肯定賴和的民族精神和文學地位，足見其道德勇氣，民族意識之不可搖撼。」〈麒麟兒的殘夢──朱點人及其小說〉，《臺灣作家全集王詩琅、朱點人合集》（臺北：前衛，1991.2）。

2　參閱下村，「戰後初期臺灣文壇和魯迅」，《文學で讀む台灣》（田畑書店，1994.1）。

提。

三、賴和與日本人／日本人作家與賴和

賴和的作品之中，有幾篇描寫日本人巡查，亦即「大人」的作品。例如初期作品〈一桿「稱仔」〉、〈辱〉、以及被稱爲代表作的〈惹事〉等，對於「大人」之非人性有尖銳的揭發。賴和的文學，在某層意義上，是把臺灣殖民統治者象徵性投影在「大人」身上，從這些作品中直接描寫，而在抵抗文學上受到頗高的評價。文學上的賴和與日本人之間的關係，在此點意義上可以說有很深的關係。

那麼，賴和與日本人作家之間有著什麼樣的關係？或者賴和如何看日本人作家？日本人作家又如何看賴和？這些問題，筆者在思索賴和的文學時，感到頗爲興趣，同時在臺灣文學的問題點上亦是極有意思的。不過因又有《臺灣文學》（別所孝二編）等未曾見過的資料，所以是無法做斷定的。依本人之淺見，幾乎沒有留下來的紀錄，這似乎說明了中國語作家共通的傾向。

在此種狀態之下，【參考資料三】所舉出了兩篇文章是頗爲貴重的資料。

首先，先來看看中西伊之助的《台灣見聞記》。中西在一九三七年嘗試「大約兩個月的全島視察旅行」，本書即是對當時的見聞紀錄所做的整理。此見聞錄在開始前即預定出版，所以是早有計畫的取材旅行。關於中西，是以殖民地統治下的朝鮮爲題取材《赭土に芽ぐむもの》（1992.2）而廣受傳聞，但是這本《台灣見聞記》即使在研究者之間，似乎仍然沒有受

到注目。[3] 不過這件事與本論文並沒有什麼直接關係。這本幾乎沒有被回顧過的書裡面，留下了①有如抄錄的文章。由此來看，中西並不是實際的訪問賴和，而是取材旅行的途中，在彰化停留時想起賴和的作品〈善訟的人的故事〉，這篇作品是描寫清朝時代在彰化發生的訴訟問題。中西在路經作品的舞臺，彰化的土地上時，對住在此地的作家賴和寄予其關懷之意，不過他們最後並沒有相見。

（同行的 Y 君）

「收做東門外的話，應該就在附近吧！要是懶雲先生的話也許知道大概的位置，作家的家就在那邊。」手馬上指著近處有燈影的地方。

看了這樣的描寫，會令人感到疑問為何隔天仍然沒有去訪問？反正最後是沒有見面。這期間又有另一描寫「到處開始割稻」、「這次收成完後，馬上又要耕田再插秧，現在正是百姓們最忙碌的時候」（〈八卦山の朝の美觀〉，頁 311），由這樣的敘述，可推測是在五月左右。

中西的這次臺灣旅行是第一次。對此，在本書上題字，又寫起後記（〈敢て全島の識者に訴ふ〉）的蒲田丈夫（蒲田當時為朝日新聞臺北通信局長）在文中記載著：「作者發表過取材於南北支那、滿洲、朝鮮等地的幾本著書，不過這次臺灣之行是第一次。」這樣的一個中西，採納了賴和的作品。那麼中西與臺灣的文學界到底有何種程度的接觸呢？

如前面所提的資料來看，中西是在《臺灣文藝》（2 期 1

3　森山重雄，〈中西伊之助論〉，《人文學報》（東京：東京都立大學人文學部，1971.3），裡面也沒有言及這件事。

號，1934.12）閱讀到賴和的〈善訟的人的故事〉。當然，中西是在日本（內地）閱讀的，他取得這本雜誌的經過如何並不清楚。不過，以「在日本的文壇上，把鮮麗的殖民文學之獨一性位置，建設成新興文學而揚眉吐氣」（前面所提之蒲田）而著名的中西，能收到關於臺灣文學的雜誌，並非不可思議之事（還有，《臺灣見聞記》是「作者自己經營的實踐社出版」，蒲田，與前同）。事實上，一九三五年十二月發行的《臺灣新文學》創刊號，在〈對臺灣新文學所冀望之事〉的總標題下，與受邀稿的日本人作家（其中包括張赫宙）一起，中西的〈與大眾同在〉亦被刊登出來。這件事實可明確印證中西的首次「臺灣視察旅行」之前，就已經和以臺灣人為中心的臺灣文學工作者保持著不少聯繫。

總而言之，經由中西留下其對賴和作品所做的評論，在近乎沒有其他的日本人對賴和有文學評論之狀況下，這本書可以說是很貴重的資料。

接下來舉出中村哲〈台湾の賴和氏〉和〈台湾人作家の回想〉兩篇，是前節所提，把對賴和的印象比為魯迅的文章。首先就引用其文，中村所記述對賴和的印象是這樣的：

　　　　令人感到悠然的風貌，好像是把魯迅與野坂參三綜合在一起那樣的人。其言語雖不多，但是使人覺得親切。（〈台湾の賴和氏〉）
　　　　第一次見面時，使我聯想到魯迅。因為想到他是醫生以及其短小風貌之悠然樣子。（〈台湾人作家の回想〉之敘述）

中村對賴和有頗高的評價。總之，戰後二二八事件後早

已寫成的〈台湾の賴和氏〉一文，將賴和評價得比「臺灣民族運動之先知」林獻堂還高，又將他比做戰前臺灣知識分子之代表，首次介紹他的爲人到日本文化界。本文所記錄下來的賴和人像，基本上與歷來臺灣人文學工作者，所傳達的沒有什麼太大的差異。然而本文在「殖民地解改運動之有關人物」之中，把身爲一個文學家，且擁有深厚「信望」的賴和之側面突顯了出來。文中又有如下的敘述：

> ……賴和，曾稱別名爲懶雲，是臺灣白話文學之開拓者，由於戰爭的關係而受到官府的壓迫，但是他對日本帝國主義，仍然堅持地以消極方式抵抗到最後。

像這樣的文字表現，恐怕是戰後才有可能寫出來的。

中村訪問賴和時，根據資料是在「昭和十七年（1942）的春天」，因爲「碰巧有機會到臺灣中部旅行」而相見，而他於同一時期亦與林獻堂會面過。昭和十七年春天，即是賴和剛出獄不久之時。根據賴恆顏、李南衡合編的〈賴和先生年表簡編〉，[4] 賴和是在前一年的「十二月八日（珍珠港事變次日）」被逮捕的（前面所列；中村〈台湾人作家の回想〉，則記有「因美日戰爭受到保護收容」），在此年的「一月因病重出獄」。換言之，中村是在賴和於家中療養期間與他會面的。兩個人之間對於被捕是否引入話題，記載上雖然沒有，但是不論如何，中村對賴和的理解是極深的。中村當時是臺北帝國大學教授，他的赴任根據其記載是：「從大學後面的松山機場展開炮擊南京的突襲。那是在暑假我從東京回來不久的事。」

4　李南衡編，《賴和先生全集》（臺北：明潭，1979.3）所收。

（與前同〈台湾人作家の回想〉）而此時的文學狀況是「昭和十二年以來，據我所了解的時代，在地方上有剛才提到的漢文詩人，不過完全是在日本文學的影響之下」（同前）的時代。白話文學在《臺灣新文學》停刊的同時，留下一部大眾文學後便消失了其蹤跡，賴和亦完全停止了其文學活動。正好處於這種時代狀況下赴任臺灣的中村，由他戰前發表的幾篇臺灣文學評論來看（參閱【參考資料一】一覽表），其所寫的視點為：將臺灣文學以其開端和發展之面貌來掌握，並且極力以臺灣人作家們的文學性經營為中心的觀察。例如會見賴和之後的同時，中村在〈昨今の台湾文学について〉一文中說：

　　……我在此期待《臺灣新文學》時期的作家賴和、楊貴等等的新作品，更迫切希望年輕有為的本島作家之出現。（【參考資料一】⑦）

　　由此段引文可知他是在催促繼賴和、楊逵之後的臺灣人作家之出現。

　　這樣看來，〈台湾の賴和氏〉雖是一篇回想文，但也可以說是充滿了同情的賴和論。因此，訪問賴和的日本人之中，「除去因賴和家業醫學上的關係之外」，中村是「第一個」。賴和死於隔年的一月三十一號，在其生前見到賴和的文學工作者之中，中村恐怕是「第一個」，同時也是最後一個吧！

　　在臺灣新文學作家當中，人望既高又留下不少佳作的賴和，幾乎沒有接觸到日本人之事，的確令人費解。關於這個問題應如何解釋呢？筆者以為其中一個因素，可能是當時在臺的日本人文學，比臺灣人的中國文學甚至日本語文學起步晚，而日本人的文學發展起來後，賴和已經從臺灣文學的舞臺上消

失。正因為如此，中村哲的臺灣文學觀更應散放其異彩才是……。

賴和生於一八九四年，是日本殖民統治的半世紀大約全部經歷過的文學家。本論文一開始提到他和日本人作家之接觸極為稀少的現象，可能與賴和文學的本質有關聯。既然理解這一點，若要探究賴和，也許只有從其作品論的累積上著手。

接著換個眼界來看看賴和展現另一種醫學方面的才能。賴和是臺灣總督府醫學校的第十三期生。對於在校恩師的記載，有入學時的校長高木友枝，與畢業時的校長堀內次雄。關於後者如【參考資料二】所舉，僅僅留下朱石峰的追悼文之中，記有賴和出席「堀內次雄先生在職二十五週年慶祝會」而已。據說當時賴和「一個人穿著臺灣衫」參加。至於前者，賴和在自己的隨筆中有所提及，是為高木氏發表遺稿之內的〈高木友枝先生〉一文。[5] 這是賴和以散文寫的唯一日本人論，亦是探討賴和與日本人時不可遺漏的文章。然而筆者目前並不準備在此深入解讀此文，第一關於學校，第二關於高木友枝這個人已無從了解。也就是說在現階段，還不能藉由賴和所寫的作品〈高木友枝先生〉追求其文學性。筆者試著將它與魯迅的〈藤野先生〉做比較，但終究沒有解讀其文學性的線索。將這一點做了表明之後，最後想以賴和在博愛會廈門醫院時期做為總結。

根據中村孝志著，〈廈門及福州博愛會醫院的成立——臺灣總督府的文化工作〉〉，[6] 在一九一八年二月二十六日，博愛會廈門醫院進行開院準備，「三月二十日醫院開院典禮，當天起至二十四日止五天舉行衛生展覽會、活動攝影展」。創立時的工作人員之中，有臺灣人醫師五名，新潟醫專畢業者一

5　中文遺稿收錄在《賴和先生全集》裡面。
6　《南方文化》第 15 輯（1988.11）。

名，臺灣醫學校畢業者四名，而臺灣醫學校畢業者四人之中，賴和應是其中一人。亦即《廈門博愛會廈門醫院滿五週年會誌》[7]之中，記載了賴和在一九一八年二月就職，一九一九年七月離職，依願退職，由此可以確定賴和在博愛會廈門醫院的時期。而且前面所揭的中村論文中，「開院典禮當天恐有刺激中國官（廳）之虞，警視總長的列席因而作罷（註釋省略），即使如此，醫務關係的中央研究所所長高木友枝、督府技師倉岡彥助、稻垣臺北醫院院長、醫專校長堀內次雄、鈴木衛生課長之外，另有臺中觀光團荒卷鐵之助、坂本素魯哉等官民二十五名，以及臺灣人三十二名前往參加（以下省略），這其中包括了賴和的兩位恩師。賴和投身於臺灣新文學運動，是在稍微晚年之時，當時他還只是一個二十歲過一半的青年醫師。但是這時的時代背景正是「博愛會醫院成立的大正中期，中國正處於所謂山東問題引發而起的五四運動，並接連產生中國之民族主義運動、反帝國主義運動的全盛期，漸漸地全國各地反日、抗日運動亦開始點燃起來」。

　　在討論賴和的文學時，向來未曾被提及的隨筆〈高木友枝先生〉一文中所包涵的意義，以及在博愛會廈門醫院時期的他，應該都有再考察、檢討的必要吧！

（曾麗蓉譯）

7　此文獻裡的有關賴和的記載，早已承蒙中村孝志先生的教導。在此向中村先生表示由衷的謝意。

【參考資料一·戰前臺灣文學史關係論文（以及其周邊記事）一覽表】

(有關臺灣文學之歷史性記述的論文以●為記號，言及賴和的論文以◎做記號)

1924.11.21	一郎 （張我軍）	〈糟糕的台湾文学界〉	臺灣民報 38
1925.8.26	懶雲 （賴和）	〈無題〉	臺灣民報 67
1926.1.1	懶雲	〈鬥鬧熱〉	臺灣民報 86
1926.1.1	（楊）雲萍生	〈光臨〉	臺灣民報 86
1926.3	佐藤惣之助	〈台湾謠意訳〉	日本詩人 6-3 （新潮社）
1931.8.1	（評論）	〈台湾文学的整理和開拓〉	臺灣民報 375
1933.7	楊行東	〈台湾文芸界への待望〉	福爾摩沙 1 （東京）
1933.12	吳坤煌	〈台湾の郷土文学を論ず〉	福爾摩沙 2 （東京）
1933.12	劉捷	〈一九三三年の台湾文芸〉	福爾摩沙 2 （東京）
1934.10	楊逵	〈新聞配達夫〉	文学評論 1-8 （ナウカ社）
1934.11	劉捷	〈台湾文学の鳥瞰〉	臺灣文藝 1-1
1934.12	楊逵	〈台湾文壇一九三四年の回顧〉	臺灣文藝 2-1
1935.1	張文環	〈父の顔〉（未掲載）	中央公論 50-1 （東京）

1935.1	呂赫若	〈牛車〉	文学評論 2-1（東京）
◎● 1935.2	張深切	〈台湾新文學路線の一提案〉	臺灣文藝 2-2
● 1935.2〜1936.6	東方孝義	〈台湾習俗——本島人の文學〉	臺灣時報 183-195
◎● 1935.3	劉捷	〈續台灣文學鳥瞰〉	臺灣文藝 2-3
1935.5	郭天留（劉捷）	〈台湾文學に関する覺え書〉	臺灣文藝 2-5
● 1935.10	楊逵	〈台湾の文学運動〉	文學案內 1-4（東京）
1935.11	楊逵	〈台湾文壇の近情〉	文學評論 2-12（東京）
1935.11	楊逵	〈台湾文壇の現況〉	文學案內 2-12（東京）
1935.12	灰（賴和）	〈一個同志的批信〉	臺灣新文學 1
1936.1	賴和（楊逵譯）	〈豐作〉	文學案內 2-1（東京）
1936.2	川崎寬康	〈台湾文学に関する覺え書（二）〉	臺灣時報 195
（1936.4	胡風	〈序〉	《山靈》收）
◎● 1936.4〜6	劉捷	〈台湾文学の史の考察〉	臺灣時報 197-199
1936.6	楊逵	〈台湾文壇の明日を担ふ人々〉	文學案內 2-6（東京）
1936.6	楊逵	〈蕃仔雞〉	文學案內 2-6（東京）

1936.8	座談會	〈台湾文学當面の諸問題〉	臺灣文藝 3-7.8
1936.12	楊逵 （司會）	〈台湾文学總檢討座談會〉	臺灣新文學 2-1
1937.4	龍瑛宗	〈パパイヤのある街〉	改造 19-4 （東京）
◎●（1940.1	楊雲萍	〈序〉 本序經過一部分變更後，發表於戰後。楊雲萍〈臺灣新文學運動的回顧〉《臺灣文化》創刊號（1946.9.15）	發禁書《臺灣小說選》收）
1940.4.1	中村地平 （紅筆譯）	〈台湾文学界的現況〉	華文大阪每日4-7（大阪）
1940.6.15	余若林	〈台湾文学界補〉	華文大阪每日4-12（大阪）
1940.7	中村哲	〈外地文学の課題〉	文藝臺灣 1-4
1941.5	黃得時・池田敏雄	〈台湾に於ける文学書目〉	愛書 14
● 1941.5	島田謙二	〈台湾の文学の過現未〉	文藝臺灣 2-2
◎● 1941.6	中村哲	〈台湾の文学について〉	大陸 4-6 （東京）
1941.9	黃得時	〈台湾文壇建設論〉	臺灣文學 2
◎ 1942.2	中村哲	〈昨今の台湾文学について〉	臺灣文學 2-1
1942.7	楊逵	〈台湾文学問答（評論）〉	臺灣文學 2-3
◎● 1942.10	黃得時	〈輓近の台湾文学運動史〉	臺灣文學 2-4
1942.12	楊雲萍	〈台湾文芸この一年間〉	臺灣時報 24-12 （未見）

1943.1	矢野峰人	〈台湾の文学運動〉	臺灣時報 26-1（未見）
1943.1	中村哲	〈台湾文学雑感〉	臺灣文學 3-1
1943.4	西川滿	〈台湾文学通信〉	新潮 40-4（東京）
1943.1.31	賴和逝世		
1943.4		〈賴和先生追悼特輯〉	臺灣文學 3-2
	楊逵	〈賴和先生を憶ふ〉	
	朱石峰（朱點人）	〈懶雲先生の思ひ出〉	
	（楊）守愚	〈小説と懶雲〉	
	賴和・張冬芳譯	〈私の祖父〉	
	賴和・張冬芳譯	〈高木友枝先生〉	
1943.4	楊雲萍	〈賴和氏追憶〉	民俗臺灣 22
1943.6	西川滿	〈台湾文学通信〉	新潮 40-6（東京）
◎● 1943.7	黃得時	〈台湾文学史序説〉	臺灣文學 3-3
● 1973.12	黃得時	〈台湾文学史〉	臺灣文學 4-1
1944.2	窪川鶴次郎	〈台湾文学半ケ年〉	臺灣公論 9-2

（根據以上之資料，抄錄有關記述賴和之文章）

編者按：以下僅呈現篇目

① 1935.2	張深切	〈對臺灣新文學路線的一提案〉	臺灣文藝 2-2
② 1935.3	劉捷	〈續臺灣文學鳥瞰〉	臺灣文藝 2-3
③ 1936.1	編輯局	〈朝鮮・台灣・中國・新銳作家集について〉	文學案內 2-1
④ 1936.4～6	劉捷	〈台灣文學の史考察〉	臺灣時報 197-199
⑤ 1940.1	楊雲萍	〈序〉	發禁書《臺灣小説選》收）
⑥ 1941.6	中村哲	〈台灣の文学について〉	大陸 4-9（東京）
⑦ 1942.2	中村哲	〈昨今の台灣文学について〉	臺灣文學 2-1
⑧ 1941.10	黃得時	〈輓近の台灣文学運動史〉	臺灣文學 2-4
⑨ 1943.4	楊雲萍	〈賴和氏追憶〉	民俗臺灣 22
⑩ 1943.7	黃得時	〈台灣文学史序説〉	臺灣文學 3-3

【參考資料二】

（有關臺灣新文學之父以及臺灣魯迅的發言）

編者按：以下僅呈現篇目

① 1936.8	王錦江	〈賴懶雲論——臺灣文壇人物論〉	臺灣時報 201
② 1940.1	楊雲萍	〈序〉	發禁書《臺灣小說選》收
③ 1942.10	黃得時	〈輓近の台灣文學運動史〉	臺灣文學 2-4
④ 1943.4	楊逵	〈賴和先生を憶ふ〉	臺灣文學 3-2
⑤ 1943.4	朱石峰（朱點人）	〈懶雲先生の思ひ出〉	臺灣文學 3-2
⑥ 1943.4	（楊）守愚	〈小説と懶雲〉	臺灣文學 3-2

【參考資料三】

（由文獻資料看賴和與日本人的關係）

編者按：以下僅呈現篇目

① 1937.10	中西伊之助	〈二　林先生の遺跡〉	《臺灣見聞記》
② 1948.1	中村哲	〈台湾の賴和氏〉	《知識階段の政治的立場》（小石川書房）

彰化學

【附錄】

賴和新文學論述作者與出處

序號	作者	職銜	篇名	出處
1	林瑞明	成功大學歷史系教授	賴和與臺灣新文學運動	《成功大學歷史學報》第12期（臺南：成大歷史系，1985.12）
2	林明德	彰化師大學臺文所教授	賴和新文學涵攝的民俗元素	《賴和·臺灣魂的迴盪：2014彰化研究學術研討會論文集》（彰化：彰化縣文化局，2015.03）
3	陳建忠	清華大學抬文教授	先知的獨白——賴和散文論	「時代與世代：臺灣現代散文學術研討會」（臺北：東吳大學中文系，2003.10）
4	游勝冠	成功大學臺文系教授	我生不幸為俘囚，豈關種族他人優——由歷史的差異性看賴和不同於魯迅的啓蒙立場	《國文天地》第202期（臺北：國文天地，2002.03）。
5	楊翠	東華大學華文系副教授	介入·自省·自嘲——論賴和與楊逵小說中的知識分子形象	《賴和·臺灣魂的迴盪：2014彰化研究學術研討會論文集》（彰化：彰化縣文化局，2015.03）
6	李育霖	中興大學臺文所教授	翻譯作為逾越與抵抗——論賴和小說的語言風格	《翻譯閾境：主題、倫理、美學》（臺北：書林，2009.04）。
7	解昆樺	中興大學中文系副教授	雛構新詩文體語言——賴和新詩手稿中的意象經營與修辭意識	《臺灣文學研究學報》第11期（臺南：國立臺灣文學館，2010.10）
8	陳建忠	清華大學臺文所教授	一個接受史的視角——賴和研究綜述	《文訊》第305期（臺北：文訊，2011.03）
9	下村作次郎	日本天理大學國際文化學部中國學科教授	日本人印象中的臺灣作家賴和——從戰前臺灣文學之歷史性記述中思考起	《賴和全集·評論卷》（臺北：前衛出版社，2001.10）

國家圖書館出版品預行編目資料

賴和文學論〔下〕：新文學論述/施懿琳・蔡美端
編著.－－初版.－－台中市：晨星，2016.11
面；公分.－－（彰化學叢書；50）

ISBN　978-986-443-148-9（平裝）

1.賴和　2.臺灣文學　3.文學評論　4.文集

863.4　　　　　　　　　　　　　　　　105008109

彰化學叢書
050

賴和文學論〔下〕
新文學論述

編著	施懿琳・蔡美端
主編	徐惠雅
校對	施懿琳・蔡美端・徐惠雅・張慈婷
排版	林姿秀
總策畫	林明德・康原
封面設計	王志峰
總策畫單位	彰化學叢書編輯委員會

創辦人	陳銘民
發行所	晨星出版有限公司
	台中市407工業區30路1號
	TEL：04-23595820　FAX：04-23550581
	E-mail：service@morningstar.com.tw
	http：//www.morningstar.com.tw
	行政院新聞局局版台業字第2500號
法律顧問	陳思成律師
初版	西元2016年11月10日
劃撥帳號	22326758（晨星出版有限公司）
讀者專線	04-23595819#230

定價320元
ISBN　978-986-443-148-9
Published by Morning Star Publishing Inc.
Printed in Taiwan
版權所有，翻譯必究
（缺頁或破損的書，請寄回更換）